S. QUINN

BLACKWELL LESSONS

Endlose Liebe

W0409135

GOLDMANN
Lesen erleben

Buch

Aus der verbotenen Affäre zwischen der jungen Schauspielerin Sophia und ihrem Lehrer, dem begehrten Hollywoodstar Marc Blackwell, ist eine erfüllte, leidenschaftliche Beziehung geworden. Sophia kann ihr Glück kaum fassen: Sie und Marc haben geheiratet, und auch ihre Filmkarriere ist erfolgreich gestartet. Doch kaum ist ihre kleine Tochter Ivy auf der Welt, will Marc Sophia wohlbehütet zu Hause wissen, fern von der aufregenden Glitzerwelt des Filmbiz und den Paparazzi. Sophia fühlt sich bald allein gelassen und sehnt sich danach, ihrer Leidenschaft, der Schauspielerei, wieder nachzugehen. Gegen Marcs Wunsch nimmt sie die Einladung zu einem glamourösen Filmfestival in Südfrankreich an – und eine Hauptrolle an der Seite des attraktiven Filmstars und Frauenhelden Benjamin van Rosen. Plötzlich kommt Marcs dunkle Seite wieder zum Vorschein: Er rast vor Eifersucht, versucht, Sophia zu dominieren, und lässt sie während der Reise und der Dreharbeiten keine Sekunde aus den Augen. Sophia weiß: Auch wenn es sie verletzt, muss sie endlich alles über Marcs undurchsichtige Vergangenheit wissen. Denn nur so hat ihre Liebe eine Chance, auf Dauer zu bestehen …

Weitere Informationen zu S. Quinn
sowie zu lieferbaren Titeln der Autorin
finden Sie am Ende des Buches.

S. Quinn

BLACKWELL LESSONS

Endlose Liebe

Band 3

Erotischer Roman

Aus dem Englischen
von Angela Schumitz

GOLDMANN

Die englische Originalausgabe erschien 2016
unter dem Titel »Ivy and Roses«.

Der Verlag weist ausdrücklich darauf hin, dass im Text enthaltene externe Links vom Verlag nur bis zum Zeitpunkt der Buchveröffentlichung eingesehen werden konnten. Auf spätere Veränderungen hat der Verlag keinerlei Einfluss. Eine Haftung des Verlags ist daher ausgeschlossen.

Dieses Buch ist auch als E-Book erhältlich.

MIX
Papier aus verantwortungsvollen Quellen
FSC® C014496
FSC www.fsc.org

Verlagsgruppe Random House FSC® N001967

1. Auflage
Deutsche Erstveröffentlichung April 2017
Copyright © der Originalausgabe by S. Quinn
Copyright © der deutschsprachigen Ausgabe 2017
by Wilhelm Goldmann Verlag, München,
in der Verlagsgruppe Random House GmbH,
Neumarkter Str. 28, 81673 München
Umschlaggestaltung: UNO Werbeagentur, München
Umschlagmotiv: FinePic®, München
Redaktion: Susanne Bartel
KS · Herstellung: Str.
Satz: omnisatz GmbH, Berlin
Druck und Bindung: GGP Media GmbH, Pößneck
Printed in Germany
ISBN: 978-3-442-48509-3
www.goldmann-verlag.de

Besuchen Sie den Goldmann Verlag im Netz

Für meine beiden Engel,
Lexi und Laya

1

Das silberne Päckchen glitzert auf dem Kaminsims.

Es ist groß, etwa so groß wie ein dicker Bildband, und ebenso schwer.

Ich habe es seit Tagen ignoriert.

Irgendwann musst du es aufmachen, flüstert eine leise Stimme in mir.

Ich weiß.

Durch die Fenster des Landsitzes fällt mein Blick auf Rosenknospen an dornigen Stängeln. Das Gras ist ziemlich hoch, weiße und rosafarbene Blüten zieren die Obstbäume.

Frühling.

Die Zeit des Neubeginns.

Ich blicke auf Ivy, die in ihrem Stubenwagen mit Weidenkorb schläft.

Sie ist schon fast zu groß dafür, aber ich habe sie gern in meiner Nähe, egal wo ich mich aufhalte.

Manchmal fühlt sich mein Leben so perfekt an, dass ich mein Glück kaum fassen kann.

Ich bin mit einem der tollsten Schauspieler Hollywoods verheiratet, meinem ehemaligen Lehrer, einem Mann, den ich unendlich, ja fast besessen liebe.

Marc Blackwell betet mich an und ist unserem bildschönen Töchterchen Ivy ein wunderbarer Vater.

Unser imposantes Anwesen mit seinen zwei Hektar Land liegt eingebettet in Wiesen und hübschen Blumenrabatten.

Wenn Ivy größer ist, können wir an einem der größeren Obstbäume eine Schaukel aufhängen. Und natürlich halten wir auch Pferde, auf denen sie dann reiten kann.

Das Gelände ist bestens gesichert. Kein Fotograf und auch kein Journalist können sich unerwünscht Zutritt verschaffen.

Alles in allem sollte also alles bestens sein. Und das ist es auch. Die meiste Zeit über. Aber manchmal fühle ich mich – ach, aber das ist albern. Alles ist bestens.

Und doch glitzert der silberne Karton noch immer im Licht der letzten Sonnenstrahlen.

Ich sehe zu, wie die Sonne den Himmel über unserem Land rosa färbt und langsam untergeht.

Marc wird bald nach Hause kommen.

Ich sehne mich nach ihm, wenn er in der Stadt ist, und warte oft am Fenster. Dann beobachte ich den Himmel, der langsam dunkel wird, und spitze die Ohren, um das Knirschen auf dem Kies zu hören, wenn Marcs Auto auf die Zufahrt einbiegt.

Schließlich schlendere ich in die Küche und nehme eine Schüssel mit Nudelteig aus dem Kühlschrank. Der Teig ist überzogen von einer dünnen Schicht Olivenöl, perfekt, um ihn zu verarbeiten.

Vor dem Ausrollen muss er immer ein bisschen ruhen; eines der vielen Geheimnisse meiner Mutter für perfekte Pasta.

Ich habe heute so viel Essen vorbereitet, dass ich mir fast schon ein bisschen verrückt vorkomme.

An den Regalen, den Geschirrtuchhaken und über den Nudelhölzern, die ich auf Tomatendosen gelegt habe, hängen Spaghetti.

Außerdem habe ich noch Teigplatten gemacht, die ich später für Ravioli oder Lasagne verwenden kann. Ich habe noch nicht entschieden, was ich schlussendlich aus ihnen machen werde.

Die Pasta allein müsste für etwa zwanzig Leute reichen, aber das ist noch nicht alles.

In meinem neuen Holzofen backt eine Pizza, der Teig wirft schon Blasen, und im Kühlschrank wartet ein gigantisches Tiramisu, bedeckt mit einer Schicht aus selbst geraspelter Schokolade.

Ich rede mir ständig ein, dass ich meine neue Hausfrauenrolle liebe. Dass meine übertriebene Bemühung bei der Nudelherstellung nur bedeutet, dass wir eben für die nahe Zukunft Nudeln vorrätig haben werden.

Aber in Wahrheit langweile ich mich ein wenig.

Rodney übernimmt die Putzarbeiten. Das ganze Haus ist stets blitzsauber und verströmt einen verhaltenen Zitronengeruch.

Eine teure Wäscherei kümmert sich um die Schmutzwäsche und bringt sie uns sauber und gebügelt in leicht nach Lavendel duftendes Wachspapier eingeschlagen zurück.

Mutter zu sein ist sehr erfüllend, aber …

Nein.

Ich liebe Ivy über alle Maßen und möchte immer bei ihr sein. Jede Minute. Mein früheres Leben kommt mir vor, als wäre es Lichtjahre entfernt.

Ich werfe einen Blick auf die Pizza, als ich das tiefe Brummen von Marcs Wagen höre.

Marc.

Auf dem glänzenden neuen Holzofen entdecke ich mein Spiegelbild. Ein Lächeln erhellt mein Gesicht und meine Augen.

»Du kommst genau richtig!«, rufe ich, als die Haustür aufgeht.

Marcs Schritte ertönen, und ich öffne die Ofentür und hole die Pizza mit einer langen hölzernen Schaufel heraus.

Ich habe Marcs Lieblingspizza gebacken – mit Kräuteroliven, Spinat und Feta-Käse.

Vorfreude durchflutet mich, als Marc in die Küche kommt.

Mein Mann.

2

Er trägt einen maßgeschneiderten schwarzen Anzug und ein weißes, am Kragen offenes Hemd. Er hat die Hände in den Taschen vergraben und verzieht das Gesicht. Seine Kinnpartie ist angespannt.

Einen Moment lang mustert er die vielen Nudeln, die überall in der Küche zum Trocknen hängen.

Sein dichtes braunes Haar ist zerzaust, seine dunklen Brauen ziehen sich über die sehr ernst wirkenden blauen Augen zusammen.

»Stimmt etwas nicht?« Ich lege die Pizza auf ein langes Olivenholzbrett und wische mir die bemehlten Hände an meiner gestreiften Kochschürze ab.

Marcs Lippen verziehen sich zu einem Lächeln. »Sophia, dein Restaurant wird mit jedem Tag produktiver. Wie viele Gäste erwartest du heute Abend?«

»Nur dich. Rodney kümmert sich ums Auto.«

Sein Lächeln wird breiter. »Zwanzig Portionen Pasta für uns zwei? Und außerdem noch eine Pizza? Es freut mich, dass du nach wie vor bemüht bist, unsere Gefriertruhe aufzufüllen.«

»Ich koche gern. Ivy schläft im Wohnzimmer. Möchtest du sie sehen?«

»Unbedingt.«

Ich lege den Finger an die Lippen, führe Marc ins Wohnzimmer und deute auf unser wunderschönes Baby, das in dem Stubenwagen schlummert.

Ivys winziges Gesichtchen wirkt ruhig und friedlich.

Wir betrachten sie beide einen Moment lang, dann beugt sich Marc über sie und legt das Ohr auf ihre Brust.

Er geht in die Hocke und sieht sie bewundernd an.

Ich lächle. Natürlich ist es verrückt, Ivys Atem zu überprüfen. Sie ist kerngesund, das wissen wir beide. Aber trotzdem müssen wir uns immer wieder versichern, dass sie ruhig atmet.

»Sie schläft jetzt sicher für ein paar Stunden«, flüstere ich, »und das Abendessen ist fertig.«

»Ach ja«, sagt Marc und steht auf, »fast hätte ich es vergessen: Im Restaurant Sophia wird das Essen gern heiß serviert.«

»So schmeckt es einfach besser.«

»Hast du den Karton immer noch nicht geöffnet?«, fragt Marc stirnrunzelnd, als wir am Kamin vorbeigehen.

»Das mache ich schon noch.«

»Gibt es für dein Zögern einen besonderen Grund?«

»Es ist nur … was soll die Eile? Es wird sich nur um etwas handeln, was ich nicht tun kann. Oder nicht tun werde. Warum mich also foltern? Mein Leben spielt sich hier ab, mit Ivy. Mit der richtigen Welt kann ich im Moment nichts anfangen.«

»Die richtige Welt?« Marc hebt eine Braue. »Und dabei dachte ich immer, du lebst in der richtigen Welt. Mit mir und Ivy zusammen.«

»Du weißt, was ich damit sagen will. Du gehst in die Arbeit, ich bleibe hier. So ist es eben.«

Zurück in der Küche beobachtet mich Marc, den Unterarm auf den Küchentresen gestützt. Seine Finger trommeln auf das glänzende Eichenholz. »Du weißt, dass ich es mag, wenn du hier bist. Zu Hause.«

»Ich bin auch gern zu Hause«, sage ich abwesend und zerteile die Pizza mit einem Teigrad, bevor ich das Holzbrett zum Küchentisch hinübertrage.

Wir haben zwar auch ein Esszimmer, aber wir essen meistens in der Küche. Der Tisch ist groß genug für sechs Personen. Alles in diesem Haus ist groß.

»Du klingst nicht gerade überzeugend«, erwidert Marc mit zusammengezogenen Augenbrauen und kommt zu mir an den Tisch.

Ich zucke mit den Schultern. »Tagsüber fühle ich mich manchmal einsam.«

Er zieht einen der Massivholzstühle unter dem Tisch hervor, während er mich weiter mit seinen tiefblauen Augen ansieht. »Vielleicht solltest du dir ein paar Freundinnen einladen.«

»Alle sind mit ihrem eigenen Leben beschäftigt. Tom und Tanya studieren, Jen hat viel in London zu tun. Ich möchte sie nicht von ihren Angelegenheiten abhalten.«

Natürlich freue ich mich sehr für Jen, meine langjährige beste Freundin. Ihr Unternehmen brummt. Tom und Tanya habe ich erst letztes Jahr am Ivy College kennengelernt. Auch sie zählen zu meinen besten Freunden, weshalb ich nicht möchte, dass sie meinetwegen Veranstaltungen ihres Studiums verpassen.

Ich setze mich, und Marc drückt mir einen Kuss auf den Scheitel. »Wie wär's, wenn ich eine kleine Reise arrangiere?«, flüstert er in meinem Haar. »Nur wir zwei. Um deine Einsamkeit zu vertreiben.«

»Du meinst wohl, wir drei.«

»Nein, ich meinte nur dich und mich. Seit du dieses Päckchen bekommen hast, stehst du völlig neben dir. Es würde dir guttun, dich ein paar Tage mal nicht um Ivy kümmern zu müssen. Du kämest dabei auf andere Gedanken.«

»Ich könnte Ivy niemals allein zurücklassen.«

»Viele Leute haben ein Kindermädchen, Sophia; eigentlich alle aus meinem Bekanntenkreis, die Kinder haben.«

»Ich kann das einfach nicht. Noch nicht.«

Marc runzelt die Stirn, dann fällt sein Blick auf den Tisch. »Du hast wieder Servietten gefaltet.«

Ich betrachte die zu Schwänen gefalteten Servietten auf den Tischsets. Obwohl nur Marc und ich essen, habe ich für alle sechs potenziellen Esser einen gemacht, damit der Tisch hübsch aussieht.

Außerdem habe ich Narzissen aus unserem Garten in drei Vasen verteilt. Es sind die letzten in diesem Jahr, und ich wollte, dass sie die größtmögliche Aufmerksamkeit bekommen.

»Sophia …«

Ich setze mich, entfalte einen Schwan und lege die Serviette auf meinen Schoß. »Ja, ich habe Schwäne gefaltet, und?«

Marc nimmt mir gegenüber Platz. In seinen Augen blitzt der Schalk. »Ich glaube, du bist wirklich einsam und brauchst dringend eine Beschäftigung. Ich habe da ein paar Ideen.«

»Nein. Ich … ich spiele einfach nur gern die fürsorgliche Hausfrau. Im Grunde wollte ich schon immer nichts anderes tun, als für dich und unser Baby ein hübsches Zuhause zu gestalten.«

»Und das tust du auch wunderbar.« Marc legt ein Stück Pizza auf meinen Teller.

»Ach, warte – es gibt noch Salat dazu.« Ich springe auf.

»Setz dich. Du hast heute schon genug getan. Ich hole ihn.« Marc geht zum Kühlschrank.

»So viel nun auch wieder nicht«, erwidere ich und lasse mich zurück auf den Stuhl fallen. »Rodney kümmert sich hervorragend um das Haus, sodass ich eigentlich nur auf Ivy aufpassen muss.«

»Auch das ist anstrengend. Außerdem bist du häufig nachts auf den Beinen.« Marc öffnet die Kühlschranktür und lacht. »Sophia, wann fängt die Party an?«

»Welche Party?«

»Hier steht eine riesige Schüssel mit Nachtisch.« Er nickt mit dem Kopf Richtung Kühlschrank.

»Ich war einfach …«

»Auf der Suche nach einer Beschäftigung?«, beendet Marc meinen Satz.

»Wie gesagt, ich bin tagsüber wahrscheinlich nur ein bisschen einsam.« Ich schneide geschäftig mein Pizzastück in kleine Bissen. »Du fehlst mir. Das ist alles.«

»Das ist alles?«, fragt Marc mit durchdringendem Blick.

»Das ist alles«, antworte ich, ohne ihm in die Augen zu sehen.

3

Ich fühle Marcs Aufmerksamkeit auf mir, aber ich bringe es nicht über mich, ihn anzusehen.

Es stimmt. Ich vermisse dich. Aber das ist nicht alles, was ich vermisse. Ich will wieder als Schauspielerin arbeiten. Und ich kann den dicken silbernen Karton auf dem Kaminsims einfach nicht öffnen, weil ich glaube, dass mir die Nachricht, die er enthält, das Herz brechen wird – dass man mir eine Rolle anbietet, die ich nicht annehmen kann.

»Und da ist wirklich nichts anderes, was du mir sagen willst?«, fragt Marc, als er die Kühlschranktür schließt.

»Nein.«

Wahrscheinlich bin ich tatsächlich einfach einsam. Da Ivy noch so klein ist und mich rund um die Uhr braucht, fällt es mir schwer, meine vielen Gefühle zu verstehen.

Marc stellt eine Schüssel mit grünem Salat auf den Tisch. »Müssen wir uns wieder mal übers Schwindeln unterhalten, Sophia? Oder wäre es dir lieber, wenn ich dich übers Knie lege?«

Ich hätte gern gelacht, aber ich weiß, dass er seine Worte ernst meint.

»Ehrlich, Marc, ich fühle mich einfach sehr oft allein. Bestimmt ist es nur das. Jen hat mit ihrer neuen Firma viel zu tun, und Tom und Tanya – ihr Studium fordert sie in diesem Jahr ziemlich. Sie nehmen sie hart ran, Mr Blackwell. Ich sehe die beiden kaum noch.«

»Von nichts kommt nichts. Aber im Sommer werden die beiden zu den gefragtesten jungen Schauspielern Londons gehören. Also, Mrs Blackwell …«, Marc nimmt eine Flasche Rotwein aus dem Regal und ritzt die Metallumhüllung mit dem Korkenzieher auf, »was sollen wir gegen Ihre Einsamkeit tun?«

Ich liebe es, seine Finger bei der Arbeit zu beobachten.

»Es wird ja nicht für immer so bleiben«, erwidere ich, während Marc den Korkenzieher eindreht. »Ivy wird eines Tages groß genug sein.«

Plopp.

Die Flasche ist geöffnet. Marc schenkt erst mir und dann sich selbst ein Glas ein.

»Und was ist, wenn ihre Geschwister auf der Welt sind?«

»Du denkst jetzt schon an weitere Kinder?«, frage ich mit großen Augen.

Marc setzt sich und nimmt einen Schluck Wein. »Na klar. Du etwa nicht?«

»Eigentlich noch nicht.«

»Wenn du deine Freunde vermisst, könnten wir eine Weile in unser Stadthaus ziehen«, schlägt Marc vor. »Dann würdest du sie öfter zu sehen bekommen.«

»Vielleicht.«

Er mustert mich über sein Weinglas hinweg. »Das ist nicht gerade die Begeisterung, die ich mir erhofft hatte. Was sollen wir mit Ihnen nur anstellen, Mrs Blackwell?«

Mein Blick wandert Richtung Wohnzimmer. »Ich … vermisse das Schauspielen.«

Marc knallt sein Glas auf den Tisch. »Du solltest nichts überstürzen, Sophia. Du musst noch eine Menge lernen. Der Hörsaal steht dir wieder offen, wenn Ivy so alt ist, dass du sie länger allein lassen kannst. Aber bis dahin ist dein Platz hier.«

Ich blicke auf mein Pizzastück.

Ich dachte mir schon, dass du genau das sagen würdest.

Ich weiß, dass Marc nicht will, dass ich wieder schauspiele. Er möchte nicht, dass ich irgendetwas tue, was außerhalb seines Kontrollbereichs liegt. Er wäre zufrieden, wenn ich jeden Tag zu Hause säße, jeden einzelnen Tag, ein kleiner Vogel in einem Käfig.

»Sophia, sieh mich an«, befiehlt Marc streng. »Sieh mir in die Augen. Ich kann es nicht ertragen, wenn du traurig bist.«

Ich weiß, dass mein Blick bekümmert wirkt.

Mein perfektes Baby, mein perfektes Haus, mein perfekter Ehemann – was könnte ich mir mehr wünschen?

Ich ringe mir ein Lächeln ab. »Ich hätte das mit der Schauspielerei nicht sagen sollen. Und eigentlich bin ich auch nie richtig einsam. Es ist schon alles gut.«

»Jetzt reicht's aber.« Marc steht auf und schließt die Küchentür. »Mrs Blackwell, es ist eine sehr ernste Angelegenheit, wenn Sie Ihren Ehemann belügen.«

»Wer sagt denn, dass ich lüge?«

»Ich. Du weißt es, ich weiß es, die Pasta weiß es. Etwas stimmt nicht. Es muss etwas geschehen.«

»Marc …«

»Komm her, und zwar sofort.« Er winkt mich zu sich.

Ich schüttle jetzt wirklich lächelnd den Kopf, stehe aber auf und gehe zu ihm.

Wir grinsen uns an, während er mich auf seinen Schoß zieht.

»Nun, Sophia …« Er streift mein langes, gewelltes braunes Haar zurück. »Wie du sicher weißt, muss ein Mann seine Frau von Zeit zu Zeit disziplinieren.«

»Muss er das wirklich?«

»Jawohl. Und ich nehme meine Pflichten als Ehemann sehr ernst.«

»Gott sei Dank.« Ich lächle. »Was würde ich bloß ohne dich tun?«

»Ich denke, du hättest keinerlei Kontrolle über dein Leben«, erwidert er.

Ich schließe die Augen.

»Leg dich auf meine Knie«, bestimmt er mit fester, leiser Stimme.

O mein Gott.

Nach all der Zeit, die wir uns kennen, bin ich immer noch wie Wachs in Marcs Händen. Manchmal denke ich, dass ich wirklich alles tun würde, was er mir befiehlt.

Vielleicht sollte mich dieser Gedanke erschrecken. Aber ich weiß, dass er sterben würde, um mich zu beschützen. Und ich liebe ihn genauso leidenschaftlich wie er mich.

Diese Art von Liebe, die Besessenheit, die wir beide verspüren, und die Dunkelheit, die wir gemeinsam erforschen – das alles ist unbeschreiblich. Ohne Marc bin ich unvollständig, ohne mich ist er es.

Mehr als je zuvor sehne ich mich nach seinen Anweisungen.

Ich befolge seinen Befehl, und meine Finger berühren den Küchenfußboden.

»Sehr gut, Mrs Blackwell.«

Ich kann das Lächeln in Marcs Stimme spüren.

O mein Gott!

Er schafft es nach wie vor mit ein paar sorgfältig gewählten Worten, meinen Körper vor Begierde erzittern zu lassen.

Ich sehe nicht, wie er die Hand hebt. Ich spüre nur einen scharfen Schmerz und höre das Geräusch, als seine flache Hand auf meinem Hinterteil landet.

Klatsch.

Klatsch.

Klatsch.

Seine Hand ist fest und schlägt ungebremst zu. Schmerz durchzuckt meine Pobacken und schießt mir bis in die Beine.

Mein ganzer Körper brennt.

Klatsch.

Klatsch.

Klatsch.

Ich bin schon so auf ihn eingestellt, ahne, was mich erwartet. Jeder meiner Sinne ist wach. Das Geräusch seiner mich schlagenden Hand elektrisiert mich, meine Haut brennt unter jeder seiner Berührungen.

Marc schlägt mich rhythmisch und präzise, mit genau der richtigen Stärke, dass ich vor Schmerz zusammenzucke.

Ich genieße seine immer intensiver werdenden Schläge und denke mit Wonne daran, wie Marc die Kontrolle liebt, die er über mich ausübt, und wie sich sein attraktives Gesicht dann vor Konzentration verzieht.

Plötzlich hält er inne.

»Steh auf.«

Ich folge dem Befehl mit zitternden Beinen. Mein Gesicht ist knallrot, mein Hintern brennt.

Marc streicht mir über die Haare. »Du wirst von Tag zu Tag schöner. Weißt du das? Und jetzt setz dich hin und iss.«

»Das war alles?« Ich lache.

»Vorläufig schon«, erwidert er. »Muss ich dir wieder mal einen Vortrag über Vorfreude halten?«

Ich nehme vorsichtig auf meinem Stuhl Platz. Mein Hintern schmerzt.

Atemlos beobachte ich Marc und sehne mich nach mehr.

»Geduld, Sophia. Geduld wird meistens belohnt. Und jetzt iss.«

»Ich habe auf einmal gar keinen Hunger mehr.«

»Ach ja, Mrs Blackwell? Und woher kommt das? Was lenkt Sie denn vom Essen ab?«

4

Du weißt ganz genau, woran ich denke.«

Marc schneidet ein Stück Pizza ab, beugt sich zu mir und hält es mir vor die Nase. »Du solltest wirklich etwas essen.«

Gehorsam nehme ich einen Bissen.

»Ich weiß jetzt, wie wir dich von deiner Einsamkeit kurieren können«, sagt er.

»Ach ja?«

»Ja. Ich denke da an eine kurze Reise.«

»Was für eine Reise?«

»Eine Reise, auf der ich dich mit Aufmerksamkeit überschütten werde. Im Ausland hat sich eine dringende Geschäftsangelegenheit ergeben, um die ich mich kümmern muss. Du begleitest mich, und ich werde dich daran erinnern, wie es sich anfühlt, Privatunterricht bei mir zu nehmen – jeden einzelnen Tag vierundzwanzig Stunden lang.«

»Was ist das für eine Geschäftsangelegenheit?«, frage ich und nehme einen weiteres Stück der Pizza, das Marc mir entgegenstreckt.

»Wir brechen morgen auf. Dann erkläre ich dir alles Weitere.«

»Morgen? Aber Marc, wir können morgen nicht ins Ausland reisen. Was machen wir mit Ivy? Sie ist noch nie geflogen, vielleicht mag sie das Fliegen nicht. Außerdem braucht sie einen Pass und Medikamente für die Reise, für alle Fälle. Und noch dazu ein Bettchen, in dem sie schlafen kann …«

»Rodney wird sich um alles kümmern.«

»Aber wirklich schon morgen? Wir sind mit Ivy ja noch nicht einmal nach London gefahren.«

»Du bist nicht glücklich, Sophia. Eine Reise ist genau das Richtige für dich. Unterwegs kannst du anfangen, über die sogenannte richtige Welt und darüber nachzudenken, wo dein Platz in ihr ist. Nämlich zu Hause bei Ivy. Wenn du erst einmal zur Ruhe gekommen bist und die Dinge klarer siehst, wirst du sicher meiner Meinung sein.«

Das ist genau das, wovor ich Angst habe. »Marc …«

»Und noch etwas. Ich denke, du solltest nächstes Jahr dein Studium am Ivy College wieder aufnehmen.«

»Zurück an die Schauspielschule, nachdem ich in einem Film mitgespielt habe? Was soll ich denn noch lernen?«

»Sehr viel. Ich habe es dir schon einmal gesagt – du hast es mit dem Film überstürzt. Du solltest wieder ans Ivy College gehen, um dir eine gute Basis aufzubauen.«

»Selbst wenn du recht haben solltest, wissen doch alle über uns Bescheid. Wäre das nicht etwas seltsam?«

»Liegt dir so viel an der Meinung anderer Leute?«

»Nein. Aber was würden die anderen Studenten denken, wenn sie wüssten, dass eine Kommilitonin mit dem Dozenten verheiratet ist? Es würde uns beiden ziemlich große Mühe kosten, allen zu zeigen, dass ich nicht dein Liebling bin.«

»Das bist du aber – und wirst es immer sein.«

»Du weißt, was ich damit meine.«

Marc steht auf und wischt sich die Hände mit der Serviette ab. »Glaub mir, Sophia, es wird dir guttun, wieder die Schauspielschule zu besuchen. Natürlich erst, wenn Ivy alt genug ist. Jetzt aber was anderes – dieses Päckchen liegt schon lange genug auf dem Kaminsims. Es wird Zeit, dass du es öffnest.«

Marc geht ins Wohnzimmer und kehrt mit der silbernen Schachtel zurück. Er schiebt meinen Teller beiseite und stellt sie auf mein Platzset aus Schilf, sodass sie im hellen Licht der Küche schimmert.

»Würdest du mir bitte erklären, warum du wochenlang daran vorbeigeschlichen bist und offenbar zu viel Angst hattest, sie zu öffnen?«

»Ich hatte keine Angst.«

»Hast du denn irgendeine Vorstellung, was darin sein könnte?«

»Oben auf der Schachtel ist eine Lotosblüte eingeprägt.« Ich streiche über den kurzen silbernen Stängel und die Blütenblätter, die auf dem Karton etwas hervorgehoben sind. »Hat der Inhalt – hat er vielleicht etwas mit dem Riviera-Filmfestival zu tun?«

»Das würde ich ebenfalls vermuten.« Marc runzelt die Stirn. »Allerdings wirkt die Schachtel wesentlich schwerer als meine.«

»Hast du eine Einladung bekommen?«

»Natürlich. Ich bekomme jedes Jahr eine.«

Ich stelle die Schachtel vom Platzset auf den Tisch und wische mir die Hände an der Serviette ab. »Warum soll ich mich quälen? Filmfestivals, Preisverleihungen – zu solchen Events kann ich momentan sowieso nicht gehen.«

»Aber du solltest wenigstens darauf reagieren«, meint Marc. »Das gebührt schon allein der Anstand. Wer auch immer dir eine Einladung geschickt hat, wird wissen wollen, ob du kommst. Je eher du Bescheid gibst, desto besser.«

»Na gut.« Ich öffne den Deckel und runzle angesichts der Karte und des Papierbündels darin verständnislos die Stirn.

Plötzlich weiß ich, worum es sich handelt.

Rasch schließe ich den Deckel wieder, mein Herz pocht.

Marc sieht mich fragend an. »Sophia?«

Ich schüttle den Kopf. »Es ist nichts Besonderes, nur … nur eine Einladung, wie du bereits vermutet hast.«

»Und was noch?«, will er wissen.

Ich blinzle. »Ist das denn wichtig?«

»Ich finde schon«, beharrt er.

»Ein Drehbuch.«

»Ein Drehbuch? Von wem?«

»Das ist doch völlig egal«, winke ich ab. »Ich werde so schnell ohnehin keine Rolle mehr annehmen.«

»Es freut mich, dass du so vernünftig bist.«

»Vernünftig?«

»Gott, Sophia, du warst ja kaum für *Rapunzel* bereit, und jetzt haben wir ein Baby. Filme sind das Letzte, woran du deine Gedanken verschwenden solltest.«

»Kaum bereit? *Rapunzel* ist fantastisch geworden, das höre ich von allen Seiten.«

»Und trotzdem musst du noch eine Menge lernen. Vor Ivys Geburt ging alles viel zu schnell. Es ist vernünftig, jetzt einen Gang runterzuschalten. Und wenn die Zeit reif ist, nimmst du erst einmal wieder dein Studium auf.«

»Und was ist, wenn ich in einem Film mitspielen möchte?«

»Aber du hast doch gerade erst behauptet, dass du nicht von Ivy getrennt sein willst und ein Kindermädchen nicht infrage kommt.«

»Ich weiß, ich weiß. Es ist nur so, dass …«

»Dass du die Schauspielerei liebst«, beendet Marc den Satz für mich.

Ich nicke stumm.

»Aber Sophia, wenn Ivy größer ist, kannst du wieder am Ivy College schauspielen. In einer behüteten, für dich förderlichen Umgebung. Und wenn du dann reif genug bist, kannst du natürlich auch Filmrollen annehmen. Vielleicht wenn Ivy in die Schule kommt. Du hast noch so viel Zeit.«

»Geht es dir nur um das? Nur darum, mich in Sicherheit zu wissen?«

»Teilweise. Außerdem will ich nicht, dass du dir zu viel zumutest, indem du dir Dinge aufhalst, für die du momentan nicht bereit bist.«

Ich seufze. »Dieses Gespräch führt doch zu nichts. Ivy ist zu klein, um sie einem Kindermädchen anzuvertrauen. Also kann ich keine Rolle annehmen. Du bekommst deinen Willen.«

»Aber ich will doch gar nicht, dass du nicht schauspielst. Und ich teile auch nicht deine Meinung, dass Ivy noch zu jung für ein Kindermädchen ist. Eine Nanny könnte sogar dein Einsamkeitsproblem lösen. Würde sie auf Ivy aufpassen, hättest du mehr Zeit für deine Freunde.«

»Ich will aber kein Kindermädchen.«

Ein kaum wahrzunehmendes Geräusch lässt mich aufhorchen. Ivy ist aufgewacht.

»Die Ohren einer Mutter«, erkläre ich Marc und stehe auf. »Kein Kindermädchen, egal wie gut, hat so ein feines Gehör.«

5

Sophia!«, ruft Marc und folgt mir. »Wir müssen noch weiter reden.«

Ich knie mich neben den Stubenwagen und lächle wie eine Schwachsinnige, als Ivy schläfrig ihre großen blauen Augen aufschlägt. »Hallo, meine Hübsche. Mummy ist da.«

Marc hockt sich neben mich und legt seine große Hand sanft auf Ivys Kopf. »Wir sollten dieses Gespräch wohl lieber später fortsetzen.«

»Es gibt nichts mehr zu bereden«, widerspreche ich. »Okay, ich gebe es zu: Ich vermisse die Bühne. Aber damit muss ich wohl einfach leben.«

Ich hebe Ivy aus dem Korb und drücke sie sanft an meine Brust.

»Du bist müde und kannst nicht klar denken. Wir reden morgen auf unserer Reise weiter.«

»Ich habe dir doch schon gesagt, dass es nichts mehr zu reden gibt.« Ich streichle Ivys flaumiges Köpfchen.

»Du bist kindisch, Sophia.«

Ich erhebe mich und laufe ein wenig auf und ab, wobei ich Ivy sanft schaukle. Trotzdem weint sie weiter.

»Ich nehme sie«, meint Marc und tritt zu uns. »Du bist erschöpft.«

»So erschöpft nun auch wieder nicht.«

»Du hast seit Monaten keine Nacht durchgeschlafen.«

»Ich bin ihre Mutter, Marc. Ich bin den ganzen Tag bei ihr. Ich weiß besser als jeder andere, was sie braucht.«

Marc berührt mit seiner Hand meine Schulter. »Lass es mich wenigstens kurz probieren. Ich habe eine jüngere Schwester, auch wenn es lange her ist, dass sie so klein war wie Ivy. Aber ich kann wirklich ganz gut mit Babys umgehen.«

Ivy weint lauter. Ich laufe ein wenig schneller und wiege sie weiter in meinen Armen. »Irgendetwas stimmt nicht mit ihr«, beschließe ich. »Normalerweise weint sie nicht, wenn sie aufwacht. Vielleicht sollten wir einen Arzt rufen.«

»Bevor wir das tun, kann ihr Vater doch wenigstens mal versuchen, sie zu beruhigen, oder?«

Zögernd lege ich ihm Ivy in die Arme. Sie weint heftiger.

»Siehst du?«, sage ich und strecke die Hände schon aus, um sie ihm wieder abzunehmen.

»Einen Moment noch.« Marc geht mit Ivy ans Fenster und zeigt ihr den Sonnenuntergang.

Sofort verstummt sie.

»Siehst du?«, sagt er. »Sie war einfach nur gelangweilt. Genau wie ihre Mutter. Rodney wird die Koffer für unsere morgige Reise packen. Wir brechen um neun Uhr auf.«

»Aber Ivy macht kurz nach neun immer ein Nickerchen …«

»Ich weiß. Sie wird in ihrem Autositz einschlafen und am Flughafen aufwachen.«

In der Nacht schreit Ivy mehrmals. Beim dritten Mal lässt sie sich nicht mehr beruhigen. Den Tränen nahe laufe ich mit ihr im Kinderzimmer auf und ab.

Bei meinem kleinen Bruder Sammy war das nie so.

Erschrocken zucke ich zusammen, als ich Marcs Schatten sehe. Das Licht aus dem Flur fällt auf seinen muskulösen Körper. Er trägt eine weite schwarze Pyjamahose, sonst nichts.

»Sophia …«

»Ich weiß nicht, was sie hat«, schluchze ich. »Sie hat getrunken. Ich …« Ich fange an zu weinen.

Marc umarmt uns und übernimmt Ivy. Er hebt sie hoch in die Luft, und sofort entspannt sie sich, und ihr Weinen hört auf. Dann legt er sie sich an die Schulter und läuft durchs Zimmer. Innerhalb kürzester Zeit ist sie eingeschlafen.

»Wie hast du das geschafft?«

»Ich bin weder übermüdet noch wütend. Sophia, es ist albern, dass du meinst, immer alles alleine machen zu müssen. Es erschöpft dich unendlich. Dieses ganze Gerede über die Schauspielerei – dabei brauchst du Ruhe. Es ist Zeit, eine Hilfe für dich einzustellen. Und jetzt geh ins Bett, du bist fix und fertig.«

»Aber …«

»Keine Widerrede.« Er legt Ivy sanft in ihr Bettchen zurück, und sie dreht den Kopf zur Seite. »So kann das nicht weitergehen.«

Meine Tochter ist ergreifend schön, wenn sie schläft. Ich könnte ihr ewig dabei zusehen.

»Ab ins Bett!«, befiehlt Marc mir. »Und morgen werden wir noch einmal das Thema Kindermädchen erörtern.«

Ich reibe mir die Augen und spüre Tränen auf meinen Fingerknöcheln.

Marc führt mich aus dem Kinderzimmer. »Ivy ist bei ihrem Vater gut aufgehoben.« Seine Stimme klingt etwas sanfter. »Morgen ist ein aufregender Tag für dich, du solltest wirklich schlafen.«

»Sagst du mir endlich, wohin die Reise geht?«

»Nein. Du musst dich noch etwas gedulden.«

6

In den frühen Morgenstunden wacht Ivy wieder auf.

Ich schiebe die Decke zur Seite und will zu ihr eilen, doch Marc packt mich am Handgelenk.

»Wohin willst du?«

»Ivy braucht ihre Milch.«

»Ich hole sie ihr. Du hast deinen Schlaf nötig.«

»Den brauchst du aber auch.«

»Mach dir keine Sorgen um mich.«

Als ich Stunden später aufwache, gerate ich sogleich in Panik.

Ivy.

Ich blinzle Richtung Wecker, und mein Herzschlag setzt kurz aus.

Acht Uhr. O mein Gott!

Ivy sollte eigentlich schon wach sein. Ich hätte sie weinen hören müssen. Etwas ist passiert. Marc liegt nicht neben mir …

Ich stürze ins Kinderzimmer.

Das Bettchen ist leer. Ich stolpere ins Erdgeschoss. Marc sitzt im Wohnzimmer auf unserem großen, gemütlichen Sofa. Ivy liegt auf seiner nackten Brust und schläft friedlich, während er Zeitung liest und einen schwarzen Kaffee trinkt.

Ich werde ruhiger.

»Du hast mich nicht aufgeweckt«, stelle ich fest, als ich barfuß auf dem polierten Holzfußboden stehe.

Marc hebt den Blick von der Zeitung. »Du hast deinen Schlaf gebraucht. Rodney hat Frühstück gemacht, es steht in der Küche.«

»Geht es Ivy gut?«

Marc neigt den Kopf, um das schlafende Baby auf seiner Brust zu betrachten. »Es geht ihr bestens.«

Ich setze mich neben die beiden. »Das mit gestern Nacht tut mir leid. Ich war wirklich ziemlich müde.«

»Ich weiß. Deshalb möchte ich dir ja eine Hilfe besorgen.«

»Hör mal, Marc, vielleicht ist es ja nur so, dass ich dich tagsüber vermisse. Wenn du ein bisschen früher heimkämst …«

»Würde das das Problem nur zur Hälfte lösen«, unterbricht mich Marc. »Du bist übermüdet, Sophia, du brauchst jemanden, der dir hilft, mit der Belastung fertigzuwerden.«

»Ivy ist keine Belastung.« Ich lasse mich gegen die Rückenlehne des Sofas fallen.

»Nein, natürlich ist sie das nicht. Aber sie ist anstrengend. Und wenn du so erschöpft bist, kannst du nicht klar denken. Dann stellst du dir vor, wieder zu schauspielen, obwohl eigentlich alles, was du willst, nur eine durchschlafene Nacht ist.«

Vielleicht hat Marc recht, aber …

»Ich sehe, wie es in deinem Kopf arbeitet, Mrs Blackwell«, sagt Marc und streichelt mir mit dem Finger über die Stirn. »Was geht da drinnen vor sich?«

»Ich denke an die Schauspielerei«, gebe ich zu.

»Lass es.«

»Sei nicht so herablassend.«

»Aber ich habe doch recht.« Marc stellt seine Kaffeetasse ab. »Jetzt hör mir mal gut zu: Ich habe arrangiert, dass uns ein Kindermädchen auf der Reise begleiten wird. Nur bis wir wieder zurück sind, damit du dich an die Idee, kontinuierliche Hilfe anzunehmen, gewöhnen kannst.«

»Marc ...«

»Sophia, du bist fertig mit den Nerven. Es ist einfach nicht gesund, alles alleine zu machen.«

»Millionen Frauen ...«

»Millionen Frauen haben Mütter oder Schwestern«, unterbricht mich Marc, »die ihnen zur Seite stehen. Du hast das nicht. Aber das wird sich von heute an ändern. Unser neues Kindermädchen wird uns auf dem Flug begleiten, und wenn wir unser Ziel erreicht haben, kümmert sie sich um Ivy, während wir unsere Termine wahrnehmen.«

»Erwartest du allen Ernstes von mir, dass ich jemandem, den ich nicht kenne, Ivy überlasse?«

»Glaubst du vielleicht, dass ich eine Person in die Nähe unserer Tochter lassen würde, die vorher nicht auf Herz und Nieren geprüft wurde?«

»Ich bin ihre Mutter, Marc. Die wichtigste Prüfung werde ich vornehmen.«

Er faltet die Zeitung zusammen. »Mittlerweile solltest du wissen, dass du mir vertrauen kannst.«

»Es ist viel zu früh, Ivy einer Fremden zu überlassen.«

»Nein, das ist es nicht.«

Ich spüre, wie mir Tränen in die Augen steigen, und wische sie weg. Warum bin ich in letzter Zeit nur so nah am Wasser gebaut?

Marc legt Ivy in meinen Arm und zieht mich an seine Brust. »Du bist eine gute Mutter, Sophia. Eine wunderbare Mutter. Aber es ist Zeit, etwas loszulassen.«

»Und mir von jemandem helfen zu lassen, den ich noch nie gesehen habe?«

»Das neue Kindermädchen ist mir wärmstens empfohlen worden. Ich verspreche dir, sie ist die Beste. Außerdem wird sie vorerst nur auf der Reise dabei sein, okay? Und jetzt frühstücke. Der Wagen wird bald hier sein.«

7

Dann erzähl mir wenigstens etwas über dieses Kindermädchen«, sage ich auf dem Weg zum Flughafen. »Hast du sie persönlich getroffen?«

»Nein«, antwortet Marc, »aber ich kenne ihren Mann, und Denise hat sie mir wärmstens empfohlen. Ihrem Urteil vertraue ich voll und ganz. Die Nanny hat schon für eine Reihe bekannter Familien in London gearbeitet.«

Wahrscheinlich ist sie ziemlich eingebildet, beschließe ich. Nun gut, wenn sie mir nicht liegt, werde ich das sofort sagen. Ich werde es nicht zulassen, dass sich jemand um mein Baby kümmert, der mir nicht gefällt.

»Sie tut uns einen Gefallen«, fährt Marc fort. »Eigentlich arbeitet sie gar nicht mehr, seit sie verheiratet ist. Aber ihr Mann lässt sie für unsere Reise von der Leine.«

»Er lässt sie von der Leine?«

»Das sagt man eben so«, erwidert Marc mit zuckenden Mundwinkeln. »Solltest du natürlich an Leinen interessiert sein …«

Unwillkürlich muss ich lächeln. »Hör auf damit.«

»Ich habe das Gefühl, dass dir unsere Reise gefallen wird. Gestern in der Küche haben wir etwas angefangen, das wir noch nicht zu Ende gebracht haben, richtig?«

Ich erröte. »Nicht mit Ivy in der Nähe.«

»Ein weiterer Grund, ein Kindermädchen einzustellen.«

Der Privatjet ist so schön, wie ich ihn in Erinnerung hatte – mit weichen weißen Ledersitzen und vielen beigen Kissen.

An Bord duftet es nach Kaffee und frischem Gebäck.

Marc hat dafür gesorgt, dass eine Babyschale zum Schlafen für unsere Tochter neben unseren Sitzen steht. Aber als die Motoren angehen, ist an Schlaf nicht zu denken. Ivy ist hellwach und betrachtet ihre Umgebung.

Ich halte sie in den Armen, damit sie aus dem Fenster sehen kann.

Während das Bodenpersonal das Flugzeug belädt, rollt eine Limousine heran.

»Komisch.« Ich runzle die Stirn. »Wie kommt es, dass die Motoren schon gestartet sind, wenn der Pilot noch nicht da ist?«

Aber es ist nicht der Pilot.

Aus der Limousine steigt eine junge rothaarige Frau. Sie reicht einem Mann in neongelber Weste ihre Reisetasche, um dann die Leiter zum Flugzeug hinaufzusteigen.

»Ah, da kommt sie ja«, sagt Marc und steht auf. »Das Kindermädchen.

Mein Herz pocht.

»Willkommen an Bord!«, ruft Marc. »Sophia kann es kaum erwarten, Sie kennenzulernen. Treten Sie ruhig näher.«

Ich drücke Ivy fest an meine Brust.

»Das ist sie«, flüstere ich. »Das neue Kindermädchen. Wenn sie dir nicht gefällt, fängst du einfach an zu weinen, okay? Dann weiß Mummy Bescheid.«

Ich mustere die junge Frau von oben bis unten, während sie auf uns zugeht.

Sie ist jünger als erwartet. Vermutlich habe ich mir Kindermädchen als alte Drachen vorgestellt. Und sie hat ein hübsches Gesicht mit heller Haut und Sommersprossen.

Sie ist kaum älter als ich, schießt es mir sofort durch den Kopf. Wie soll sie dann besonders erfahren sein?

Aber ihr Outfit gefällt mir. Sie trägt eine mit schwarzen Pailletten bestickte Jeans und ein weites Sweatshirt, das an einer Schulter etwas hinabgerutscht ist und auf dessen Vorderseite ein Druck der schottischen Flagge prangt.

Ich bin froh, dass sie keine Berufskleidung trägt. Das hätte ihr sofort einen Punkteabzug eingebracht.

Das Mädchen kommt lächelnd auf mich zu.

»Hallo.« Sie reicht mir die Hand. »Sie sind bestimmt Sophia. Ich bin Seraphina. Seraphina Mansfield.«

8

Äh … hallo.« Ich schüttle ihr die Hand.

Seraphina wirkt eigentlich ziemlich nett. Sehr natürlich. Überhaupt nicht steif oder eingebildet.

Das rote Haar reicht ihr bis zu den Schultern. Ivy greift danach und erwischt eine Strähne.

»Das machen Babys immer.« Seraphina lacht. »Hat wohl was mit der Farbe zu tun. Das ist also Ivy, richtig? Wunderschön, die Kleine.«

Seraphina setzt sich auf die Armlehne und streichelt Ivys Kopf. »Wirklich umwerfend. Sie sieht Ihnen sehr ähnlich. Und Sie sind Schauspielerin?«

»Das war ich.« Ich sehe aus dem Fenster.

»Ich kann nachvollziehen, dass die Vorstellung, dass sich jemand anderes um Ihr Baby kümmert, schwer für Sie ist.« Seraphina nimmt neben mir Platz. »Aber ich bin nicht hier, um alles an mich zu reißen. Ich bin nur ziemlich gut darin, müden Müttern ein paar freie Nächte zu bescheren. Es macht mir nichts aus, wenn ich aufwache. Überhaupt nichts.«

Ivy starrt Seraphina an und lächelt.

Mit einem dumpfen Knall fällt die Tür ins Schloss, und unser Steward verriegelt sie ordnungsgemäß.

Marc steht mit verschränkten Armen im vorderen Bereich des Jets und beobachtet mich. Auf seinen Lippen liegt ein kleines Lächeln.

»Ich lasse euch drei jetzt mal allein, damit ihr euch besser kennenlernen könnt.« Er setzt sich neben das Cockpit.

»Wissen Sie, was?« Seraphina streichelt Ivys Wange. »Wann immer Ihnen etwas nicht passt, sagen Sie es mir sofort, okay? Irgendwie habe ich nämlich das Gefühl, dass diese Sache über Ihren Kopf hinweg arrangiert wurde.«

Ich lache. Sie ist wirklich sympathisch. Und Ivy scheint sie zu mögen.

»Das war Marcs Idee«, gebe ich zu. »Er ist felsenfest davon überzeugt, dass mir eine Pause guttun wird. Deshalb die Reise.«

»Und was meinen Sie?«

Ich stelle fest, dass ich an meinem Daumennagel kaue. »Marc hat häufig recht.«

»Wirklich? Oder glaubt er nur, dass er recht hat?«

Wieder muss ich lachen. »Nein, er hat wirklich sehr oft recht. Lassen Sie es uns einfach mal versuchen. Vielleicht bin ich ja nach ein paar Nächten Schlaf wieder so, wie ich eigentlich bin.«

»Momentan sind Sie das nicht?«

»Na ja … Ich bin gern Mutter«, sage ich, »und ich liebe Ivy.«

»Aber?«

Plötzlich gestehe ich einer völlig fremden Person die Wahrheit. »Ich vermisse das Schauspielen.«

»Aber das ist doch verständlich«, erwidert Seraphina. »Wenn man eine Leidenschaft hat, dann schmerzt es, wenn man sie nicht ausleben kann.«

»Wie lange machen Sie ihren Job schon?«, frage ich.

»Seit meinem sechzehnten Lebensjahr. Na ja …« Sie senkt die Stimme, »offiziell erst seit dem achtzehnten. Ich habe ziemlich früh begonnen.«

»Marc hat mir gesagt, dass Sie eigentlich nicht mehr arbeiten.«

»Das stimmt ganz und gar nicht.« Sie lacht. »Aber momentan nehme ich immer nur vorübergehende Jobs an. Zu Hause gibt es einen kleinen Jungen, den ich über alles liebe und den ich nicht lange allein lassen kann. Hat Patrick gesagt, ich würde nicht mehr arbeiten? Dann bringe ich ihn um.«

»Wer ist Patrick?«, frage ich.

»Mein Mann. Er ist eher der traditionelle Typ. Wenn es nach ihm ginge, dürfte ich keinen Finger krumm machen.«

»Das kommt mir irgendwie bekannt vor.« Mein Blick schweift zu Marc.

»Trotzdem kann ich mir nicht vorstellen, nicht zu arbeiten«, fährt Seraphina fort. »So bin ich eben. Wissen Sie, was ich meine?«

»Sehr gut sogar.«

Ivy ist ein mustergültiges Baby. Eine Welle aus Schuldgefühlen begräbt mich unter sich. Wie kann ich nur daran denken, als Schauspielerin zu arbeiten, wenn ich so ein wundervolles Baby habe?

»Möchten Sie sie mal halten?«, frage ich Seraphina.

»Sehr gern.« Sie übernimmt Ivy und schneidet ein paar Grimassen für sie.

Ivy gluckst leise, und mein Herz schmilzt.

»Sie mag Sie«, sage ich. »Vermutlich geht es allen Kindern so.«

»Früher oder später«, erklärt Seraphina. »Anfangs nicht immer. Ivy ist ein sehr freundliches Baby. Bestimmt weil sie eine sehr gute Mutter hat.« Sie zwinkert mir zu.

»Ach, ich glaube nicht …«

»Natürlich sind Sie eine gute Mutter«, beharrt Seraphina. »Hören Sie mir gut zu: Sie brauchen kein schlechtes Gewissen zu haben, wenn Ihnen jemand bei der Betreuung Ihrer Tochter hilft. Wissen Sie, dass überall auf der Welt Babys herumgereicht werden? Mütter sind nicht dafür geschaffen, sich ganz allein um sie zu kümmern.«

Ich seufze. »Aber ich bekomme schon sehr viel Hilfe im Haushalt.«

»Ein Baby ist gerade in der ersten Zeit sehr anstrengend«, erklärt Seraphina. »Egal wie viel Hilfe jemand hat. Wann haben Sie zum letzten Mal eine Nacht durchgeschlafen?«

»Vor Ivys Geburt«, gebe ich zu.

»Sehen Sie? Ihre Schicht hat nie ein Ende.«

»Aber ich mache es gern«, beharre ich.

»Natürlich tun Sie das. Aber das heißt nicht, dass Sie nicht auch andere Dinge gern machen dürfen. Etwa als Schauspielerin zu arbeiten. Wie auch immer – ich bin hier, um Ihnen auf Ihrer Reise beizustehen. Also lassen Sie sich wenigstens in dieser Zeit von mir helfen, okay?«

9

Das Flugzeug setzt zum Landeanflug an, und ich erkenne Nadelbäume, schneebedeckte Berge und blaue Seen, so weit mein Blick reicht.

Wo sind wir?

Ivy schläft in ihrer Babyschale.

Hinten im Flugzeug döst Seraphina auf dem Tagesbett.

Ich löse meinen Sitzgurt und wanke durch den Gang zu Marc.

»Wo landen wir?«, frage ich ihn.

Marc zieht mich auf seinen Schoß. »Schön, dass du deine Neugierde nicht ganz verloren hast.«

»Wer wäre in so einem Moment nicht neugierig?«, gebe ich zurück.

Er streift mir das Haar aus dem Gesicht. »Du erinnerst dich daran, dass wir noch etwas erledigen müssen, was wir gestern Abend am Küchentisch nicht zu Ende gebracht haben. Ich hoffe sehr, dass wir heute noch dazu Gelegenheit haben. Nach der Landung.«

»Und wo landen wir?«, will ich erneut wissen.

»In der Schweiz«, erklärt er lächelnd.

»Wow.« Ich drücke die Nase ans Fenster. »Das ist ja toll. Aber warum hast du mir das nicht gleich gesagt?«

Marcs Lippen zucken. »Damit hätte ich dir deine Vorfreude verdorben. Und du kennst ja meine Einstellung zu diesem Thema.«

»Du kannst ganz schön nerven, weißt du das?« Ich lehne meinen Kopf an seine muskulöse Brust, und er umarmt mich fest.

»Deshalb passen wir ja auch so gut zusammen, findest du nicht?«, flüstert er an meinen Haaren.

»Meistens schon.«

»Meistens?« Marc zwingt mich, ihn anzusehen. »Pass auf, was du sagst, Sophia, sonst fällt deine Bestrafung noch härter aus als geplant.«

Ich bedenke ihn mit einem warnenden Blick in der Art von: »Hier nicht!«, dann reiße ich mich von ihm los. »Ich muss wieder nach Ivy sehen.«

Ein glänzender schwarzer Geländewagen mit überdimensionalen Reifen holt uns am Flughafen ab. In ihm sitzen wir ziemlich hoch.

Wir fahren auf einer kurvenreichen Straße, die von Fichten und grauen Felsen gesäumt wird, durch die Berge.

Ab und zu erhasche ich einen Blick auf einen glitzernden blauen See unter uns.

Ich lehne mich ans Fenster und lächle beim Anblick des vielen Grüns.

»Es ist wirklich sehr schön hier«, flüstere ich Marc andächtig zu, dessen Hand fest auf meinem Oberschenkel ruht.

Seraphina sitzt neben Ivys Babyschale. Die bisherige Fahrt hat sie damit verbracht, mit unserer Tochter zu reden und sie zum Lächeln zu bringen.

Die junge Frau gefällt mir immer besser. Sie ist unbeschwert und geht mit Ivy völlig ungekünstelt um. Wäre ich ein Baby, würde ich sie auch mögen.

Ein paar hübsche Holzhäuser tauchen in der Landschaft auf, und ich entdecke mehrsprachige Wegweiser zu Geschäften und Restaurants – auf Französisch, Deutsch und Italienisch.

Bald nehmen die Häuser, Läden und Restaurants in ihrer Anzahl zu. Der Ort zieht sich an einem kristallklaren See entlang und wirkt wie aus einem Märchen.

»Wo sind wir?«, frage ich.

»In Montreux«, erwidert Marc und drückt meinen Oberschenkel. »Am Genfer See.«

»Sind wir zum Skifahren hier?«

Marcs Lippen zucken. »Eigentlich nicht.«

Der Geländewagen fährt die Uferstraße entlang, und ich entdecke ein wunderschönes gelbes mehrstöckiges Gebäude direkt am Wasser. Es ist riesig und besitzt Hunderte von in der Sonne blitzenden Fenstern.

»Hier werden wir übernachten«, sagt Marc, als der Wagen anhält.

»Hier?« Ich kann es kaum fassen. »Das ist ja ein richtiges Schloss.«

Marcs Lippen kräuseln sich zu einem Lächeln. »Das passt doch wunderbar, findest du nicht auch? Genau das Richtige für eine Prinzessin.«

»Und warum genau sind wir jetzt hier?«, frage ich.

10

Marc löst seinen Sitzgurt. »Das wirst du später erfahren.«

Ich verdrehe die Augen, muss jedoch unwillkürlich grinsen.

»Sieh mal, Ivy«, sage ich und lehne mich nach vorn, um den Gurt ihrer Babyschale zu lösen. »Hier werden wir heute nächtigen.«

Der Chauffeur öffnet die Tür.

Seraphina streckt die Arme aus. »Geben Sie mir das Baby, dann können Sie besser aussteigen.«

»Danke«, sage ich und wundere mich, wie bereitwillig ich ihr Ivy überlasse.

Ja, ich mag sie, merke ich. *Vielleicht ist ein Kindermädchen doch gar nicht so verkehrt.*

Die Lobby des Hotels ist beeindruckend – eine weitläufige, mit Marmor ausgekleidete Halle führt zu einer geschwungenen Treppe mit goldfarbenem Geländer.

Pagen in gelben Livreen eilen mit einem Wagen für unser Gepäck herbei, die Räder gleiten lautlos über den glatten Boden.

»Mr und Mrs Blackwell.« Ein Herr in schwarzem Anzug tritt

hinter der Empfangstheke hervor. »Herzlich willkommen in unserem Hotel. Ich bin Ihr persönlicher Butler und Concierge. Ihr Wunsch ist mir Befehl.«

Der Mann trägt eine runde gelbe Kappe, das weiß melierte Haar ist um seine Ohren herum akkurat geschnitten.

Ich höre aus seinen Worten einen italienischen Akzent heraus und erwidere spontan: »*Molte grazie.*«

Das Gesicht des Mannes hellt sich auf. »Sie sprechen Italienisch?«

»Ein bisschen«, erkläre ich. »Meine Mutter hat es mir beigebracht. Vor langer Zeit.«

Er nimmt meine Hand und schüttelt sie herzlich. »*Benvenuto! Benvenuto!* Es ist mir wirklich ein großes Vergnügen, Sie als unsere Gäste begrüßen zu dürfen. Bitte, lassen Sie sich von mir Ihre Suite zeigen. Die schönste unseres Hotels.« Er legt die Finger aneinander und drückt einen extravaganten italienischen Kuss darauf. »*Bellissimo!* Folgen Sie mir bitte, Mrs Blackwell. Ich heiße Philippe. Sie können sich mit jedem Wunsch an mich wenden.«

Ich bemerke, wie Marc mich anlächelt.

»Was ist denn?«, frage ich.

»Sieht so aus, als wäre dir jemand verfallen.« Marc streicht mir eine Haarsträhne aus dem Gesicht.

Philippe führt uns zu der Treppe, deren Stufen mit schwarzem Teppich bedeckt sind.

Marc und ich folgen ihm.

»Die Räume Ihrer Nanny befinden sich auf demselben Flur«, erklärt Philippe.

»Sehr schön«, sagt Seraphina. »Ich packe dann gleich mal meine Sachen aus.«

»Das müssen Sie nicht, Madame.« Philippe lächelt sie an. »Darum wird sich gleich ein Zimmermädchen kümmern.«

»Dann genieße ich eben den Ausblick oder sehe mich ein bisschen um.« Seraphina zwinkert mir zu. »Und ich kümmere mich um Ivy, dann können Sie es sich schon mal gemütlich machen.«

»Ach, Ivy kann bei uns bleiben«, antworte ich. »Ganz ehrlich, das geht völlig in Ordnung.«

»Sophia!«, entgegnet Marc mit warnender Stimme. »Du musst üben, Ivy gelegentlich loszulassen. Und zwar ab sofort.«

»Er hat recht.« Seraphina nimmt Ivy und wiegt sie ein wenig. »Aber wenn Ihnen etwas nicht recht ist, sagen Sie mir bitte gleich Bescheid, okay? Ich bin ja nicht weit weg.«

Ich nicke, auch wenn ich einen kleinen Stich im Herzen verspüre.

»Es wird alles gut werden«, lächelt Seraphina freundlich.

Der Schmerz verfliegt.

»Mr und Mrs Blackwell?« Philippe steht vor einer mit Seide bespannten Doppeltür und winkt uns zu. »Hier ist Ihre Suite.«

Ich trete zu ihm, während er die Türflügel öffnet.

Wow!

Unsere Suite ist riesig.

Sie ist mit weichen weißen Polstermöbeln und einem Himmelbett ausgestattet. Ich bemerke Schüsseln mit Schokolade und zähle sechs Balkontüren.

O mein Gott – dieser Blick! Unter uns liegt der blau glitzernde See, umringt von schneebedeckten Bergen.

»Nur eines noch«, sage ich, »wir brauchen doch auch ein Kinderbett für Ivy.«

Der Butler legt sich die Hand auf die Brust. »Mrs Blackwell! Ich bitte tausendmal um Verzeihung. Das hätte natürlich schon längst erledigt sein sollen. Lassen Sie mich …«

»Das ist kein Versäumnis«, fällt Marc ihm ins Wort. »Ich hatte nicht um ein Kinderbett gebeten. Ivy wird bei Seraphina schlafen.«

»*Schlafen?* Nein, Marc, das geht nicht«, widerspreche ich mit heftigem Kopfschütteln. »Noch nicht. Sie war noch keine einzige Nacht wirklich von mir getrennt.«

»Sie ist dir ebenso nahe wie zu Hause, wenn sie mit einem Babyfon in ihrem Zimmer schläft.« Marc vergräbt seine Hände in den Hosentaschen. »Du kannst sie jederzeit sehen.«

»Sie müssen sich in diesem Hotel wirklich keine Sorgen machen, Mrs Blackwell«, wirft Philippe ein, während er die dicken Seidenvorhänge zurechtzieht. »Wir verfügen über ausgezeichnete Sicherheitskräfte. Und es ist doch wirklich sehr romantisch hier, finden Sie nicht? Nehmen Sie sich ein bisschen Zeit für Ihren Mann, und genießen Sie Ihren Aufenthalt bei uns.«

Marc steckt ihm einen gefalteten Geldschein zu. »Danke, Philippe. Im Moment brauchen wir nichts weiter.«

»Soll ich nicht Ihre Sachen auspacken?«, fragt der Butler zuvorkommend und lässt von den Vorhängen ab.

»Danke, aber jetzt nicht.«

Als Phillipe uns allein gelassen und die Doppeltür hinter sich geschlossen hat, wende ich mich an Marc. »Du warst ziemlich schroff. Er wollte uns doch nur helfen.«

Marc dreht den Schlüssel im Schloss um. »Du hast nicht gesehen, wie viel Trinkgeld ich ihm gegeben habe.«

»Auch Geld wiegt gute Manieren nicht auf.« Ich setze mich auf das weiche Bett.

»Ich wollte mit dir unter vier Augen reden.« Marc testet, ob die Tür auch wirklich verschlossen ist. »Wir haben morgen einen Termin. Und das Essen heute Abend …«

Es klopft zögernd an unserer Tür.

»Wer ist da?«, knurrt Marc.

»Oh – hallo«, ruft eine leise Stimme. »Ich bin's, Seraphina. Ist es gerade ungünstig?«

»Ganz und gar nicht!«, sage ich laut.

Marc schließt die Tür auf, und Seraphina steckt zaghaft den Kopf ins Zimmer, Ivy an die Brust gedrückt.

Ich mustere mein schlafendes Baby.

»Haben Sie sich schon eingelebt?«, fragt sie.

Ich lächle müde. »Natürlich.«

»Ich hatte die Idee, mit Ivy einen kleinen Spaziergang zu machen.«

Ivy verzieht das Gesichtchen im Schlaf. Ihr scheint irgendwie unwohl zu sein, sie wird bald aufwachen.

Eine Welle der Erschöpfung schlägt über mir zusammen, als ich daran denke, dass ich sie normalerweise jetzt wiegen und beruhigen oder sie in ihrem Kinderwagen eine gute Stunde lang auf holprigen Wegen spazieren fahren müsste.

Aber nicht heute. Heute muss ich das nicht.

Heute ist Seraphina da, um mir zu helfen.

»Das Hotel hält einen Buggy für uns bereit«, erklärt Seraphina. »Er ist mit Fell ausgelegt, können Sie sich das vorstellen? So was von luxuriös.«

Ich lächle.

»Das klingt gut«, sage ich und merke, wie meine Schultern sich entspannen. »Eine kleine Ausfahrt ist jetzt genau das Richtige für Ivy.«

»Machen Sie sich keine Sorgen«, sagt Seraphina. »Ich nehme genügend Decken mit. Und Milch. Sie wird weder frieren noch verhungern. Sie können mir vertrauen.« Sie schenkt mir ein breites Lächeln.

»Das weiß ich«, erwidere ich und meine es auch so.

11

Du siehst müde aus«, bemerkt Marc, sobald die Tür ins Schloss gefallen ist. »Warum holst du nicht ein bisschen Schlaf nach? Die Betten sollen die komfortabelsten der Welt sein.«

Mein Blick schweift zu dem großen weißen Bett und der dicken Daunendecke. »Aber wir sind in der Schweiz«, protestiere ich. »Ich möchte mich ein bisschen umsehen.«

»Dafür ist später immer noch genügend Zeit.« Er schließt wieder die Tür ab.

Ich schaffe es nicht, ein Gähnen zu unterdrücken.

Marc lacht. »Ab ins Bett, Sophia! Auf der Stelle!«

Ich ziehe meinen Pullover und die Jeans aus und schlüpfe nur mit T-Shirt, BH und Höschen bekleidet unter die Decke.

Seidenweiche Baumwolle streichelt mich.

Bald schlafe ich tief und fest.

Als ich aufwache, sitzt Marc auf der Bettkante und beobachtet mich.

»Wie lange habe ich geschlafen?«, frage ich und reibe mir die Augen.

»Fast den ganzen Nachmittag.« Marc sieht mich so intensiv an, als wäre ich ein wertvolles Schmuckstück, das bei der kleinsten Unachtsamkeit zerbrechen könnte.

»Wirklich?« Ich richte mich auf. »Was ist mit Ivy?«

»Es geht ihr gut.« Marc fährt mit der Hand über die Decke und streichelt durch sie hindurch meine Beine. »Sie ist noch bei Seraphina.«

»Du hast mich den ganzen Nachmittag schlafen lassen?«

Marc dreht sich zum Fenster. »Fast den ganzen. Du hattest es nötig.«

»Aber du hast nicht etwa die ganze Zeit hier gesessen?«

»Doch, mehr oder weniger.« Marc wendet sich wieder mir zu. »Hast du gut geschlafen?«

»Sehr gut.« Durch die hohen Fenster sehe ich, wie der Himmel sich rosafarben färbt. »Es ist wirklich schon ziemlich spät.« Ich schwinge meine Beine aus dem Bett. »Ist Ivy in Seraphinas Zimmer?«

»Ja. Aber du bleibst hier. Deine heutige Aufgabe besteht darin, dich auszuruhen und zu erholen. Das ist ein Befehl deines Mannes.«

Ich lache. »Das habe ich doch gerade getan.«

Marc zieht eine Grimasse, schüttelt den Kopf. »Das ist noch lange nicht genug.«

Ich schiebe die Daunendecke zur Seite. »Wie viele Stunden hast du mich beobachtet?«

Sein Mund zuckt. »Fünf.«

»Und währenddessen hast du hier neben mir gesessen?«, frage ich ungläubig mit hochgezogenen Augenbrauen. »Wolltest du denn nicht dieses umwerfende Hotel erkunden?«

»Ich habe schon Hunderte umwerfende Hotels gesehen.« Marc streicht mir zärtlich eine Haarsträhne aus dem Gesicht. »Du bist umwerfender als alle zusammen.«

»Dieser Raum ist einfach nur unglaublich.« Ich schirme meine Augen vor der untergehenden Sonne ab.

Unter meinen Füßen spüre ich weichen Teppichboden. Ich strecke mich noch einmal ausgiebig.

Marcs Lippen zucken belustigt. »Aber das Zimmer ist noch nicht alles.« Er steht auf und öffnet eine Tür neben dem Bett. »Sieh hier hinein.«

»O mein Gott!« Ich hüpfe aus dem Bett und gehe über den flauschigen Teppich zu der Tür. »Wow! Das ist ja ein richtiger Wellnessbereich.«

Der Raum ist mit weißem Marmor ausgekleidet, der mit silbernen und blauen Flecken gesprenkelt ist. Auf einer Glasablage reihen sich Fläschchen mit Aromaölen an Schüsselchen mit Schokolade in Fischform. In die Wände sind Waschbecken eingelassen, eine riesige runde Badewanne steht auf goldenen Füßen.

»Ist das alles wirklich nur für uns?«, frage ich entgeistert. »Es ist großartig.«

»Natürlich ist das nur für uns«, erwidert Marc. »Wie wär's mit einem ausgiebigen Bad vor dem Abendessen?«

»Aber Ivy …«

»Geht es blendend.«

Marc lässt heißes Wasser in die Wanne laufen.

Ich erhasche einen Blick von uns im Spiegel. Ich wirke ein wenig überfordert und vom Schlaf gezeichnet. Marc sieht wie immer blendend aus, wenn auch seine Miene ein bisschen streng wirkt.

Er schiebt die Hände unter mein T-Shirt, zieht es mir aus und hängt es über eine Handtuchstange. Dann öffnet er meinen BH und streift ihn mir ab.

Hinter uns dampft und schäumt das Badewasser.

»Hast du vor, dich zu mir in die Wanne zu legen?«, flüstere ich.

Marcs Hände wandern zu meinen Hüften und streifen mir das Höschen ab.

Ich spüre den hautwarmen Stoff auf meinen Füßen.

»Vielleicht.« Sein Blick haftet noch immer am Spiegel, während meine nackten Brüste sich bei jedem Atemzug heben und senken. »Rein ins Wasser, Mrs Blackwell.«

Er hilft mir in die hohe, marmorne Wanne und hält mich fest, als ich ins heiße Wasser steige.

»Setz dich.«

Ich lache. »Und wie lautet die nächste Anweisung? Pfötchen geben? Rolle machen?«

Sein Mund verzieht sich zu einem Lächeln. »Vielleicht lasse ich dich später Pfötchen geben, mal sehen.«

Ich spüre einen leichten Schauder. »Okay, aber eine Vorwarnung wäre nett.«

»Ich warne nie vor.«

Ich gleite ins heiße schäumende Wasser, und die Hitze brennt auf meiner Haut, als ich die Beine ausstrecke.

»Das tut richtig gut«, sage ich, während meine Waden von Sprudeldüsen massiert werden.

Der Wasser steigt noch immer, und mein Körper wird leichter.

Marc beobachtet mich mit einem halben Lächeln. »Leg dich hin.«

»Du willst also noch nicht, dass ich Pfötchen gebe?«, necke ich ihn.

»Noch nicht.«

Ich befolge seine Anweisung und spüre, wie mein Haar sich im Wasser ausbreitet und schwebt wie das einer Meerjungfrau.

Marc knöpft sein Hemd auf. Auf seiner Brust tanzen Wasserreflexionen.

Fasziniert von seinem perfekten, starken, muskulösen Körper sehe ich ihm dabei zu, wie er das Hemd aus der Hose zieht.

»Kommst du doch zu mir in die Wanne?«, frage ich erwartungsvoll.

»Ich denke schon. Aber nur, um mich zu vergewissern, dass du nicht ertrinkst.«

Er zieht die Hose aus, und ich kann sehen, wie sich sein Glied durch seine schwarze Unterhose abzeichnet.

Als er auch die Unterhose ausgezogen hat, kann ich den Blick nicht mehr von ihm wenden. Oder, um genau zu sein, von seinem steifen Körperteil, der direkt auf mich zeigt.

»Du weißt aber schon, dass ich schwimmen kann, oder?«, sage ich.

Marcs großer Körper gleitet in die Wanne. »Egal. Ich glaube, deiner Sicherheit zuliebe sollte ich bei dir sein.«

Sein Blick ist intensiv. Sein langer, harter Körper wirft einen Schatten auf mich, als er sich über mich beugt.

Gott, er ist perfekt. Seine harten Bauch- und seine Brustmuskeln, die sich in dem schummrigen Licht anspannen, als er sich zwischen meine Beine kniet und mit dem Kopf ins Wasser taucht.

»O mein Gott«, stöhne ich, als ich seine Zunge spüre. »O Gott, Marc.«

Marcs Bewegungen werden schneller und schicken elektrische Stromstöße durch meinen Körper.

Ich stöhne und schreie laut auf.

Er zieht sich zurück und hebt seinen Kopf aus dem Wasser. »Haben wir uns nicht gestern erst über Vorfreude unterhalten?«

Ich kann nicht reden. Mein Körper pulsiert, angespannt in der Hoffnung, Marc möge mich dort unten wieder küssen.

Er lächelt, eine Augenbraue ist hochgezogen. »Mit Geduld und Zeit kommt man ans Ziel.«

Er dreht mich um und zieht mich auf seine Oberschenkel. »Bequem?«, fragt er, und seine Hände umschließen fest meine Hüften.

Ich spüre sein Knie zwischen meinen Brüsten. »Kommt auf den Blickwinkel an.« Ich stöhne, will ihn in mir spüren.

»Von hier aus siehst du umwerfend aus.« Sanft schiebt er mich auf seinem Bein hin und her.

»O Marc«, stöhne ich. »O Gott.«

»Hoffentlich siehst du jetzt ein«, flüstert er, als er mit einer warmen, nassen Hand über meinen Rücken fährt, »dass es nicht ohne Folgen bleibt, wenn du deinen Mann belügst.«

12

Ja, das sehe ich ein. Wirklich.« Ich stöhne mit geschlossenen Augen und spüre, wie Marcs muskulöser Oberschenkel mich zwischen den Beinen reibt.

»Du wirst mich nicht mehr belügen, okay?«, fordert Marc streng.

»Nein«, stöhne ich. »O Gott!«

»Gut.« Marc bewegt sich vor und zurück. »Wie du weißt, kann ich derlei Ungezogenheiten nicht durchgehen lassen.«

Er hält mich an den Hüften fest und schiebt mich immer noch hin und her.

»Aber wenn du mir versprichst, dass du dich benimmst, bekommst du eine Belohnung.«

Mir ist so heiß, dass ich kaum noch Luft bekomme.

»Wirst du dich in Zukunft benehmen?« Seine Finger bohren sich in meine Haut.

»Ja«, keuche ich. »Ich werde mich benehmen.«

»Gut.« Er dreht mich um, zieht mich an sich und schiebt sich in mich hinein.

»O Gott, Marc.« Seine Hitze brennt zwischen meinen Beinen, ich starre ihm tief in die Augen und kann den Blick nicht von ihm abwenden.

»Ich liebe dich«, stöhne ich.

»Ich liebe dich auch.« Er greift mein Haar, dann bewegen sich seine Hüften vor und zurück, vor und zurück.

Ich bin schwerelos im Wasser, spüre nichts außer Marcs hartem Glied, das in mich gleitet und wieder heraus.

»O Gott, Marc!« Ich schreie auf. »O Gott, bitte, o Gott.«

»Mehr?«, murmelt Marc und wird schneller.

Ich schließe die Augen und nicke. »Mehr. O Gott, ja, mehr. *Mehr.*«

Er presst seine Hüften an mich, und das Wasser schwappt in kleinen Wellen um uns herum, während Marc immer wieder in mich stößt.

Ich lehne mich im heißen spritzenden Wasser zurück und spüre den festen Griff seiner Hände auf meinem Rücken, während er mich immer wieder an sich zieht und jedes Mal tiefer in mich eindringt.

Ein beinahe schmerzhaftes Gefühl der Lust wird immer stärker in mir, und ich beginne, mich der Wärme und der Ekstase zu öffnen.

Marc sieht mich mit ungnädigen Augen an, seine Stöße bleiben hart, bis ich mich ihm ganz hingebe und mein Körper vom Orgasmus erbebt.

»O Gott!«

Sofort erschlaffe ich.

Marc packt mich und zieht mich an sich.

Das Gefühl an seinem feuchten, muskulösen Oberkörper ist herrlich – mein sicherer Hafen, mein Ort der Ruhe.

Marc hat die Arme fest um mich geschlungen. »War es die Vorfreude wert, Mrs Blackwell?«

»Unbedingt«, nicke ich an seiner feuchten Haut.

Er greift sich ein weiches Handtuch und schlingt es mir um die Schultern, dann hebt er mich aus dem Wasser und trägt mich ins Schlafzimmer.

Dort legt er mich aufs Bett und beobachtet mich mit seinen hypnotischen blauen Augen.

»Ich hoffe, Sie sind nun ausgeruht, Mrs Blackwell.«

»Sehr.« Ich lächle ihn schläfrig an.

Sorgfältig trocknet er meinen ganzen Körper ab – selbst die Zwischenräume zwischen den Fingern und den Zehen.

»Du bist unserer Tochter eine wundervolle Mutter«, sagt er.

»Aber es ist höchste Zeit, dass du mal eine Nacht freinimmst. Heute musst du keine Entscheidungen fällen, du hast keine Pflichten und keine Sorgen. Ich werde mich um alles kümmern, und du tust nur das, was ich dir sage.«

Ich lache. »Ach ja?«

Marc fährt mir mit dem Handtuch über den Arm. »Es gibt immer ein erstes Mal.«

»Ich dachte, wir gehen zum Abendessen«, mache ich ihn aufmerksam, während ich es genieße, wie er mir mit dem weichen Handtuch meine Schultern trockentupft.

»Das tun wir auch«, sagt Marc und fährt über einzelne Haarsträhnen. »Im ehemaligen Ballsaal des Hotels. Dort befindet sich eines der besten Restaurants der ganzen Schweiz. Allerdings wirst du dich ein wenig schick machen müssen.«

»Ich habe diesbezüglich nicht viel gepackt«, gebe ich zu. »Rodney hat zwar tatsächlich einige Abendkleider vorgeschlagen, aber ich habe ihm gesagt, dass es für mich als Mutter eines Säuglings nichts gibt, wofür ich mich in Schale schmeißen müsste.«

»Zum Glück habe ich vorgesorgt.«

Nachdem er mich abgetrocknet hat, trägt Marc mich zu dem riesigen begehbaren Kleiderschrank, der von kleinen Lichtspots erhellt wird und in dem Vasen voll weißer Rosen stehen.

In einer hohen, mit Spiegeln ausgekleideten Nische hängt ein wunderschönes Abendkleid aus Seide und Spitze in geheimnisvollem Mitternachtsblau. Es ist bestickt mit Tausenden Pailletten, die wie Sterne funkeln.

Marc hebt das Kleid am Bügel hoch. »Ich habe das hier bei einer örtlichen Boutique für dich bestellt.«

Ich spüre, wie ich zu lächeln beginne. »Das ist für mich?«, frage ich. »Es ist umwerfend.«

»Schön, dass es dir gefällt. Probier es an.«

Jetzt grinse ich breit. »Mit größter Freude.«

»Keine Unterwäsche heute Nacht.« Marc hilft mir beim Ankleiden und schließt die Knöpfe am Rückenteil. »Und keine Widerrede, Mrs Blackwell.«

Ich mache meine Augen zu und spüre der Berührung seiner Finger nach. »Ich weiß nicht.« Ich atme stoßweise. »Mit Höschen fühle ich mich bestimmt sicherer.«

»Bei mir bist du immer sicher«, Marc schließt den letzten Knopf. »Das solltest du mittlerweile wissen.«

Das Kleid ist unglaublich leicht und passt wie angegossen. Die durchscheinenden Ärmel enden in bestickten Spitzen wie bei einer Robe für eine Prinzessin aus dem Mittelalter.

Marc zieht mir Schuhe an, deren Seidenbänder um die Knöchel gebunden werden.

»Steh auf«, befiehlt er.

Ich gehorche und drehe mich hin und her, sodass der weite Rock sich bauscht. In den bis zum Boden reichenden Spiegeln erhasche ich einen Blick auf mich und stelle fest, dass ich albern grinse.

»Das Kleid ist wunderschön«, sage ich atemlos.

Marc nimmt mich am Arm. »Sollen wir dann zum Essen gehen?«

13

Marc?«, sage ich etwas verzagt, als er mich auf der geschwungenen Treppe ins Erdgeschoss führt.

»Du denkst an Ivy.« Er drückt meinen Arm.

Ich nicke. »Bist du dir sicher, dass es ihr bei Seraphina gut geht?«

»Sehr sicher«, sagt Marc.

»Woher willst du das wissen?«

Seine Lippen zucken. »Ich habe sie angerufen. Und zwar jede halbe Stunde, während du geschlafen hast.«

Ich lache, während ich vorsichtig einen Fuß vor den anderen setze. »Du bist genauso zwanghaft in deinem Verhalten wie ich.«

»Möglicherweise sogar noch zwanghafter.«

Wir stehen in der Lobby auf dem Marmorfußboden unter einem riesigen Kronleuchter.

»Ich glaube, ich könnte mich sogar damit abfinden, dass Ivy nachts mal woanders schläft«, erkläre ich und lehne mich an Marcs festen Körper. »Ich vertraue Seraphina. Und den heutigen Tag habe ich tatsächlich dringend nötig gehabt.«

»Ivy ist ja nicht aus der Welt.« Marc nimmt meine Hand. »Sie schläft nur wenige Schritte von unserem Zimmer entfernt auf demselben Flur.«

»Trotzdem fühlt es sich anders an, und das weißt du.«

Er drückt meine Finger. »Natürlich. Aber es fehlt ihr an nichts. Ich hätte es nicht so geplant und organisiert, wäre ich nicht dieser Meinung gewesen.«

Philippe kommt im Foyer auf uns zu und begrüßt uns mit einer kleinen Verbeugung.

»Mr und Mrs Blackwell, ich hoffe, es gefällt Ihnen bei uns. Ich habe wie versprochen einen Tisch für Sie vorbereitet. Besonderen Gästen wie Ihnen erfüllen wir gerne jeden Wunsch. Bitte folgen Sie mir.«

»Jeden Wunsch?«, frage ich Marc neugierig.

»Ich habe etwas Spezielles geplant«, flüstert er. »Damit du dich auch weiterhin gut erholst.«

Philippe führt uns in den Ballsaal. Er ist gigantisch mit seiner gewölbten Decke, Kristalllüstern, marmornen Statuen und Säulen. Goldgerahmte Spiegel hängen an den Wänden.

Hier befindet sich bestimmt das Hauptrestaurant des Hotels. Der riesige Saal ist wirklich atemberaubend. Aber in ihm steht nur ein einziger kleiner Tisch.

Er ist für zwei Leute gedeckt.

»Das ist … nur für uns?«, frage ich verblüfft und sehe mich in dem leeren Ballsaal um.

»Nur für uns.« Marc drückt wieder meine Hand. »Ich wollte nicht, dass du heute Abend von anderen Gästen gestört wirst, also habe ich das ganze Restaurant für uns zwei reservieren lassen.«

Ich lache – wohl am meisten aus Überraschung. »Aber das wäre doch nicht nötig gewesen.«

»Stimmt. Nötig nicht.« Marc führt mich zum Tisch. »Aber ich wollte dich ganz für mich allein haben.«

»Dieser Raum ist unglaublich.« Meine Stimme hallt in dem Gewölbe.

»Hier haben schon Könige und Königinnen gespeist«, erwidert Marc. »Er ist also genau richtig für dich.«

»Da bin ich mir nicht so sicher«, entgegne ich, während er mir den Stuhl zurechtrückt.

Der Tisch ist mit Kerzen und einem Gesteck mit Orchideen geschmückt und eingedeckt mit hellen Porzellantellern, zu Rosen gefalteten Servietten und Weingläsern aus Kristall. Neben den Tellern liegen acht verschiedene Bestecke.

»O Marc, dabei musst du mir helfen. Ich habe keine Ahnung von Schweizer Essgewohnheiten«, gestehe ich leise.

»Das Besteck ist dasselbe wie bei uns.« Marc schiebt meinen Stuhl an den Tisch. »Allerdings ziemlich viel davon.«

»Aber woher soll ich wissen, was ich mit all diesen Besteckteilen anfangen soll? Und die Gläser …«

»Sophia, entspann dich.« Er nimmt mir gegenüber Platz und sieht mich durchdringend an. »Außer uns ist niemand hier.«

»Philippe ist hier«, flüstere ich und sehe mich nach unserem Butler um.

Er steht an der goldenen Flügeltür und winkt uns lächelnd zu.

Marc runzelt die Stirn. »Nicht mehr lange.«

»Du bist doch hoffentlich nicht eifersüchtig auf ihn?«, frage ich und wende mich wieder Marc zu.

»Noch nicht.« Über seine blauen Augen legt sich ein Schatten. »Habe ich etwa einen Grund dazu?«

»So ein Quatsch«, lache ich.

Während ich im Geiste noch einmal die Besteckteile zähle, schießt mir ein Gedanke durch den Kopf. »Warte mal. Vielleicht sollte ich vor dem Essen doch noch einmal kurz nach Ivy schauen.«

»Es geht ihr gut.«

»Aber was ist, wenn sie …«

»Seraphina würde sich schon bemerkbar machen. Alles ist in bester Ordnung.« Marc öffnet eine Flasche Mineralwasser.

»Machst du dir keine Sorgen um Ivy?«, hake ich weiter nach.

Marc schenkt sprudelndes Perrier in mein Wasserglas. »In jeder Minute jedes Tages. Aber ich habe vor vielen Jahren gelernt, Dinge zu delegieren.«

»Delegieren? Ist das ein anderes Wort für ›Leute herumkommandieren‹?«

»Seien Sie auf der Hut, Mrs Blackwell.« Marc stellt die Flasche Perrier ab und sieht mich mit eindringlichem Blick an. »Ich bin noch lange nicht mit Ihnen fertig. Das Bad war erst der Anfang.« Er dreht mir seine offenen Handflächen zu. »Sieh sie dir gut an. Wenn du mir weiterhin widersprichst, wirst du später noch mehr von ihnen zu spüren bekommen.«

Plötzlich taucht Philippe an meiner Seite auf.

»Oh!« Errötend wende ich mich ihm zu.

»Wein, Madame?« Er hält mir eine gekühlte, mit weißem Tuch umwickelte Flasche Weißwein hin.

Ich frage mich, was er von unserem Gespräch mitbekommen hat.

Marc bleibt völlig gelassen. Seine flachen Hände liegen ruhig auf dem Tisch.

»Schenken Sie uns beiden ein«, sagt er, ohne den Blick von mir zu wenden.

»Jawohl, Sir.« Philippe füllt schwungvoll unsere Gläser.

»Sie können jetzt das Essen servieren«, weist Marc Philippe an.

»Jetzt schon? Sind Sie sicher?« Mit der Weinflasche in der Hand sieht Philippe abwechselnd zu Marc und zu mir.

»Ja.« Marc lässt die Hand sinken, seine blauen Augen halten mich gefangen.

»Was wäre gewesen, wenn ich keinen Wein gewollt hätte?«, frage ich Marc.

»Ich habe dir doch schon erklärt«, Marc hält sein Glas gegen das Licht, lässt den Wein darin kreisen, »dass du heute Abend keine einzige Entscheidung fällen wirst. Das werde ich für dich übernehmen.«

Ich richte den Blick auf mein eigenes Weinglas. »Sagt wer?«

»Ich.« Marc stellt sein Glas betont unsanft ab. »Und wenn du meine Anweisungen nicht befolgst, wird das sofort bestraft.« Er bedenkt mich mit seinem halben Lächeln, das mich immer zum Schmelzen bringt. »Ich habe das Gefühl, dass dir das viel Spaß machen wird.«

Ich schiebe mein Weinglas zur Seite. »Ich sollte keinen Alkohol trinken. Was ist, wenn Ivy mich braucht?«

»Seraphina kümmert sich um sie.« Marc schiebt das Glas zu mir zurück. »Ein Glas Wein ist völlig in Ordnung. Ich werde sogar darauf bestehen, dass du zwei Gläser trinkst, weil du so ungehorsam warst.« Jetzt lächelt er breit.

»Und wie willst du mich dazu zwingen?« Nun muss auch ich lächeln.

»Ich kann dich zu gar nichts zwingen. Ich kann dir nur beibringen, dich zu benehmen, indem ich dich bestrafe, wenn du unartig bist.«

Ich erzittere ein wenig.

In Wahrheit liebe ich diese Seite an Marc. Keine Ahnung, was das über mich aussagt. Ich weiß nur, dass ich es genieße, wenn er das Kommando übernimmt.

Ich hebe das Weinglas an und nehme einen Schluck. »Bist du jetzt zufrieden?«

»Sehr.«

»Er schmeckt gut«, sage ich und spüre der kühlen Flüssigkeit auf der Zunge nach.

»Nur gut?« Marc hebt eine Augenbraue. »Deine Wortwahl enttäuscht mich.«

»Okay. Er ist köstlich. Er schmeckt ein wenig nach Äpfeln und … nach Brombeeren?«

»Schon viel besser.«

»Was wird hier serviert?«

»Schweizer und französische Spezialitäten.«

»Dann ist die Speisekarte auf Französisch?«, erkundige ich mich.

»Ja.«

Plötzlich werde ich unsicher und würde am liebsten an meinem Daumennagel kauen. »Wie soll ich denn dann wissen, was …«

»Ich habe schon für uns bestellt, während du geschlafen hast.« Marc nimmt einen weiteren Schluck Wein.

»Okay, solange es keine *Foie Gras* ist.«

»Seltsam, dass du gerade die erwähnst«, sagt Marc und lehnt sich zu mir. »Sie stand tatsächlich auf der Speisekarte.«

»Marc, du hast doch nicht etwa …?«

»Nein, natürlich nicht.« Er sieht mich amüsiert an. »Trink deinen Wein.«

Ich nehme noch einen Schluck. »Der ist wirklich sehr gut.«

»Schon wieder dieses schreckliche Wort.«

Jemand hustet laut, und als ich mich umdrehe, sehe ich, wie Philippe den Ballsaal durchquert. Auf den Händen balanciert er zwei Teller.

»Verzeihen Sie die Störung, Mr und Mrs Blackwell. Hier kommt Ihr erster Gang.«

Auf den Tellern liegt etwas, das wie eine Art von Gebäck aussieht. Wie ein Dessert. Rasch zieht sich Philippe zurück.

»Isst man hier den Nachtisch zuerst?«, frage ich leise und betrachte das wie ein C geformte Gebäck, einem Brötchen ähnlich, das mit einer schaumigen, zart rosafarbenen Creme gefüllt ist.

»Nein.« Marcs Mundwinkel zucken. »Du bist herrlich.«

Röte steigt mir ins Gesicht. »Kein Grund, über mich zu lachen. Nicht jeder hat schon in den vornehmsten Restaurants der ganzen Welt gegessen.«

Marcs Grinsen wird breiter. »Ich lache nicht, ich freue mich nur über dich. Und jetzt iss.«

Zögerlich steche ich mit der Gabel in das lockere Gebäck. »Was ist das?«

»Kabeljau mit einer würzigen Creme in einem Chouxteig gebacken.«

»Schuhteig?« Ich bin immer noch nicht sicher, wie ich das Essen schneiden soll. »Wie die Schuhe, die man anzieht?«

»Nein, Sophia.« Marc verschränkt die Finger. »Das sind zwei verschiedene Paar Schuhe. Choux ist eine leichte französische Teigart. So wie Brandteig, aus dem man Windbeutel macht.«

»Oh. Hm …«

Ich versuche, das Gebäck mit Messer und Gabel zu zerteilen, aber es zerbröselt.

Marc beugt sich zu mir herüber. »Du benutzt das falsche Besteck. Ich helfe dir.« Er nimmt mir das Besteck aus den Händen und gibt mir das kleinste Messer und die kleinste Gabel.

»Danke.« Mit dem kleinen Messer geht es tatsächlich viel besser. Als ich den ersten Happen gekostet habe, muss ich lächeln. »Das schmeckt … ganz gut.«

»Sie bewegen sich auf dünnem Eis, Mrs Blackwell.« Marc lehnt sich nach vorn und stützt die Unterarme auf den Tisch. »Auf sehr dünnem Eis.«

»Marc?«

»Ja, Sophia?«

»Du hattest recht.« Ich esse noch etwas von der Vorspeise. »Ich brauchte eine Pause. Es ist wirklich nicht schlecht, wenn uns jemand bei Ivy hilft.«

»Ich hoffe, du siehst jetzt alles klarer.« Er legt die Fingerspitzen aneinander. »Also kommst du nächstes Jahr ans College zurück? Ich möchte wirklich, dass du deine Ausbildung fortsetzt.«

»Aber es wäre komisch, wieder dort zu sein. Nicht nur wegen dir … Ich meine, ich habe doch schon in einem Film mitgespielt. Was kann ich denn da noch in einem Vorlesungssaal lernen?«

Marc runzelt die Stirn. »Werde bloß nicht arrogant, Sophia. Du hast noch eine Menge zu lernen.«

»Ich bin nicht arrogant.« Kopfschüttelnd schneide ich einen weiteren Bissen ab. »Es ist nur – ich habe einiges gelernt, seit ich deinen Unterricht besucht habe.«

Auch Marc beginnt, seine Vorspeise zu essen. »Du hast dich viel zu schnell auf *Rapunzel* gestürzt. Und davor war es das Musical. Weißt du noch, wie schwer dir manches gefallen ist? Meine Güte, einmal bist du vor Anstrengung umgekippt.«

»Ja, aber während der Arbeit habe ich auch viel gelernt«, gebe ich zurück.

»Du brauchst nach wie vor einen guten Lehrer.« Mit geübtem Schwung schneidet Marc ein Stück vom Gebäck ab. »Du bist noch sehr jung.«

»Du auch«, weise ich ihn hin.

»Aber ich habe früher angefangen.« Marc nimmt eine Gabel voll Fisch, kaut und schluckt. »Nun – vielleicht ist das jetzt nicht der günstigste Zeitpunkt, um darüber zu reden. Wir werden uns in ein paar Monaten noch einmal unterhalten, wenn Ivy besser schläft und deine psychische Verfassung stabiler geworden ist.«

Ich lege mein Besteck ab. »Soll das heißen, dass sie es jetzt nicht ist?«

»Nein, das soll nur heißen, dass du jetzt andere Dinge im Kopf hast und oft sehr müde bist. Du bist einfach nicht so wie sonst.« Er nimmt noch einen Bissen.

»Ich bin ein bisschen müde«, gebe ich zu und nehme das Besteck wieder auf, »aber das heißt noch lange nicht, dass ich nicht klar denken kann.«

»Da bin ich anderer Meinung. Wenn du nicht einsiehst, dass du von dem Unterricht profitieren würdest … Aber ich denke wirklich, wir sollten später noch einmal darüber reden. Jetzt sollst du dich entspannen und deine kleine Auszeit genießen.«

»Aus deinem Munde klingt es, als wäre unsere Tochter ein Job«, protestiere ich.

»Na ja, du leistest Schwerstarbeit.« Marc schneidet noch ein Stück von seinem Gebäck ab. »Und du hast es wahrhaftig verdient, dir ein bisschen Zeit für dich selbst zu nehmen. Bislang war es doch gar nicht so schlimm, oder?«

»Abgesehen von den letzten paar Minuten? Nein, das nicht.« Ich nehme noch einen Happen von der Vorspeise.

»Tu es nicht«, sagt Marc kopfschüttelnd.

»Was soll ich nicht tun?«

»Fühl dich nicht schuldig.« Marc legt seine Gabel ab und nimmt meine Hand. »Ich kenne diesen Blick. Ivy schläft jetzt ganz bestimmt. Und sollte sie aufwachen, dann wird sich Seraphina um sie kümmern. Außerdem bist du sofort bei ihr, wenn sie dich wirklich braucht.«

»Ich weiß. Du hast recht.« Ich ringe mir ein Lächeln ab und drücke seine Hand. »Wollen wir weiteressen? Und die Schauspielerei und den Unterricht vergessen?«

»Gute Idee. Bist du bereit für den nächsten Gang?«

»Ja. Es war köstlich. Exquisit.« Ich lächle Marc kokett an. »Ist das die bessere Wortwahl?«

Er hält meinen Blick. »Die viel bessere.«

Ich schiebe meinen Teller zur Seite, und Marc ruft Philippe herbei, damit er den Tisch abräumt. Überrascht stelle ich fest, dass Philippe nicht nur die Teller wegnimmt, sondern auch die Orchideen und alles bis auf ein paar Kerzen.

»Sind wir mit dem Essen fertig?«, flüstere ich verblüfft.

»Das war erst der Anfang«, erwidert Marc schmunzelnd.

14

Kurz darauf kehrt Philippe mit einem riesigen Stück Käse zurück – der Hälfte eines Laibs –, das auf einem hölzernen Servierwagen liegt. Der Käse ist so groß, dass der Wagen sich unter seinem Gewicht zu biegen scheint. Auf einer Ablage darunter befinden sich diverse Leckereien – getoastete Brotscheiben, eingelegtes Gemüse, knusprige Brezeln, in Dreiecke geschnittenes Knäckebrot, geräucherter Schinken und Salami.

»Hoffentlich ist der Käse nicht nur für mich«, sage ich und bestaune die riesige Radhälfte.

»Ich dachte, nachdem wir in der Schweiz sind, solltest du auch Raclette essen«, erklärt Marc.

»Was ist das?«, frage ich, immer noch überrascht von dem großen Käse, der locker für zwanzig Personen reichen würde.

Marc streichelt meine Finger. »Geschmolzener Käse. Der Schmelzvorgang findet am Tisch statt. Bitte beginnen Sie, Philippe.«

»Sehr wohl, Sir.« Philippe entzündet einen Gasbrenner und hält die Flamme an die lange Schnittfläche des Käselaibs.

Sofort fängt der Käse an, zu schmelzen und Blasen zu werfen.

Marc nickt Philippe zu. »Danke, Philippe. Den Rest übernehme ich.«

»Kennen Sie sich mit Gasbrennern aus, Mr Blackwell?« Philippe stellt das Gerät aus und überreicht es Marc.

»Ja.« Marc umfasst geschickt den Griff und sieht mich mit hochgezogener Augenbraue an. »Kein Problem.«

»Darf ich Ihnen noch etwas Wein nachschenken, bevor ich mich zurückziehe?«

Marc nickt. »Noch ein Glas für meine Frau. Danke.«

Ich verdrehe lächelnd die Augen, erhebe jedoch keinen Einspruch, als Philippe mein Glas füllt.

»Du hast das erste Glas ziemlich rasch geleert«, stellt Marc fest.

»Na ja, der Wein hat ja auch so gut geschmeckt.« Ich lache.

Als Philippe weg ist, nimmt Marc meinen Teller und legt ein paar Brotscheiben, Gemüse, Schinken und Salami darauf. Dann zieht er mit einem langen Messer den geschmolzenen Käse ab, der als letzte Schicht auf den Teller gleitet.

»Wie heißt das noch mal?«, frage ich, während der kleine Berg an Köstlichkeiten auf meinem Teller wächst.

»Raclette.« Marc kratzt noch etwas geschmolzenen Käse ab und drapiert ihn auf ein paar Brotdreiecke. »Genau genommen heißt nur der Käse so. In der Schweiz ist man der Meinung, dass er ausschließlich auf diese Weise serviert werden sollte.«

»Das ist ja wirklich ein perfektes kleines Mahl. Ich kann kaum erwarten zu probieren.« Ich nehme einen Bissen von einem mit geschmolzenem Käse belegten Brotdreieck. Als Nächstes koste ich ein Stück Brezel, etwas eingelegte Peperoni und Salami.

»Das schmeckt wirklich gut«, erkläre ich grinsend.

»Jetzt reicht's aber.« Marc springt auf und nimmt eine Serviette. Er tupft mir Finger und Lippen mit dem weichen Tuch ab, dann führt er meine Hände hinter meinen Rücken.

»Was machst du da?«, flüstere ich.

»Dich disziplinieren.« Marc dreht die Serviette zu einer langen dünnen Rolle und schlingt sie mir um die Handgelenke.

»Marc?«, flüstere ich erneut, aber diesmal klinge ich beunruhigt. »Hier? Du willst mich hier disziplinieren?«

»Ich habe dir gesagt, dass du deine Wortwahl bedenken sollst.« Er knotet die Serviette zusammen und setzt sich wieder.

»Wir sind hier in einem öffentlichen Raum.«

»Daran hättest du denken sollen, bevor du zum wiederholten Mal ein sehr langweiliges und gewöhnliches Wort benutzt hast.« Er lehnt sich lächelnd zurück.

»Mach mich wieder los.« Ich versuche, gegen die Fessel anzukämpfen, aber vergeblich. Marc ist ein Experte in solchen Dingen. Er hat es geschafft, mich schachmatt zu setzen.

»Philippe wird uns jetzt eine Weile in Ruhe lassen.« Er beobachtet mich mit funkelnden Augen.

»Das ist nicht lustig.«

»Das soll es auch nicht sein.« Marc rutscht mit seinem Stuhl etwas näher zu mir. »Ich habe dich davor gewarnt, dich danebenzubenehmen.« Er nimmt ein knuspriges, mit Käse belegtes Brotdreieck. »Aber nur, weil du unartig warst, heißt das nicht, dass du nichts essen darfst. Du musst bei Kräften sein für das, was ich mit dir vorhabe.«

»Marc …«

»Wenn du willst, mache ich dich wieder los. Das weißt du doch.« Er hält mir das Brot unter die Nase. »Aber du wirst dich heute Abend weit mehr entspannen, wenn du mir die Kontrolle überlässt.«

Obwohl wir verheiratet sind und ein Kind haben, tut er es noch immer: Er lotet meine Grenzen aus.

Die Serviette schneidet in meine Handgelenke ein.

Wir wissen beide, dass ich meine Entscheidung vor vielen Monaten gefällt habe.

Ich beiße von dem Brot ab und kaue es genüsslich. Stück für Stück lasse ich mich von Marc mit kleinen Häppchen füttern. Nach jedem Bissen hält er mir das Weinglas an die Lippen.

Zwischen Brothappen und Wein tupft er mir den Mund mit einer weichen weißen Serviette ab.

Nach einer Weile vergesse ich, dass wir uns mehr oder weniger in der Öffentlichkeit befinden. In meiner Welt gibt es nur noch Marc, Marc, Marc.

Als mein Teller leer ist, lehnt sich Marc zurück.

Wie auf ein Stichwort hin taucht Philippe auf und räumt den Tisch ab.

Ich überlege kurz, ob er bemerkt hat, dass meine Hände gefesselt sind. Falls ja, lässt er sich nichts anmerken. Seine Miene ist völlig ungerührt.

Vielleicht sollte ich verlegen sein. Aber das bin ich nicht.

Philippe schickt sich gerade an zu gehen, da hebt Marc die Hand. »Sie können jetzt das Dessert auftragen, und dann sind Sie entlassen. Den Rest übernehme ich.«

Philippe verbeugt sich. »Sehr wohl, Sir.«

15

Die Nachspeise wird in einer riesigen, auf Eis thronenden Schüssel serviert und besteht aus mit Schweizer Schokolade überzogenen Erdbeeren.

Außerdem bringt uns Philippe zwei Gläser mit einem trüben rosafarbenen Schnaps.

»Gute Nacht, Mr und Mrs Blackwell.« Philippe lächelt ein wenig bemüht. »Und Sie sind sich sicher, dass ich Ihnen nichts mehr bringen soll? Wie wär's mit Champagner?«

»Danke, aber wir haben alles, was wir brauchen«, sagt Marc.

»Sehr wohl, Sir.« Philippe verbeugt sich und räumt das Feld.

Marc angelt mit einer Zange eine schokolierte Erdbeere aus der Schüssel und füttert mich.

»Gut«, murmle ich, als der Geschmack von Schokolade und Erdbeere in meinem Mund explodiert. Ich schmecke Champagner, dunkle Schokolade und Honig.

»Ich warne dich, Sophia.« Marc setzt die Zange an meiner Unterlippe an und verdreht diese ein wenig. Nicht so stark, dass es wehtut, aber fast.

Plötzlich bin ich mir meines Atems voll bewusst.

Mein Herz beginnt zu pochen.

Marc drückt die Zange etwas fester zu, bis ich leise keuche.

Wir beobachten uns schweigend, während meine Lippe zwischen der Zange pocht.

Nach ein paar Sekunden lässt Marc los und klopft mit der Zange entschlossen auf den Tisch. Er mustert mich mit stahlblauen Augen, steht auf und tritt hinter mich. »Nicht umdrehen.«

Eine seiner Hände landet schwer auf meiner Schulter. Ich kann das kühle Metall der Zange auf meinem Schlüsselbein fühlen.

Mein Atem geht rasch und stoßweise.

Marc legt sein Gesicht an meinen Nacken und presst die Lippen auf meinen Hals. Mit der Zange fährt er unter mein Kleid hin zu meinen Brüsten und quetscht die zarte Haut mit ihr ein.

Ich ziehe scharf Luft ein.

Anfangs tut es nicht sehr weh, aber dann drückt er fester zu.

»Oh.« Ich zucke zusammen und presse die Augen zu.

Es ist eine köstliche Agonie – die Zartheit und der Schmerz. Und das Warten auf mehr.

In dem Moment, als das Brennen an meiner Brust unerträglich wird, lockert Marc die Zange, um sie kurz darauf wieder zuzudrücken. Das macht er mehrere Male.

Es reicht, um die süße Qual immer zu spüren. Der brennende Schmerz verebbt und wird zu einer angenehmen Welle der Lust, dann brennt er wieder heiß.

Ich sitze reglos da. Ich kann mich selbst dann nicht bewegen, als ich bemerke, dass Marcs Hand von meiner Schulter gleitet und beginnt, mein Kleid aufzuknöpfen.

»Marc, nicht hier!« Ich schüttle den Kopf.

»Deine Meinung ist im Moment nicht gefragt.«

Sobald er fertig ist, löst er die Serviette von meinen Handgelenken und reibt mit seinen starken Fingern über die wunde Haut. Dann streift er mir das Kleid von den Schultern und zieht die hauchdünnen Ärmel über meine Handgelenke.

Das Blut rauscht in meinen Ohren.

Marc umfasst meine rot angelaufene Brust und verzieht das Gesicht.

Ich erahne seinen Konflikt. Er hasst es, mich so gezeichnet zu sehen, aber die Qualen bereiten uns beiden auch Vergnügen.

»Du weißt, dass ich niemals etwas tun würde, was dir nicht gefällt«, flüstert er.

»Ich weiß.« Meine Augen sind noch immer halb geschlossen.

Marc drückt den scharfen Rand der Zange auf meine andere Brust. »Sag mir, dass ich aufhören soll.«

»Hör nicht auf.«

»Nein?« Er presst die Zange noch etwas fester auf meine Brust und zieht mit ihr einen roten Halbkreis.

»Hör nicht auf«, keuche ich.

»Ich sehe es gern, dass du dich mir unterwirfst.« Marc umfährt meine ganze Brust mit der Zange.

»Ich unterwerfe mich dir nicht«, widerspreche ich kaum hörbar. »Ich willige nur ein.«

»Einwilligen, ja.« Ich spüre, wie er etwas Flüssigkeit auf meine Brust träufelt. Plötzlich fühlt sich meine Haut kühl an. Überrascht keuche ich auf. Die rote Linie, die Marc um meine Brust gezeichnet hat, brennt wie Feuer. Ich reiße die Augen auf.

Marc packt mich an den Haaren. »Nur Alkohol, der kurz brennt.«

Ich nicke. Tränen treten mir in die Augen.

»Zu viel?«, fragt Marc.

Ich atme laut aus. »Alles ist gut.«

»Nein. Das war zu viel.« Er taucht eine Serviette in Wasser und fährt damit über den roten Striemen. »Steh auf.«

Es kostet mich eine gewisse Mühe, mich zu erheben, denn meine Beine zittern. Mein Kleid rutscht mir vom Leib.

Ich schlinge die Arme um meinen nackten Oberkörper, denn der große leere Ballsaal macht mich befangen.

»Du hast dich ganz schön gemacht, Mrs Blackwell.« Marc beobachtet mich. »Als wir uns kennenlernten, hättest du dir so etwas wohl nie träumen lassen.«

»Du weißt, dass das hier nicht heißt, dass ich mich dir unterwerfe«, protestiere ich. »Wir sind gleichberechtigte Partner, die etwas in beidseitigem Einvernehmen tun.«

Ein Lächeln umspielt Marcs Lippen. »Plötzlich scheint dir die Definition davon, was wir tun und wer das Sagen hat, sehr wichtig zu sein. Lass es mich dir ein für alle Mal erklären: Du unterwirfst dich mir, indem du tust, was ich dir sage.«

Ich spüre die vertraute Hitze zwischen meinen Oberschenkeln.

»Sophia, lass die Arme wieder sinken«, befiehlt Marc. »Ich will deinen Körper sehen.«

»Vielleicht sollten wir lieber in unsere Suite …«

»Nein. Heute nicht.« Marc nimmt seinen Blick nicht von mir.

Ich zögere.

»Runter mit den Armen, sofort. Ich will dich sehen.« Ungeduldig stemmt er eine Hand in die Hüfte.

Langsam folge ich seinem Befehl. Ich fühle mich sehr verletzlich.

Marc geht mit gerunzelter Stirn um mich herum. »Du hast dich mir nicht so rasch unterworfen, wie ich das gern gehabt hätte.«

»Ich habe mich dir überhaupt nicht unterworfen«, widerspreche ich lachend.

Er tritt hinter mich und wickelt sich meine Haare ums Handgelenk. Dann zerrt er unvermittelt so heftig daran, dass mein Kopf zurückschnellt. Ich stoße einen überraschten Schrei aus.

»Du unterwirfst dich also nicht?«

Ich schlucke, versuche, den Kopf zu schütteln. »Nein, schließlich kann ich jederzeit Nein sagen.«

Er zerrt mich an den Haaren zum Tisch und weiter, bis ich mit dem Oberkörper auf dem Tisch liege. Meine Brüste und mein Gesicht landen auf dem weichen Tischtuch. Vor meiner Nase steht der verbliebene silberne Kerzenleuchter.

»Du hast recht. Du kannst mir sagen, dass ich aufhören soll«, er presst meine Wange auf die Tischdecke, »dann höre ich sofort auf. Du weißt, dass ich das tun werde.«

Ich beiße mir auf die Lippe, sage jedoch kein Wort.

16

Eine weiße Kerze mit flackernder Flamme taucht in meinem Blickfeld auf. Marc hält noch immer meine Haare fest.

»Ich will nicht, dass du irgendeinen Laut von dir gibst.« Er streicht mir über die Haare.

Ich sehe zu, wie er die Kerze aus dem Halter nimmt.

»Marc, was …«

»Sei ruhig und rühr dich nicht«, fährt er mich an.

Ich weiß, dass die Kerze irgendwo hinter mir ist, und zucke zusammen, als ich einen stechenden Schmerz auf meinem Rücken fühle.

Aua.

Was war das?

Es fällt mir schwer, nicht laut aufzuschreien. Aber ich beherrsche mich.

Ich halte inne, meine Haut brennt vor Erwartung.

»Marc?«

Wieder spüre ich den stechenden Schmerz und realisiere, dass es sich um heißes Wachs handeln muss, das auf mich tropft. Die kurze Hitze und dann das Ziehen auf der Haut – es kann nichts anderes sein.

Ich stöhne auf vor Lust.

Marc schlägt mich fest auf den Hintern. »Keinen Laut, habe ich gesagt.«

Ich versuche, mich umzudrehen, aber er hält meinen Kopf fest.

»Rühr dich nicht!«

»Schon wieder?«, murmle ich. »Sag nichts, rühr dich nicht. Was kommt als Nächstes?«

»Warte!«

»Warte?«, frage ich.

»Warte.«

Er lässt meinen Kopf los und setzt sich neben mich an den Tisch.

Ich kann sein Gesicht nicht sehen, nur, dass er ein Bein über das andere geschlagen hat und sein Weinglas hebt und dann wieder abstellt.

Ich warte.

»Marc …«

Erneut hebt er das Glas und lässt es sinken. »Ich habe dir doch schon gesagt, dass du still sein sollst.«

Er nimmt das Glas, und ich spüre, wie er mich beobachtet, während er noch einen Schluck Wein trinkt.

Das Wachs auf meinem Rücken ist hart geworden. Meine Haut hat sich darunter zusammengezogen.

»Das wird langsam unangenehm«, stöhne ich.

»Unangenehm? Wirklich?«

Er steht auf, legt mir eine Hand auf den Hintern und streichelt mich langsam.

Die Wirkung ähnelt einem Stromstoß. Seine Finger spielen mit mir und wecken ein nahezu unstillbares Verlangen.

»Bitte, Marc! Bitte! Ich halte es nicht mehr aus.« Ich winde mich unter seinen Händen.

Er ignoriert mich. Die Berührung seiner Finger erzeugen auf meinem ganzen Körper ein Kribbeln.

»Marc.«

Er knüllt eine Serviette zusammen und stopft sie mir in den Mund.

Ich stöhne und bin vor Lust ganz von Sinnen, während Marc mich weiterstreichelt.

Ich verzehre mich unendlich nach ihm.

In dem Moment, als ich denke, dass ich es nicht mehr aushalten kann und ihn anflehen werde, legt er mir eine gebieterische Hand auf den Hintern.

Er dreht mich um, hebt mich auf den Tisch, und ich starre in seine eindringlichen blauen Augen.

Unsere Blicke durchdringen sich, unsere Brustkörbe heben und senken sich im Einklang unserer Atemzüge.

Ich weiß, dass er sich ebenso stark nach mir sehnt wie ich mich nach ihm, aber die intensive Leidenschaft in seinen Augen ist so *kontrolliert*. Vermutlich könnte er in diesem Moment einfach weggehen, wenn er müsste. Mir wäre das unmöglich.

Gebannt sehe ich ihm dabei zu, wie er seine Hose auszieht.

Gott.

Ich recke den Hals, um ihn besser ansehen zu können.

Vielleicht lässt er mich noch länger warten. Vielleicht will er mich betteln sehen, mich endlich zu nehmen.

Aber zu meiner großen Erleichterung dringt er ein wenig in mich ein, während er mich streng mustert. Dann stößt er hart und tief in mich.

»Oh!«

Ein Aufschrei bleibt mir in der Kehle stecken. Das Geräusch, das mir entkommt, klingt halb wie ein Schrei, halb wie ein Keuchen.

Marc befreit mich von dem Servietten-Knebel.

»Oooo Marc. O Gott.« Ich packe seinen Hintern.

Marc legt mir die Hand auf den Mund und beginnt, sich zu bewegen.

In einem langsamen Rhythmus stößt er in mich, tief und unablässig, während wir uns immer noch in die Augen sehen.

Ich stöhne und winde mich unter ihm. Ich kann nicht stillhalten. Aber dann landen seine Hände auf meinen Schultern, und ich kann mich nicht mehr bewegen.

»Oh. O Gott, Marc.« Ich schließe die Augen und schlinge meine

Beine um ihn, als er immer wieder in mich hineingleitet. Ich spüre, wie das weiche Tischtuch unter meinem Rücken Falten wirft.

Ich packe Marc am Hintern und ziehe ihn noch tiefer in mich.

Gott.

Ich bin so unglaublich erregt, lebendig und scharf auf ihn.

Unsere Körper bewegen sich rhythmisch. Ich verliere mich in meiner Lust und kann kaum noch atmen.

Wärme steigt in mir auf. Ich öffne die Augen und suche nach Marcs Blick.

Ich fühle mich ausgefüllt. Vollständig. Ganz. Unsere Körper passen perfekt zusammen. Marc lässt mich auf und ab wippen und löst damit unbeschreiblich wunderbare Gefühle in mir aus.

»O Marc. Marc! Ich komme. O Gott, ich komme.«

Ich umklammere ihn mit den Beinen. Wärme durchflutet meinen ganzen Körper, und ich zerfließe auf dem Tisch.

Marc umfasst mein Kinn und dreht mein Gesicht so, dass unsere Blicke sich treffen.

Seiner ist intensiv. Wütend. Beschützend. Doch während mich immer noch Wellen der höchsten Wonne durchfluten, werden seine Augen sanft, liebevoll und hell, und ich weiß, dass auch er kommt.

»Sophia. Sophia!«

Wir starren uns an, und ich sehe, wie sein Blick leuchtet. Marc öffnet sich mir, er ist ebenso verletzlich wie ich.

Es ist wunderschön.

Wir sehen uns noch lange an.

Dann streichelt Marc meine Haare und die roten Striemen auf meinen Brüsten.

»Tut es weh?«, fragt er und tanzt mit den Fingern leicht über meine Haut.

Ich schüttle den Kopf.

17

Als Marc mich in unsere Suite trägt, versuche ich, nicht daran zu denken, dass meine Hände vor Kurzem noch gefesselt waren.

Philippe hat bestimmt nichts bemerkt. Oder etwa doch?

Unsere Besessenheit ist nicht ungefährlich. Und doch kontrolliere auch ich Marc ein bisschen. Das wissen wir beide.

Die Lobby ist menschenleer. Die Drehtür am Eingang des Hotels scheint verschlossen zu sein. Vermutlich hat Marc etwas damit zu tun.

Vor dem Eingang steht ein Portier, der uns den Rücken zukehrt.

Marc trägt mich die Treppenstufen nach oben, und ich höre seine gedämpften Schritte.

»Du hattest recht«, murmle ich, als er mich in unserer Suite schließlich auf dem Bett absetzt. »Ich musste loslassen.«

»Du musstest dich mir unterwerfen.« Marc schenkt mir sein strahlendes Hollywood-Lächeln.

»Nein, das habe ich nicht gemeint.«

»Das klingt wie eine Kampfansage, Mrs Blackwell.«

Ich schüttle meinen Kopf auf dem Kissen. »Ist es aber nicht.«

Marc legt sich neben mich und stutzt seinen Kopf in eine Hand. »Ich nehme Herausforderungen sehr ernst.«

Ich wende mich ihm zu. »Zum Glück ist es keine, das habe ich dir doch bereits gesagt. Wir sind zwei Erwachsene, die aus freien Stücken etwas tun, was ihnen Spaß macht. Keiner unterwirft sich irgendwem oder irgendetwas. Wir sind beide damit einverstanden.«

»Richtig.« In seinen Augen liegt erneut Verlangen. »Weil du dich einverstanden erklärt hast, dich zu unterwerfen. Du hast alles getan, was ich dir befohlen habe. Absolut alles.«

»Das ist nicht dasselbe, wie sich zu unterwerfen.« Ich unterdrücke ein Gähnen.

»Jetzt klingt es aber wirklich wie eine Kampfansage.« Marc deckt mich zu. »Soll ich dir beweisen, dass du dich mir unterwirfst? Dass ich dich dominiere? Dich kontrolliere?«

Ich blinzle ihn mit müden Augen an. »Nein. Ich will nicht, dass du mir irgendetwas beweist. Es gibt nichts zu beweisen.«

Er drückt mir einen Kuss auf die Stirn und erklärt: »Ich liebe dich. Das weißt du, oder?«

»Ich liebe dich auch.«

»Und jetzt schlafen Sie gut, Mrs Blackwell. Morgen werden wir unserer wunderhübschen Tochter die schöne Schweiz zeigen.«

»Was ist mit unserem Termin?« Ich kann die Augen kaum noch offen halten.

»Der ist erst am Nachmittag.«

»Nehmen wir Ivy dazu mit?«

Marc steht auf und zieht sein Jackett aus. »Nein. Seraphina wird sich in der Zeit um sie kümmern.«

»Sagst du mir noch, worum es bei diesem Termin geht?«

»Schlaf jetzt.« Er setzt sich wieder auf das Bett und zieht seine Schuhe aus. »Du brauchst deine Ruhe.«

Als ich aufwache, ist das Zimmer sonnendurchflutet. Sofort richte ich mich auf.

Ivy.

Es dauert einen kurzen Augenblick, bis mir einfällt, wo ich bin und dass Ivy bei Seraphina ist.

Ich reibe mir die Augen und werfe einen Blick auf die Uhr.

Schon acht. Es fühlt sich gut an auszuschlafen.

Marc ist nicht im Zimmer. Vermutlich joggt er oder trainiert im Fitnessraum.

Ich nehme mir einen weichen Bademantel aus dem Bad und eile zu Ivy und Seraphina.

18

Hallo, Sophia«, begrüßt mich unser Kindermädchen lächelnd. »Wie war Ihre Nacht?«

Ivys Köpfchen ruht an ihrer Schulter. Die Kleine blinzelt ins helle Licht der Hotellampen.

Ich strahle mein wundervolles Töchterchen an und strecke die Hände nach ihr aus. »Guten Morgen, meine Süße.« Gerührt grinsend drücke ich sie fest an mich und verrenke den Hals, damit ich sie besser betrachten kann. »Ich habe fantastisch geschlafen. Wie war die Nacht mit Ivy?«

»Ziemlich gut«, antwortet Seraphina. »Sie ist nur zweimal aufgewacht. Sie ist wirklich unkompliziert.«

»Nun, ich habe jedenfalls geschlafen wie ein Murmeltier«, gebe ich zu, während ich Ivys Wärme und das Gefühl ihrer sanften Haut genieße. »Seit ihrer Geburt war das die erste Nacht, in der ich durchgeschlafen habe. Ich fühle mich wie neugeboren.«

Nach einem Frühstück mit Mandelcroissants, die auf der Zunge zergehen, und köstlichem, frisch gebrühtem Kaffee machen Marc und ich mit Ivy einen Spaziergang durch Montreux.

Es ist ein entzückender Ort mit Holzhäusern wie im Märchen, der von hohen, kahlen Bergen und dem glitzernden blauen See eingerahmt wird.

In einem Fischrestaurant direkt am Ufer essen wir zu Mittag. In einer Vitrine liegen frische Fische und Meeresfrüchte auf einem Bett aus Eis. Wir treffen unsere Wahl.

Ich nehme gegrillten Hummer, der mit reichlich Pommes frites und einem grünen Salat serviert wird. Ein schlichtes Essen, perfekt zubereitet. Es schmeckt hervorragend.

»Sagst du mir jetzt, was wir heute Nachmittag vorhaben?«, frage ich Marc und trinke einen Schluck Mineralwasser.

»Sophia!« Marc lächelt. »Ich hoffe sehr, dass unsere Tochter einmal etwas mehr Selbstbeherrschung an den Tag legen wird als du. Aber ich werde dir schon noch beibringen, geduldig zu sein, und wenn ich dafür zu den härtesten Mitteln greifen muss.«

Nach dem Essen bringen wir Ivy für ihr Mittagsschläfchen ins Hotel. Ich lasse sie nur ungern allein, aber es ist lächerlich, ein schlechtes Gewissen zu haben, während sie schläft. Seraphina wird gut auf sie aufpassen.

»Ich vermisse Ivy schon jetzt«, sage ich, als Marc und ich zurück in die Ortschaft schlendern.

»Vielleicht glaubst du mir nicht«, erwidert Marc, »aber ich vermisse sie genauso sehr wie du. Ich möchte nicht länger als unbedingt nötig von ihr getrennt sein. Aber manchmal ist das eben nötig. Vor allem, was dich betrifft. Eine ausgeruhte Mutter ist eine glückliche Mutter.«

Ich muss zugeben, dass es mir heute wirklich sehr gut geht. Fantastisch. Aber etwas nagt an mir. Marc hatte recht damit, dass ich mich erholen musste. Und er hatte recht damit, dass ich erholt klarer denke.

Ich möchte unbedingt wieder arbeiten.

Zum ersten Mal versuche ich nicht, diesen Gedanken zu unterdrücken. In der kühlen Bergluft fühle ich mich energiegeladen.

Ich habe erkannt, dass Ivy bei einem Kindermädchen gut aufgehoben ist. Was also hält mich davon ab, meinen Beruf als Schauspielerin wiederaufzunehmen?

Es klingt ganz einfach, aber etwas steht meinem Glück im Wege. Und dieses Etwas ist Marc.

19

Du wirkst so nachdenklich, Sophia.« Marc schützt seine Augen mit der Hand vor der gleißenden Sonne. »Es ist doch hoffentlich nichts Ernstes?«

Automatisch schüttle ich den Kopf. »Ich bin nur neugierig, was es mit diesem Termin auf sich hat.«

»Bist du dir sicher?« Sein Blick ist ernst.

Ich nicke und lächle, schaue ihm aber nicht in die Augen. Es ist nicht der richtige Zeitpunkt, um über meine Ambitionen als Schauspielerin zu reden. Marc ist felsenfest davon überzeugt, dass ich noch nicht für einen neuen Film bereit bin, aber ich weiß, dass ich reifer bin, als er denkt. Ich muss mir nicht ständig von ihm meinen Lebensweg zeigen lassen, den ich zu gehen habe.

»Ich warte«, sagt Marc leise lächelnd.

»Ehrlich – es ist nichts von Bedeutung«, winke ich ab und versuche zu lächeln. »Also, wohin gehen wir?«

Wir biegen in eine Straße mit vornehmen hohen Gebäuden ein.

Marc hält sich immer noch eine Hand vor die Augen. »Wir sind schon da.«

Vor einem Schlösschen mit kleinen gelben Türmchen, auf dem internationale Flaggen wehen, bleiben wir stehen.

Seltsam, dass sich ein solches Gebäude so unvermittelt an einer Straßenecke befindet – eigentlich ist es ein richtiger Palast. Seinen Hintergrund bilden die wunderschönen grünen und schiefergrauen Berge, den Vordergrund der See.

»Es ist – eine Schule«, stelle ich überrascht fest, als ich das Schild am Tor bemerke.

»Eine der besten Schulen der Welt«, erklärt Marc, während er das Gebäude mustert.

Ich betrachte die hübschen Sprossenfenster. »Und was machen wir hier?«

»Wir haben einen Termin bei der Rektorin. Es geht um Ivys Erziehung.«

Ich drehe mich überrascht zu ihm um. »Ihre Erziehung? Aber sie ist doch noch ein Baby.«

Marc nimmt meine Hand und wärmt meine Finger, indem er sie sanft reibt.

»Die besten Schulen haben einen hohen Zulauf. Wenn wir wollen, dass Ivy diese hier besucht, müssen wir sie noch dieses Jahr anmelden.«

Ich blicke ihn verwirrt und mit großen Augen an. »Aber wir leben in London. Wieso sollte Ivy hier zur Schule gehen?«

»Nur die beste Schule ist gut genug für unsere Tochter.« Marc küsst meine Fingerspitzen.

»Dann ziehen wir in die Schweiz, wenn Ivy ins Schulalter kommt?«, frage ich und sehe zu den gelben Ecktürmchen. »Aber wie willst du denn dann an deinem College unterrichten?«

»Ivy würde hier aufs Internat gehen, wenn sie zwölf oder dreizehn wird.« Er lässt meine Hand los.

»Aber das ist ja noch Ewigkeiten hin. Also würden wir in die Schweiz ziehen, wenn sie etwa zwölf ist?«

»Wir müssen nicht umziehen«, sagt Marc. »Das ist ein Internat. Die Mädchen fahren nur in den Ferien nach Hause.«

Ich starre ihn fassungslos an, der kalte Wind sticht schmerzhaft auf meinen Wangen. »Ist das ein Witz? Glaubst du wirklich, ich würde unsere Tochter wegschicken?«

»Sie wäre dann ja schon zwölf«, sagt Marc und betrachtet das Gebäude. »Das ist eine der besten Schulen weltweit. Willst du nicht auch das Beste für unsere Tochter?«

»Natürlich will ich das, aber ich glaube nicht, dass es das Beste ist, sie fortzuschicken.«

»Ich will auch nicht, dass sie von uns getrennt ist«, sagt Marc mit sanfterem Blick. »Aber hier geht es um etwas anderes als um Gefühle. Ich will das Beste für Ivy, nicht für mich. Ihre Sicherheit wäre kein Problem, ich würde die beste …«

»Das Beste für Ivy ist es, bei ihren Eltern zu sein«, unterbreche ich ihn. »Ich fasse es einfach nicht, dass du so etwas überhaupt in Erwägung ziehst. Du hast deine Mutter verloren, genau wie ich. Glaubst du allen Ernstes, dass wir unserer Tochter freiwillig die Eltern vorenthalten sollten?«

»Verdammt.« Marc wirft aufgebracht den Kopf zurück. »Ich versuche, in erster Linie an Ivy und erst dann an mich zu denken. Die Bildung, die sie hier bekäme, wäre Gold wert. Und sie würde Beziehungen knüpfen, von denen sie ihr Leben lang profitieren könnte.«

Ich verschränke die Arme. »Du bist ihr Vater. Ich glaube kaum, dass es ihr an Beziehungen mangeln wird.«

»Du möchtest also, dass sie nie aus meinem Schatten tritt?«

»Nein, aber … Ich kann es nur nicht begreifen, wie du darauf gekommen bist, dass so ein Internat das Beste für sie wäre.«

»Sophia«, Marc dreht mich zu sich um, seine Schuhe machen ein klickendes Geräusch auf dem harten Asphalt, »vergiss deine Gefühle mal kurz. Ja, es wird wehtun, Ivy wegzuschicken. Und zwar uns beiden. Aber was ist mit ihr? Denk nur an das Leben, das ihr eine solche Bildung ermöglichen würde.«

Mein Magen fühlt sich an wie ein Eisklumpen. »Du hast das nicht durchdacht.«

»Im Gegenteil.« Marc legt mir eine Hand auf die Schulter. »Ich habe alles sehr wohl überlegt. Seit Ivys Geburt habe ich die besten Schulen recherchiert.«

»Aber ich bin ihre Mutter. Ich habe das letzte Wort.«

»Und wie kommst du darauf?«, knurrt Marc.

Eine Gruppe lachender Schulmädchen schlendert an uns vorbei und durch das Holztor in die Schule.

»Weil ich ständig in ihrer Nähe bin«, erkläre ich Marc, »und deshalb am besten weiß, was gut für sie ist.«

Marc schnaubt verächtlich. »Ich glaube, wir haben bereits festgestellt, dass das nicht immer der Fall ist.«

Ich blicke nach unten auf den Boden und bin mir bewusst, dass dieser Punkt wohl an Marc geht. Ich war in letzter Zeit sehr müde. Ich war nicht entspannt. Und ich hatte schreckliche Angst, dass eine andere Person Ivy …

Marc hatte wirklich recht. Ein Kindermädchen ist tatsächlich eine große Entlastung. Und wichtiger noch – Ivy geht es auch mit einer anderen Person gut. Aber ein Internat? Das ist etwas völlig anderes. Wieder sehe ich zum Schulgebäude mit seinem gelben Mauerwerk.

»Arbeit, Spiel und Wertebewusstsein«, lese ich auf einer Tafel aus Kupfer. »Etwas fehlt. Wo bleibt die Liebe?«

»Verdammt, Ivy wird geliebt. Sie bekommt alle Liebe der Welt.«

Ich schüttle den Kopf. »Nein, hier nicht. Ich verstehe einfach nicht, wie du auf die Idee kommen konntest, das dies das Beste für sie wäre.«

»Was die Bildung angeht, ist es das.«

»Bitte, Marc.« Ich nehme seine Hand. »Hör mir zu. Hier geht es nicht nur darum, dass ich Ivy vermissen würde. Für mich fühlt es sich falsch an, sie wegzuschicken.«

Marc betrachtet seine Hand in meiner.

»Ich fürchte, heute wird jemand sehr enttäuscht sein, Sophia.«

20

Ich nicht«, fauche ich. »Weil wir Ivy nicht wegschicken werden. Das ist mein letztes Wort.«

»Damit habe ich auch nicht dich gemeint.« Marcs Augen sehen mich jetzt wieder sanfter an. »Sondern die Rektorin der Schule. Weil ich unseren Termin absagen werde.«

»O Marc«, lächle ich, »wirklich?«

»Wirklich.« Er umarmt mich.

Erleichterung durchflutet mich. Meine Wange liegt an Marcs Brust, die durch sein weißes Shirt Wärme ausstrahlt. »Danke. Und ich dachte, wir würden uns jetzt heftig streiten.«

»Du wärst eine würdige Gegnerin.«

Noch einmal werfe ich einen Blick auf die hübschen gelben Türmchen des Gebäudes. »Und was machen wir jetzt, nachdem ich deine Pläne für diesen Nachmittag durchkreuzt habe?«

Marc hält mich fest. »Wir fliegen heim. Zurück nach London.«

Ich nicke, als er den Arm um meine Schultern legt. Mir hat die kurze Reise gefallen, aber zu Hause ist es auch schön. Außerdem wartet das silberne Päckchen noch immer auf mich …

Ich sitze im Schneidersitz auf unserem großen, weich gepolsterten Sofa und starre auf die glitzernde silberne Schachtel.

Sie liegt auf dem Couchtisch und scheint mir zuzuzwinkern.

Mach sie auf.

Ein dampfender Becher heißer Schokolade balanciert auf meinem Knie, aber ich spüre die Wärme, die von ihm ausgeht, kaum.

Mach sie auf und lies das Drehbuch. Wahrscheinlich findest du es grottenschlecht, dann musst du dir keine Sorgen mehr machen.

Aber sollte ich die Schachtel öffnen und das Drehbuch toll finden, wird eine Unmenge von Problemen über mich hereinbrechen. Auseinandersetzungen mit Marc. Schuldgefühle, weil ich Ivy einem Kindermädchen überlassen müsste. Angst vor dem Arbeiten nach einer so langen Pause.

Marc ist im College, Ivy schläft im Obergeschoss. Und ich quäle mich mit Fragen.

Mach sie auf.

Spontan stelle ich die Tasse mit der Schokolade auf den Tisch, nehme die Schachtel und öffne den Deckel.

Der Inhalt ist noch genau derselbe wie vor einigen Tagen: eine gefaltete silberne Einladung – vermutlich zu den Riviera-Filmfestspielen –, ein Brief auf dickem braungelbem Papier und ein Stapel Papier – ein Drehbuch.

Am liebsten würde ich mich sofort auf das Script stürzen, entfalte aber zuerst die silberne Karte.

Tatsächlich – eine Einladung zum Riviera-Filmfestival.

Ich habe noch nie von irgendwelchen Auszeichnungen geträumt, aber das Festival gehört zu meinen Lieblingsveranstaltungen.

O mein Gott.

Ich starre auf die geschwungene Handschrift und kann es kaum fassen.

Rapunzel, der Film, den ich mit Nadia gemacht habe, ist gleich in drei Kategorien für Silberne Lotosblumen nominiert worden, unter anderem gehöre ich in der Kategorie »Beste Schauspielerin« zu den Nominierten.

Wow!

Nachdem ich sicher bin, dass ich nicht träume, sehe ich mir den Brief an.

Er stammt von Nadia.

Sie schreibt:

Sophia,
unfassbar, dass Rapunzel *so häufig nominiert ist! Ziemlich cool, oder? Ich habe dafür gesorgt, dass du mit Marc bei der Preisverleihung des Riviera-Filmfestivals an meinem Tisch sitzen wirst. Aber jetzt zu wichtigeren Dingen.*

Lies das Drehbuch und versprich mir, dass du Violet spielen wirst. Ich musste bei dieser Rolle ständig an dich denken. Bitte sag Ja!

Dann schreibt sie, dass der neue Film teilweise auf dem Meer gedreht werden wird. Sie hat bereits ein luxuriöses Kreuzfahrtschiff gechartert. Es liegt im Hafen von Saint-Tropez – nur einen Katzensprung vom Veranstaltungsort des Filmfestivals entfernt. Schließlich zählt sie noch andere Schauspieler auf, die für den Film als Besetzung infrage kämen, bevor sie sich verabschiedet.

Und wenn wir mit dem Dreh fertig sind, schippern wir zum Festival und schnappen uns die Auszeichnungen. Klingt das nicht perfekt?

Wow.

Ich lege die Einladung und den Brief auf den Tisch und nehme das Drehbuch aus der Schachtel. Es liegt schwer in meinen Händen.

Ein neues Script verströmt einen regelrechten Zauber – das Versprechen einer völlig neuen Welt.

Ich überfliege die erste Seite.

CRUISE
Autorin: Nadia Malbeck.

Nadia hat das Drehbuch sogar geschrieben?

Ich denke an meine lebhafte spanische Regisseurin in ihrer Lederhose und mit ihren stets knallrot geschminkten Lippen. Es ist mir unvorstellbar, dass sie lange genug still sitzen kann, um ein Drehbuch zu schreiben. Doch offenbar hat sie genau das getan.

Lächelnd denke ich an unseren gemeinsamen Film zurück.

Meinen ersten Film.

Ich hätte mir keine bessere Regisseurin wünschen können.

Ich mache es mir auf dem Sofa bequem und beginne zu lesen. Im Handumdrehen bin ich völlig in der Handlung versunken.

Mist.

Ich habe ein riesengroßes Problem.

Ich liebe das Drehbuch!

21

Etwa eine Stunde später kehrt Marc heim.

Ich bemerke ihn erst, als er ins Wohnzimmer kommt und mir einen Kuss auf den Scheitel drückt. Rasch schlage ich das Script zu.

»Du warst ja sehr vertieft«, bemerkt er. »Was liest du?«

Ich bringe ein schuldbewusstes Lächeln zustande. »Nur ein Drehbuch.«

Marc runzelt die Stirn. »Was für ein Drehbuch?«

Ich blicke auf meine Knie. »Es war in der silbernen Schachtel.«

Er wendet sich ab. »Wo ist Ivy?«

»Sie schläft.«

Marc geht zur Treppe. »Ich seh mal nach ihr.«

Als er zurückkehrt, nimmt er die leere silberne Schachtel in die Hand. »Dann hast du also endlich die Büchse der Pandora geöffnet.«

»Was macht Ivy?«, frage ich, ohne darauf einzugehen.

»Sie schläft noch.« Marc verschränkt die Arme. »Es muss ein gutes Drehbuch sein. Du hast kaum bemerkt, dass ich heimgekommen bin.«

»Ja, es ist gut«, sage ich und nehme geistesabwesend einen Schluck von der Schokolade, die mittlerweile kalt geworden ist. »Sehr, sehr gut. Eigentlich sogar ausgezeichnet.«

»Ich verstehe nicht, warum du dich so quälst«, stellt Marc fest und setzt sich auf die Sofakante.

»Vielleicht tue ich das ja gar nicht. Marc, ich möchte wieder arbeiten.«

»Das haben wir doch bereits geklärt.«

»Nein. Du findest, dass ich weiter Unterricht nehmen sollte, ich finde das nicht. Dieser Film wird bestimmt sensationell.«

»Sophia«, Marcs blaue Augen fixieren mich, »ich weiß, dass du zu Hause nicht glücklich gewesen bist …«

Ich schüttle den Kopf. »Doch, ich bin glücklich gewesen. Sehr sogar. Ich bin liebend gern mit Ivy zusammen.«

»Na gut, dann war meine Wortwahl wohl falsch. Also, du warst nicht ausgefüllt. Das ist mir klar. Und ich weiß, wie sehr du die Schauspielerei liebst. Aber diese Rolle kommt zum falschen Zeitpunkt. Du bist noch nicht bereit dafür.«

Ich lege das Drehbuch auf den Wohnzimmertisch. »Das hört sich ein bisschen dramatisch an.«

»Aber es stimmt.« Marc nimmt das Script in die Hände und zieht eine Grimasse.

»Marc, dieses Script hat mich schwer begeistert«, rede ich auf ihn ein. »Diese Gefühle … So eine Möglichkeit darf ich mir nicht entgehen lassen.«

Marc blättert sich durch ein paar Seiten. »Nadia macht immer gute Filme.«

»Aber sie war noch nie Autorin eines Drehbuchs. Und weißt du was? Die weibliche Hauptrolle hat sie extra für mich geschrieben.«

»Ach ja?« Er sieht mich nicht an.

»Ja.« Ich stelle meine Tasse auf dem Tisch ab. »Der Film soll zum Teil auf einem Kreuzfahrtschiff gedreht werden. Weit weg von den Paparazzi. Klingt das nicht super?«

Marc lässt das Drehbuch in seinen Händen auf und ab wippen. »Es ist zu früh, Sophia. Du bist noch nicht dazu bereit.«

»O Gott, Marc. Ich bin eine Mutter. Gibt es etwas Erwachseneres?«

Marc reibt sich seufzend die Stirn. »Worum geht es in dem Film?«

»Um ein junges Mädchen und einen gefährlichen Mann. Um einen gefährlichen Lehrer, um genau zu sein. Das Mädchen verliebt sich in seinen Tanzlehrer.«

Marc zieht eine Braue hoch. »Nadia hat wirklich gut aufgepasst.«

»Ich möchte die Rolle, Marc.«

»Du willst dich wieder mal Hals über Kopf, ohne nachzudenken, in ein Abenteuer stürzen«, beharrt Marc.

»Nein«, erwidere ich. »Ich muss selbst meine Entscheidungen fällen.«

Marc schüttelt den Kopf. »Nicht wenn die Entscheidung Auswirkungen auf meine Tochter hat. Dann habe ich eine gleichberechtigte Stimme und sage Nein.«

»Ich bin ihre Mutter. Wenn ich glauben würde, dass auch nur die geringste Gefahr bestünde …«

»Sophia, du hast das nicht durchdacht.« Er wirft einen Blick auf das Drehbuch und runzelt die Stirn. »Das ist eine viel zu große Herausforderung. Die Rollen klingen interessant, das muss ich zugeben. Aber der männliche Hauptdarsteller – ich meine, lies dir doch nur mal diese Dialoge durch. Du bist noch nicht in der Verfassung, gegen einen derart starken Charakter anzuspielen. Er wird dich bei lebendigem Leib auffressen und hinunterschlucken.«

Gott, wie er mich bevormundet!

Ich richte mich auf. »Ich glaube, dass ich es schaffen kann.«

»Nein, Sophia. Du versuchst zu rennen, bevor du überhaupt laufen kannst. Das ist nicht der richtige Zeitpunkt für so etwas, du hast erst vor Kurzem ein Baby bekommen.«

Ich winke mit Nadias Brief. »Nadia glaubt an mich. Wo also liegt das Problem?«

Marc nimmt die silberne Karte und überfliegt die Zeilen mit wütendem Gesicht. »Nadia kennt dich nicht so gut wie ich. Ist das deine Einladung zu den Riviera-Filmfestspielen?«

»Ja.« Ich rutsche auf dem Sofa näher zu ihm, um noch einmal einen Blick auf die Karte zu werfen.

»Warum gibst du dich dieses Jahr nicht mit dem Festival zufrieden? Wie ich sehe, ist *Rapunzel* für drei Auszeichnungen in der engeren Auswahl. Als Nominierte wirst du also genug im Rampenlicht stehen.«

»Es geht mir nicht ums Rampenlicht, Marc. Es geht darum, dass ich meine Leidenschaft leben muss.«

»Und ich dachte, die Mutterschaft war deine Leidenschaft.«

»Das ist nicht genug«, platze ich heraus. »Ich brauche mehr, Marc.«

»Sophia, du hast dich, ohne nachzudenken, in Filme und Musicals gestürzt, für die du im Grunde genommen noch nicht reif warst, und bist im Krankenhaus gelandet.« Er küsst mich auf den Scheitel. »Ich fliege mit dir zu den Filmfestspielen, okay?«

»Die Dreharbeiten werden ganz in der Nähe der Festspiele stattfinden.« Ich schnappe mir Nadias Brief und deute auf den

Absatz. »Hier: Wenn wir in Saint-Tropez mit den Dreharbeiten fertig sind, reisen wir zur Preisverleihung nach Cannes.«

»Wenn du mit den Dreharbeiten fertig bist? Sophia …«

»Hör mir gut zu, Marc. Du weißt, dass ich nicht zufrieden bin. Du warst derjenige, der mir den Rat gegeben hat, ein Kindermädchen anzustellen, damit ich wieder ich selbst sein kann. Und jetzt bin ich bereit, deinen Rat zu befolgen.«

»Das mit der Nanny hatte ich dir geraten, damit du dich erholen kannst, nicht damit du dich in einen unpassenden Film stürzen und dich damit übernehmen kannst.«

»Der Film ist nicht unpassend. Nadia hat die Rolle schließlich für mich geschrieben. Ivy geht es gut mit einem Kindermädchen. Und ich – mir geht es gut, wenn ich vor der Kamera stehe.«

Ich kann ihm nicht in die Augen sehen. Ein Teil von mir schämt sich für meine Gefühle. Zwar bin ich wirklich glücklich als Mutter, aber die Aufgabe reicht mir einfach nicht.

Ich greife nach seiner Hand. »Marc, glaub mir bitte, dass ich das schaffe.«

»Das sagst du. Aber ich habe nach wie vor meine Bedenken.« Er überfliegt Nadias Brief. »Meine Güte – Leo Falkirk soll auch wieder mitspielen? Doch hoffentlich nicht die männliche Hauptrolle?«

»Nein.«

Marc liest weiter. »Sie zieht Benjamin van Rosen als Tanzlehrer in Betracht? Sophia, ich kenne ihn. Er ist ein egomanischer Frauenheld.«

»Marc!« Ich lasse seine Hand los. »Ich will diese Rolle.«

»Nein, Sophia.« Er faltet den Brief zu einem ordentlichen Rechteck zusammen. »Ich verbiete es dir.«

Ich muss lachen. »Das ist mir völlig egal. Ich werde sie trotzdem annehmen.«

»Na gut.« Marc lässt den Brief samt Einladung auf den Tisch fallen, steht auf und verschränkt die Arme. »Mach, was du willst. Aber du wirst dieses Land nicht mit unserer Tochter verlassen.«

Auch ich springe auf. »Und wie willst du mich daran hindern? Ivy ist auch mein Kind.«

»Himmel noch mal.« Marc rauft sich die Haare. »Ich bin über diese Lösung nicht glücklich. Überhaupt nicht glücklich. Es wird Zeit, dass du endlich erwachsen wirst.«

Er marschiert ins Obergeschoss.

»Ich *bin* erwachsen!«, rufe ich ihm nach.

Aber als Antwort höre ich nur, wie er die Tür seines Arbeitszimmers zuschlägt.

22

Die nächsten Tage verbringe ich hauptsächlich damit, bei Vermittlungen für Kindermädchen anzurufen, Anzeigen im Internet zu durchforsten und entsprechende Kandidatinnen zu einem Vorstellungsgespräch zu treffen.

Da Marc nach wie vor gegen meinen Plan ist, erzähle ich ihm nichts von meinen Aktivitäten.

Seit unserem Streit, den er mit dem Knallen der Tür beendet hat, haben wir kaum zwei Worte gewechselt. Marc verlässt das Haus frühmorgens und kehrt erst spätabends zurück.

Das Problem ist, dass mir bislang noch kein einziges Kindermädchen gefallen hat.

Auch dass sie alle steife, gestärkte schwarze Klamotten getragen und kaum den Mund aufgemacht haben, hat nichts geholfen.

Nachdem ich mit etwa zwanzig Frauen mit grauen Haaren und tiefen Falten in grimmigen Gesichtern gesprochen habe, fange ich langsam an zu glauben, dass Marc vielleicht doch recht hat. Dass es eine Schnapsidee ist. Wenn ich keine Nanny wie Seraphina finden kann, sollte ich das Ganze vielleicht doch abblasen.

»Sie sind alle so schrecklich steif, Jen«, beklage ich mich bei meiner besten Freundin. Das Telefon habe ich zwischen Schulter und Kopf eingeklemmt, während ich mit einem Stift die Anzeigenspalte für Stellengesuche im Haushalt entlangfahre. »Ich will einfach eine ganz normale Nanny. Weißt du, was ich meine?«

Ich bin in Marcs Arbeitszimmer und überfliege die Annoncen in seinen Wirtschaftszeitschriften. Ivy schläft neben mir auf dem Sofa.

»Aber das Kindermädchen, das euch in die Schweiz begleitet hat, hat dir doch gefallen«, meint Jen. »Warum stellst du sie nicht ein?«

»Sie arbeitet nicht Vollzeit.« Ich spiele mit dem Stift zwischen meinen Fingern.

»Und wie habt ihr sie gefunden?«, fragt Jen. »Vielleicht gibt es in ihrer Agentur ein ähnliches Kindermädchen.«

Ich überlege. »Denise hat sie Marc empfohlen.«

»Bingo!«, erwidert Jen. »Dann ruf Denise an und frage sie, ob sie noch eine solche Empfehlung parat hat. Einen Versuch ist es allemal wert.«

»Einen letzten Versuch«, erwidere ich. »Wenn Denise niemand einfällt, dann soll es wohl einfach nicht sein, dass ich in diesem Film mitspiele.«

Ich lege Ivy auf eine Picknickdecke im Garten in den Schatten eines Obstbaums und tippe Denises Nummer ins Telefon.

Die Verbindung wird hergestellt.

Es ist warm, frühsommerliche Gerüche liegen in der Luft – gemähtes Gras, Butterblumen und Geißblatt duften um die Wette.

Warum geht Denise nicht ans Telefon?

Nach dem zehnten Klingeln tut sie es endlich.

»Sophia?«

»Denise!« Ich freue mich, dass sie doch noch rangegangen ist. »Wie schön, deine Stimme zu hören.«

»Alles in Ordnung, Schätzchen?« In Denises Stimme schwingt Besorgnis mit.

»Hm – ja.« Ich beobachte, wie die Äste der Bäume im Wind hin und her schwingen. »Einerseits ja, andererseits nein.«

»Marc hat sich in dieser Woche wie verrückt im College aufgeführt.« Denise kichert. »Hat das vielleicht etwas mit deinem ›andererseits‹ zu tun?«

»Ja«, gebe ich zu, während ich noch immer abwesend Anzeigen für Kindermädchen überfliege. »Ich habe eine Rolle in Nadia Malbecks neuem Film angeboten bekommen. Aber Marc findet, ich würde mich unüberlegt in das neue Projekt stürzen. Dass ich noch mehr lernen sollte, bevor ich neue Angebote annehme.«

»Marcs Beschützerinstinkt ist manchmal etwas zu stark ausgeprägt«, sagt Denise.

»Glaubst du, deshalb reagiert er so?« Ich kreise eine Anzeige mit der Überschrift ›London Nannies‹ ein, bemerke dann aber, dass ich dort schon angerufen habe, und streiche sie durch.

»Mit an Sicherheit grenzender Wahrscheinlichkeit«, erwidert Denise. »Er möchte dich nicht aus den Augen lassen. Und seit Kurzem muss er auch noch Ivy beschützen. Aber sein Verhalten ist albern. Sag ihm ruhig, dass ich das gesagt habe.«

Ich beobachte Ivy, die auf der karierten Decke neben mir liegt.

»Ich habe bereits beschlossen, die Rolle anzunehmen«, gebe ich zu. »Egal ob er einwilligt oder nicht.«

»Und damit hast du vollkommen recht«, jubelt Denise.

»Das Problem ist, dass ich bis jetzt kein Kindermädchen gefunden habe.« Ich betrachte wieder die Zeitung und all die durchgestrichenen Telefonnummern. »Ich hatte schon an die zwanzig Vorstellungsgespräche, aber keine Bewerberin hat mir gefallen. Allmählich verliere ich die Hoffnung.«

»Es ist sehr schwer, in diesem Bereich jemand Passendes zu finden«, sagt Denise.

»Hast du noch eine Idee, wo ich fündig werden könnte?« Mit dem Stift tippe ich auf die Zeitung.

»Hm.« Denise ist einen Moment still. »Tatsächlich fällt mir gerade eine Frau ein, die ausgezeichnet passen würde. Wie wär's, wenn wir uns morgen im Café des *British Museum* treffen, und ich kümmere mich darum, dass diese Person dort zu uns stößt, wenn sie Zeit hat.«

23

Das Museumscafé ist lichtdurchflutet und gibt den Blick auf einen Raum frei, der von Steinsäulen gestützt wird. Ich mag es sehr. Hier trifft das alte auf das neue London; es erinnert mich an Marc.

Denise sitzt schon an einem Tisch, als Ivy und ich eintreten. Wie üblich trägt sie ein farbenfrohes, weit geschnittenes Kleid; Lachfalten zeichnen sich auf ihrer weichen weißen Haut ab.

Auf dem Tisch stehen eine Etagere mit verschiedenen Leckereien, drei Porzellantassen und eine dampfende Teekanne.

Ihr gegenüber sitzt eine Dame in einem schwarzen Kostüm.

Meine Schritte verlangsamen sich.

O nein – ist das etwa das potenzielle Kindermädchen?

Die Frau sieht genauso steif und arrogant aus wie all die anderen, die ich in der letzten Woche getroffen habe.

Meine Hände um den Kinderwagengriff verkrampfen sich.

»Sieht so aus, als würde ich in dem Film tatsächlich nicht mitspielen«, flüstere ich der schlafenden Ivy zu.

Ich stelle den Kinderwagen neben den Tisch und umarme Denise. Dann wende ich mich zur Dame im Kostüm.

»Hallo«, sage ich höflich. »Ich bin Sophia.«

Die Frau lächelt mich verkniffen an und streckt eine kalte Hand aus.

Ich möchte sie auf gar keinen Fall als Kindermädchen einstellen. Wie ist Denise nur auf den Gedanken gekommen, sie könnte die Richtige für uns sein?

»Sophia!«, sprudelt es aus Denise hervor. »Setz dich. Du musst unbedingt ein Stück von diesem Kuchen hier essen, sonst vertilge ich ihn noch ganz allein.«

Zu meiner Überraschung steht die Dame in Schwarz auf und rückt die Henkel ihrer Handtasche auf der Schulter zurecht. »Nun denn, dann lasse ich euch jetzt in Ruhe euren Lunch genießen. Wenn du Jonathan siehst, grüß ihn bitte von mir.«

Und schon ist sie weg.

Ich starre ihr verblüfft nach. »Wohin geht sie?«, frage ich.

»Wer?« Denise sieht sich um.

»Das Kindermädchen.«

»Ach, du meinst Helen?« Denise kichert. »Du meine Güte, Helen ist doch kein Kindermädchen. Ich könnte sie mir nie und nimmer mit Kindern vorstellen. Sie gehört zu den Leuten, die sich zwanghaft die Hände waschen. Schmutz ist ihr ein Gräuel. Nein, Helen ist eine alte Bekannte aus meiner Zeit bei der Oper. Hast du etwa gedacht, ich würde dir jemanden wie Helen vorschlagen?«

»Na ja, mehr oder weniger«, gebe ich zu. »Tut mir leid. Meine Woche war ziemlich anstrengend.«

Denise lacht. »Die Person, die ich mir für dich vorstellen könnte, muss noch ein Seminar absitzen, bevor sie kommt.«

»Sie studiert noch?« Ich setze mich.

»Ja.« Denise schneidet einen Scone auf und bestreicht ihn üppig mit Konfitüre und Clotted Cream. »Aber sie beendet ihr Studium in diesem Monat. Perfektes Timing, findest du nicht auch?« Sie mustert den Raum mit zusammengekniffenen Augen. »Ah, wenn man vom Teufel spricht ...«

Ich drehe mich um und falle fast vom Stuhl, als ich sehe, wer sich seinen Weg durch die Tische bahnt und auf uns zusteuert.

24

Rote Haare, grün gerahmte Brille, breites Grinsen.

»Tanya?«, frage ich Denise. »Entschuldigung, aber das kapiere ich nicht.«

Denise lächelt. »Richtig, bei deiner Kindermädchen-Frage habe ich sofort an Tanya gedacht.«

Tanya schlendert auf uns zu, über ihrer Schulter baumelt eine große braune Ledertasche. Sie trägt eine Caprijeans, rote Stiefel, ein gestreiftes T-Shirt und eine schwarze Jacke. Ihre Wangen sind gerötet, als sie uns ein bisschen atemlos begrüßt.

»Tut mir leid, dass ich mich verspätet habe.« Sie hängt ihre Tasche über die Stuhllehne. »Aber daran ist Denise schuld. Sie hat vergessen, dass ich um zehn noch ein Seminar hatte.« Sie tut so, als wolle sie Denise würgen.

Denise lacht. »Eigentlich ist mein Alter daran schuld. Früher war ich immer bestens organisiert und habe nie etwas vergessen.«

»Wie geht es dir, Soph?« Tanya umarmt mich herzlich.

»Es ist so schön, dich zu sehen.« Ich drücke sie ganz fest. »Aber eine von euch beiden muss mich jetzt bitte aufklären. Ich bin völlig verwirrt.«

Tanya setzt sich und fächelt sich mit einer Serviette Luft zu. »Puh! Mir ist so schrecklich heiß. Ist mein Make-up verschmiert?«

»Seit wann trägst du Make-up?«, frage ich.

»Aber ich musste mich doch schick machen«, Tanya zieht einen kleinen Spiegel aus ihrer Tasche und betrachtet sich, »für das große Vorstellungsgespräch.«

»Aber …« Ich schüttle ratlos den Kopf. »Du bist Schauspielerin, Tanya, kein Kindermädchen.«

»Offen gesagt bin ich weder das eine noch das andere.« Sie klappt den Taschenspiegel wieder zu. »Oder beides. Vor meiner Zeit am Ivy College habe ich in diversen Kindergärten gearbeitet. Ich habe Zeugnisse, einen Erste-Hilfe-Kurs gemacht und so weiter. Außerdem bin ich mit mehreren kleinen Geschwistern aufgewachsen. Ich weiß, wie man mit einer vollen Windel umgeht.«

»Aber … warum willst du Ivys Kindermädchen sein?«, frage ich immer noch reichlich verblüfft. »Du bist doch eine fantastische Schauspielerin.«

»Na ja, einerseits haben wir nicht alle so viel Glück wie du, Sophia.« Sie lässt den Spiegel in ihrer Tasche verschwinden. »Manche von uns werden immer einen Brotjob brauchen, um zu überleben. Und andererseits hat mir Denise alles erzählt, was sie von Marc und dir über diesen Film auf einem Kreuzfahrtschiff gehört hat. Gemeinsam mit Nadia Malbeck und Leo Falkirk eine Kreuzfahrt auf dem Mittelmeer machen? Welche Schauspielerin würde es sich entgehen lassen, bei der Entstehung eines solchen Films dabei zu sein? Nur durch pure Anwesenheit kann man eine Menge Berufserfahrung sammeln. Diese Etagere sieht übrigens ziemlich verführerisch aus.« Sie nimmt sich ein pinkfarbenes Macaron und kostet es. »Und das hier schmeckt genauso gut, wie es aussieht. Mmmm!«

»Natürlich wäre es mir sehr recht, wenn du dich um Ivy kümmern würdest …«, setze ich an.

»Oh, oh«, fällt mir Tanya ins Wort. »Ich ahne schon, dass jetzt gleich ein großes Aber kommt.«

»Aber ich bin mir nicht sicher, ob es wirklich das Richtige für dich wäre. Ich meine, du bist doch jetzt auch in erster Linie Schauspielerin. Willst du wirklich den ganzen Sommer damit verbringen, dich um ein Baby zu kümmern?«

Tanya lädt sich eine Mini-Pekannuss-Tartelette auf ihren Teller und gießt uns aus der Kanne dampfenden karamellfarbenen Tee in die Tassen. »Auf einem Luxusdampfer mit meinen Lieblingsschauspielern? Unbedingt.«

»Aber danach …« Ich nippe an meinem heißen Tee.

»Hör mal, ich liebe die Schauspielerei.« Tanya setzt die Teekanne ab. »Aber sie war nie die einzige Beschäftigung, mit der ich mein Leben füllen wollte. Ich hatte schon immer vor, irgendwann eine Kinderkrippe zu eröffnen.«

Ich halte meine Tasse mit beiden Händen fest und wärme mich an ihr. »Aber bist du dir sicher …«

»Ja!« Tanya zerteilt ihre Tartelette. »Ich würde es dir schon sagen, wenn es nicht so wäre. Echt wahr, Soph. Kannst du dir vorstellen, dass ich mich ernsthaft auf etwas einlasse, worauf ich keine Lust habe?«

»Nein.« Ich lache.

»Du brauchst ein Kindermädchen, und ich würde den Job gern übernehmen. Ist das hier Sahne?« Tanya zieht ein blaues Porzellangefäß mit Sahne zu sich. »Damit wäre doch alles geklärt, oder? Es sei denn, du hast das Gefühl, ich würde meine Arbeit nicht gut machen.«

»Ganz und gar nicht.« Ich nehme einen weiteren Schluck Tee. »Du liebst Ivy. Ich könnte mir niemand Besseren vorstellen.«

»Also«, Tanya schiebt sich ein Stück Pekannuss-Tartelette in den Mund, »was ist jetzt? Bekomme ich den Job?«

Ich lächle. »Natürlich. Ich finde es toll, dass du Ivys Kindermädchen wirst.«

»Super!« Tanya wirft jubelnd die Arme in die Luft. »Gibt es hier wohl noch mehr Clotted Cream? Oder ist dieses Café zu vornehm dafür? He, Soph, warum runzelst du die Stirn?«

»Ach, es ist nur … Marc wäre es lieber, wenn ich den Film sausen ließe«, sage ich kleinlaut. »Ich muss also noch einen Kampf ausfechten.«

»Er wird sich schon damit abfinden.« Tanya löffelt Sahne auf ihren Teller.

»Hoffentlich. Jedenfalls muss er das jetzt«, sage ich, »nachdem ich sogar ein Kindermädchen gefunden habe.«

Denise legt eine Hand auf meine. »Ich kenne Marc schon sehr lange, meine Liebe. Wenn er sieht, wie glücklich du bist, weil du wieder drehen kannst, wird er dich verstehen. Da bin ich mir ganz sicher.«

Ich nicke und setze ein Lächeln auf, auch wenn innerlich doch Zweifel an mir nagen.

Als Marc heimkommt, hole ich gerade ein Brathähnchen aus dem Backofen.

Während ich das Huhn mit einer langen Gabel auf einem Brett absetze, drückt Marc mir einen Kuss auf den Kopf.

»Hat das Restaurant *Sophia* wieder geöffnet?«, fragt er mit tiefer Stimme.

Ich drehe mich zu ihm um. »Du sprichst wieder mit mir?«

»Ich hatte viel in London zu tun.« Er steckt die Hände in die Taschen. »Außerdem dachte ich, dass du ein wenig Zeit zum Nachdenken brauchst.«

»Diese Zeit hatte ich definitiv.« Ich nehme die gerösteten Kartoffeln aus dem Ofen und stoße die Tür mit dem Fuß zu.

»Das habe ich schon befürchtet. Lass mich das machen.« Marc zieht einen Kochhandschuh über und nimmt mir das Blech ab.

Ich beobachte ihn. Er sieht so gut aus, wie er in seinem schwarzen Anzug das Blech auf dem Esstisch platziert.

»Ich habe heute ein Kindermädchen gefunden«, sprudelt es aus mir heraus.

Marcs Schultern versteifen sich. Er wirft den Ofenhandschuh auf den Tisch und geht zum Fenster, versteckt seine Hände wieder in den Taschen.

»Willst du etwas dazu sagen?«, frage ich.

Er dreht sich nicht um. »Was sollte ich dazu sagen? Du hast deine Entscheidung, die auch unser Kind betrifft, gegen meine Wünsche gefällt.«

»Marc, bitte. Ich war in letzter Zeit nicht ich selbst. Das weißt du. Jetzt muss ich lernen und wachsen und wieder zu mir selbst finden.«

»Drei Monate, nachdem du ein Kind zur Welt gebracht hast?« Er sieht immer noch in den Garten hinaus.

»Ja.« Ich gehe am Küchentresen vorbei und bleibe neben ihm stehen. »Wenn du das so formulieren willst. Hör mal – Tanya möchte in der Drehzeit auf Ivy aufpassen. Kannst du dir ein perfekteres Kindermädchen vorstellen?«

»Tanya ist Schauspielerin, kein Kindermädchen«, herrscht er mich an.

»Bevor sie das Ivy College besucht hat, hat sie in der Kinderbetreuung gearbeitet und alle nötigen Abschlüsse gemacht.« Ich lege ihm sanft die Hand auf den Arm. »Sie möchte den Job wirklich sehr gern machen.«

Marc legt den Kopf in den Nacken und schließt die Augen. »Verdammt, und ich habe gedacht, du hättest mittlerweile aus deinen Fehlern gelernt.«

»Welche Fehler?« Ich lasse seinen Arm los.

»Meine Güte, muss ich sie dir wirklich alle aufzählen?« Er wendet sich mit verschränkten Armen zu mir um. »Dich in ein Musical zu stürzen, für das du noch nicht bereit warst. Eine extrem erwachsene Filmrolle anzunehmen, bevor du je in einem normalen Film mitgespielt hast.«

»Du hast mich doch dazu ermutigt, offener zu werden«, gebe ich ihm zu bedenken. »Du hast mich gedrängt, meine leidenschaftliche Seite zu entdecken – auch vor Publikum, oder hast du das vergessen?«

»Nein. Allerdings dachte ich dabei nicht, dass du das so bald tun würdest – und ohne meine Ratschläge zu befolgen.«

Ich weiche einen Schritt zurück. »Warum gibst du nicht zu, worum es dir wirklich geht, Marc? Du bist eifersüchtig. Du willst nicht, dass ich mit Benjamin arbeite.«

»Jetzt heißt er also schon Benjamin?« Marcs Augen blitzen vor Zorn. »Mir war nicht klar, dass ihr euch bereits duzt.«

Ich schüttle den Kopf. »Sei nicht albern, Marc. Ich habe ihn doch noch nicht einmal kennengelernt.«

»Trotzdem. Verdammt, Sophia, du bist meine Frau. Ich sollte bei deinen Entscheidungen ein Wörtchen mitzureden haben.«

»Aber du kannst mir nicht vorschreiben, was ich zu tun und zu lassen habe. Ich weiß, was das Beste für mich ist.«

»Nein, das weißt du eben nicht. Und das hast du schon mehrmals eindrucksvoll bewiesen.«

Ich gehe zurück zum Backofen und knie mich davor, um nach dem Gemüse zu sehen. »Willst du jetzt jeden Fehler, den ich je gemacht habe, aufs Tapet bringen?«

»Wenn es denn sein muss …«

»Wie auch immer – ich folge deinem Rat.« Ich stehe auf und drehe mich wieder zu ihm um. »Du hast gesagt, dass ich in meiner Hausfrauen- und Mutterrolle verkümmere und mich weiterentwickeln muss. Und du hast darauf bestanden, dass wir es mit einem Kindermädchen versuchen.«

Marc seufzt verächtlich. »Wie dumm von mir.«

»Es ist sinnlos, sich weiter darüber zu streiten.« Ich fange an, das Huhn zu tranchieren, aber ich bin so wütend, dass ich mehr darauf einhacke, als es zu schneiden. »Ich möchte diesen Film machen, Marc. Basta.«

»Und was ist mit Ivy?« Er entwendet mir das Tranchiermesser. »Was ist, wenn ich mich weigere, sie mit dir gehen zu lassen?«

»Das würdest du nicht tun. Sie muss bei ihrer Mutter sein.« Ich blicke auf unser in Stücke gerissenes Abendessen. »Bitte versteh mich doch, Marc. Ich werde diesen Film mit oder ohne deinen Segen machen. Aber es wäre mir weitaus lieber, wenn du auf meiner Seite stehen würdest.«

»Okay, Sophia.« Er legt das Messer auf das Holzschneidebrett. »Dann gebe ich dir meinen Segen …«

»O Marc, das bedeutet mir sehr viel.«

»Ich war noch nicht fertig. Ich gebe dir meinen Segen unter einer Bedingung.«

»Und die wäre?«

»Dass ich dich auf dieses Kreuzfahrtschiff begleite.«

25

Ich blinzle Marc an. »Wie bitte? Du willst mitkommen? Bei den Dreharbeiten dabei sein?«

»Ich will immer bei dir sein.« Er beobachtet mich. »Tag und Nacht. Das weißt du doch. Und bei Ivy.«

»Ja, aber … Das hat jetzt nichts mit deinen Besitzansprüchen zu tun, oder?« Ich bücke mich, nehme das Grillgemüse aus dem Backofen und richte es anschließend auf einer Platte an. »Damit, dass du mich nicht aus den Augen lassen willst?«

»Zum Teil.« Marc lächelt schief. »Auf jeden Fall werde ich Benjamin van Rosen nicht aus den Augen lassen, das kann ich dir versichern.«

»Und was ist mit deinen Kursen am Ivy College?« Ich steche mit einer Gabel in das Gemüse.

»Ein paar Tage vor dem Beginn der Dreharbeiten fangen die Semesterferien an. Gib mir die Gabel.« Marc nimmt sie mir aus der Hand. »Damit du das Gemüse nicht auch noch massakrierst.«

»Marc, ich freue mich wirklich, wenn du in meiner Nähe bist, das weißt du. Aber ich möchte mich vergewissern, dass dein Bedürfnis den richtigen Gründen entspringt.«

Er lächelt mir zu. »Wenn du mich fragst, aus den richtigsten Gründen.«

»Versprich mir, dass du nicht eifersüchtig sein wirst.«

Marc stützt einen Ellenbogen auf die Küchenarbeitsplatte. »Ich werde dir kein Versprechen geben, das ich nicht halten kann. Aber wenn du deinen Dickkopf durchsetzen darfst, darf ich auch ein bisschen eifersüchtig sein.«

Je näher der Drehbeginn rückt, desto nervöser werde ich.

Was ist, wenn Marc recht hat und ich mir zu viel vorgenommen habe? Und was um alles in der Welt soll ich für eine Kreuzfahrt vor der Südküste Frankreichs einpacken?

Ich knie vor der Kommode und durchforste sie nach passenden Klamotten für Ivy, als Jen hereinstürmt.

»Soph!«

Verlegen bemerke ich, dass ich noch meinen Flanellpyjama trage, obwohl es schon fast Mittag ist.

»Jen! Was machst du denn hier?« Ich versuche, mein zerzaustes Haar mit den Fingern zu glätten. »Musst du nicht arbeiten?«

»Es ist Samstag.« Jen lässt sich neben Ivy nieder, die nahe bei mir auf dem Fußboden liegt. »Das war aber keine nette Begrüßung von deiner Mama, findest du nicht auch, Ivy? Überhaupt nicht nett. Und du, Soph, weißt, dass deine Frisur in meiner Anwesenheit nicht perfekt sein muss.«

Ich lasse die Arme sinken. »Tut mir leid. Es freut mich natürlich sehr, dich zu sehen. Ich bin nur etwas überrascht.«

»Dieses Haus ist ein einziges Labyrinth«, stellt Jen fest. »Rodney hat mir gesagt, dass du im Kinderzimmer bist, aber er hat vergessen, mir einen Plan zu zeichnen. Eigentlich wollte ich dich nach London entführen.«

Sie wühlt in ihrer cremefarbenen Ledertasche herum und zieht einen kleinen Teddy heraus, den sie Ivy vor die Nase hält. »Hier, meine Kleine. Ein neuer Freund für dich. Leo findet, du solltest ihn nach ihm taufen, aber meiner Meinung sieht dieser Teddy nicht nach einem Löwen aus.« Sie tut so, als spräche sie mit dem Bären. »Stimmt's nicht, Teddy? Du bist kein Löwe, oder?«

Ivy greift nach dem flauschigen Kuscheltier.

»London?« Ich blicke an meinem Pyjama hinunter. »Ich bin noch nicht mal angezogen.«

»Dann beeil dich. Tanya wird sich um Ivy kümmern. Eine Art Probelauf, bevor ihr in See stecht. Sie wird gleich da sein. Und ich habe ein paar fantastische Neuigkeiten.«

»Ich kann nicht mit dir nach London fahren, Jen«, entgegne ich. »Ich muss die Reise vorbereiten. Sieh dir doch bloß mal dieses Chaos an.« Ich deute auf Ivys Kleidung, die auf dem Boden verstreut ist. »Ich brauche bestimmt noch ein paar Stunden, bis ich eine ungefähre Ahnung davon habe, was Ivy auf einer Kreuzfahrt braucht.«

»Ach, Unsinn.« Jen überkreuzt die Beine. »Das kann Rodney erledigen. Du musst unbedingt mitkommen. Ich will heute meinen Hochzeitsstrauß aussuchen. Das ist doch aufregend, oder?«

»Wow. Echt?«

»Echt. Heute ist ein wichtiger Tag für mich, und ich möchte meine beste Freundin dabeihaben.«

Ich seufze. »Na gut, ich komme mit.«

»Warum nicht gleich so? Dann beeil dich und zieh dich an.«

26

Eine Stunde später setzt Keith uns unter blühenden Apfelbäumen und einem saphirblauen Himmel in Chelsea ab.

»Warte nur, bis du die Sträuße von dem Laden siehst«, sagt Jen und hakt sich bei mir ein. Wir laufen die King's Road entlang. »Im Ernst, die Besitzerin ist unglaublich. Sie beliefert die königliche Familie zu jedem Anlass. Kate und Will lassen ein Vermögen bei ihr.« Sie packt mich am Arm. »Hier ist es.«

»Hier?« Außer Scheiben aus Milchglas kann ich nichts entdecken. »Wenn das ein Blumenladen ist, wo sind dann die Blumen?«

»Jane Knight stellt sie nicht ins Schaufenster«, sprudelt Jen. »Man braucht eine Einladung, um eingelassen zu werden und die Blumen zu sehen. Sie sind zu exquisit, um sie der normalen Laufkundschaft zu präsentieren, wie findest du das?«

Ich lache. »Ich denke, diese Blumen werden genau die richtigen für dich sein.«

»Die Presse lässt mich nicht in Ruhe, sie wollen alles über unsere Hochzeit wissen«, plappert Jen und öffnet die Eingangstür. »Was dazu führt, dass wir unglaublich viele Dinge geschenkt bekommen. Es ist fantastisch!«

»Kann ich den Damen helfen?« Eine Dame klopft mit einem Kugelschreiber auf eine Theke aus mattiertem Glas, in das Jane Knights Logo eingraviert ist.

»Wir sind angemeldet«, erklärt Jen.

»Dann sind Sie bestimmt Jennifer.« Die Frau wirft einen Blick in ihren Terminkalender. »Kommen Sie, ich zeige Ihnen die Blumenküche.«

»O mein Gott.« Jen drückt wieder meinen Arm, als wir in einen mit Blumen gefüllten Raum treten. »Blumenküche! Wenn das nicht exotisch klingt.«

Ich starre all die gigantischen Orchideen, die knallroten Rosen und die überdimensionalen Margeriten an.

»Diese Blumen sind unglaublich«, murmle ich.

Frauen mit Schürzen sitzen an einem langen Tisch und schneiden inmitten der duftenden Blütenpracht Blumenstängel und Schleifen zu.

Eine hübsche Asiatin in einem weißen Hosenanzug, die aussieht wie aus dem Ei gepellt, kommt auf uns zu und begrüßt uns.

»Meine Damen, herzlich willkommen. Ich bin Jane.« Sie schüttelt uns die Hände. Ihre Finger sind weich und warm.

Alles an Jane ist perfekt gestylt, von ihrem Outfit bis hin zu ihrem kurzen, elfenhaften Bob und ihren makellos französisch manikürten Fingernägeln.

»Schön, Sie kennenzulernen, Jane«, sprudelt Jen. »Diese Blumen sind wirklich ein Traum.«

Jane lächelt. »Wir tun unser Bestes.« Sie spricht mit starkem britischem Akzent, der aus ihrem Mund jedoch sehr weich klingt. »Meine Damen werden Ihnen gleich ein paar Erfrischungen servieren. Sehen Sie sich ruhig ein bisschen um, damit Sie ein Gefühl dafür bekommen, was Ihnen gefallen könnte.«

27

Den Rest des Vormittags verbringen wir bei Rosentee und Lavendel-Honigkeksen damit, die umwerfend schönen Blumen zu bewundern.

Zur Mittagszeit trifft eine Speziallieferung ein: ein Gourmet-Picknick mit frischen Sandwiches, englischem Käse, Kartoffelchips und diversen köstlichen Patisserie-Törtchen. Außerdem enthalten: eine gekühlte Flasche Champagner und zwei Kelche.

»Mit besten Grüßen von Mr Marc Blackwell«, verkündet eine Dame mit einem weißen Schürzchen und stellt den Korb auf unseren Tisch.

»Also liebt er dich nach wie vor innig?«, fragt Jen.

»Wie es aussieht.« Ich öffne ein paar Chipstütchen. »Allerdings war es in letzter Zeit nicht ganz leicht. Er wollte nicht, dass ich diese Filmrolle annehme.«

»Er hat einen starken Beschützerinstinkt.« Jen öffnet die Champagnerflasche und schenkt uns ein. »Er wird sich schon wieder einkriegen.«

»Das sagen alle.« Ich stopfe mir Chips in den Mund und kaue geräuschvoll, bevor ich mit einem Schluck Champagner nachspüle.

»Sophia«, Jens manikürte Finger trommeln gegen das Champagnerglas, »kann ich dir etwas beichten?«

»Na klar. Alles und jederzeit, das weißt du doch. Ein paar Chips gefällig?« Ich halte ihr das Tütchen hin.

Jen schüttelt den Kopf, und plötzlich treten Tränen in ihre Augen.

»Jen?« Ich lege die Chips weg, wische das Salz von meinen Händen und lege einen Arm um sie. »Was ist denn los?«

»Ich … es ist … die Hochzeit und überhaupt.« Jen spielt nervös mit ihrem Glas. »In letzter Zeit denke ich immer wieder mal – ich meine, ich weiß nicht mehr, ob das alles eine so gute Idee ist. Ich habe Angst. Vielleicht war es nicht die richtige Entscheidung, Leo zu heiraten.«

»Wie kommst du denn darauf?«, frage ich sie.

»Wir streiten uns in letzter Zeit ziemlich oft. Wegen Kleinigkeiten. Meine Güte – er ist so furchtbar unordentlich. Manchmal komme ich mir vor wie seine Mutter. Er kann nicht mal seine Unterwäsche vom Boden aufheben.«

Ich wage ein kleines Lächeln. »Das klingt aber nicht gerade nach ernsthaften Schwierigkeiten.«

Jen wischt sich eine Träne von der Wange und trinkt einen großen Schluck Champagner. »Ich weiß. Ich habe keine Ahnung, warum mir ständig solche Gedanken kommen.«

»Vielleicht sind es ja nur die kalten Füße, die manche Leute vor der Hochzeit bekommen.« Ich schenke ihr nach.

»Ist es dir auch so ergangen? Bevor du Marc geheiratet hast?« Sie nimmt einen weiteren großen Schluck.

»Nein, aber … Na ja, wir hatten schon davor eine Menge durchgestanden.« Ich nehme die Sandwiches aus dem Korb. »Ich glaube, damit hatte sich das erledigt.«

»Es ist wirklich albern.« Jen winkt abschätzig. »Ich bin albern. Du hast recht. Es ist bestimmt nur die ganz normale Nervosität, die die meisten eben vor einer Hochzeit verspüren. Themawechsel: Ich muss dir etwas erzählen, was mit deinem neuen Film zusammenhängt. Ich habe ja gesagt, ich hätte gute Neuigkeiten. Die Dreharbeiten beginnen schon nächste Woche, stimmt's?«

»Mehr oder weniger.« Ich fummle die Sandwiches aus den braunen Papiertütchen. »Marc und ich werden in Southampton an Bord gehen und dann nach Spanien fahren. Geht Leo ebenfalls in Southampton an Bord?«

Jen nimmt sich ein Sandwich mit Käse und Essiggurken, beißt hinein und kaut gedankenverloren. »Ja. Aber – warum stoppt ihr in Spanien? Ich dachte, ihr legt erst wieder in Saint-Tropez an.«

»Wir holen Nadia ab«, erkläre ich und wähle ein Sandwich, das mit Senf bestrichen und mit Roastbeef belegt ist. »Und Benjamin van Rosen, glaube ich. Aber Jen, bist du dir sicher, dass es dir gut geht?«

»Ja, ja.« Jen tupft sich den Mund mit einer karierten Serviette ab. »Ich bin einfach ein bisschen durch den Wind. Die vielen Gefühle, du weißt schon. Aber lass uns lieber über dein kleines Kreuzfahrtabenteuer reden.«

»Aus deinem Mund klingt das, als würde ich Urlaub machen«, lache ich. »Aber es ist Arbeit, Jen.«

»Na klar.« Sie schnappt sich eine Handvoll Kartoffelchips. »Umringt von gut aussehenden Schauspielern auf dem Mittelmeer rumschippern, das klingt wirklich nach Schwerstarbeit.«

»O mein Gott, erinnere mich bloß nicht an meine zukünftigen Kollegen.« Ich lache. »Hoffentlich kann ich mich gegen sie behaupten. Benjamin soll ja wirklich unglaublich sein.«

»Ich weiß. Der Traum jeder PR-Frau. Und wenn wir schon dabei sind …« Ihre Augen blitzen, und sie rutscht freudig auf ihrem Stuhl hin und her.

»Was ist los, Jen?«

»Ich sagte doch, ich hätte gute Neuigkeiten für dich.«

»Hm … ja.« Ich beiße in mein Sandwich. Der scharfe Senf und das gesalzene Roastbeef schmecken zusammen köstlich.

»Rate mal, wer Leo auf der Kreuzfahrt begleitet.« Jen steckt sich einen Kartoffelchip in den Mund.

»Wer? Du meinst doch nicht etwa …?«

Jen hüpft auf ihrem Stuhl auf und nieder. »ICH! Stell dir das mal vor! Nadia hat eingewilligt, dass ich mitkommen darf.«

»O Jen!« Ich grinse breit. »Du wirst auch dabei sein? Das ist ja fantastisch!«

»Ganz deiner Meinung. Ich habe mich auf das Traumschiff geschmuggelt.« Sie klatscht in die Hände. »Denk nur daran, was das beruflich für mich bedeuten kann! So viele berühmte Schauspieler an Ort und Stelle. In einem Monat werde ich Aufträge für fünf Jahre bekommen. Und außerdem kann ich Ivy ständig sehen – und dich natürlich auch.«

Jen kann den Leuten alles verkaufen. Innerhalb eines Tages wird sie wahrscheinlich die halbe Besetzung davon überzeugt haben, sie als PR-Managerin zu engagieren.

»Nadia hat ziemlich cool auf meine Bitte reagiert«, fährt Jen fort. »Sie denkt, ich werde Leo bei Laune halten. Wenn sie wüsste, dass wir uns momentan richtig hassen.«

»Jen.«

»Das war nur ein Scherz«, beschwichtigt sie. »Mehr oder weniger.«

»Jedenfalls ist das wirklich eine supertolle Nachricht, Jen.« Ich trinke einen kleinen Schluck Champagner. »Dann können wir uns wieder öfter ausführlich unterhalten. Seit Ivys Geburt habe ich dich kaum gesehen.«

»Sag nichts.« Jen stürzt ihren Champagner hinunter. »Ich habe ein richtig schlechtes Gewissen deshalb.«

»Es ist schon in Ordnung, Jen. Echt wahr, mach dir keine Sorgen.« Ich beiße noch einmal in mein Sandwich.

»Auf dem Schiff musst du darauf achten, dass ich nicht zu viel esse«, bittet Jen mich und nimmt eine Handvoll Kartoffelchips. »Irgendwo habe ich gelesen, dass die Leute auf einer Kreuzfahrt ein Pfund pro Tag zunehmen. Ich habe es dringend nötig, ein paar Pfunde loswerden, und darf auf keinen Fall welche zulegen.«

»Ich finde deine Figur gerade richtig.«

»Soph, du kannst dir gar nicht vorstellen, wie eng die Hochzeitskleider von Designern geschnitten sind. Diese Leute wissen nicht, dass Frauen Titten haben.« Sie schaut an sich hinunter. »Meine müssen jedenfalls ein wenig schrumpfen, sonst platze ich auf meiner Hochzeit noch aus allen Nähten.«

28

Willst du es dir nicht doch noch mal anders überlegen?«, fragt Marc, als wir an der Küste entlang nach Southampton fahren.

Möwen fliegen über uns hinweg, Gischt benetzt die Scheiben der Limousine.

Mein Magen schlägt Purzelbäume.

Jetzt wird es ernst.

»Nein. Es geht mir gut.« Ich lächle. »Wirklich. Ich kann es kaum erwarten.«

Marc starrt mit gerunzelter Stirn aus dem Fenster.

Am Horizont funkelt ein zehnstöckiger Luxus-Kreuzfahrtliner in der Sonne. Er ist wirklich riesig – ein schwimmendes Hotel. Ich habe noch nie ein so großes Schiff gesehen.

»Ein bisschen nervös bin ich schon«, gestehe ich. »Ziemlich nervös, um ehrlich zu sein.«

Marc nickt mit dem Kopf Richtung Meer. »Du hast darauf bestanden, ins kalte Wasser zu springen …«

»Danke für deine Unterstützung, Marc.«

Mit sanfter Miene dreht er sich zu mir. »Tut mir leid. Ich finde einfach, dass du ein bisschen naiv bist.«

»Kommst du mir wieder damit? Ich bin nicht das Kind, für das du mich hältst.«

»Ich halte dich nicht für ein Kind.«

Die Limousine gleitet durch den Hafen von Southampton und biegt in einen abgesperrten VIP-Bereich ein, wo bereits zwei weitere Wagen parken.

»Offensichtlich ist Tanya schon da«, sage ich und löse meinen Sitzgurt. »Ich hoffe, Ivy geht es gut. Es war eine lange Fahrt.«

Wir hatten beschlossen, Ivy mit Tanya fahren zu lassen. Es passte besser zu der Zeit ihres Vormittagsschläfchens, und außerdem war in dem Wagen mehr Platz für ihre Sachen.

Marc schüttelt den Kopf. »Das ist nicht Tanyas Auto. Es hat ein anderes Nummernschild.«

Ein Gefühl der Angst macht sich in mir breit. »Aber wo stecken sie dann? Sie sind doch kurz vor uns losgefahren.«

Marc überprüft die Nachrichten auf seinem Handy. »Es ist alles in Ordnung. Sie stehen im Stau. Wie es aussieht, wird es noch ein Weilchen dauern, bis sie hier sind. Aber Ivy geht es bestens.«

»Meinst du, ihre Milch wird reichen?«

Marcs Lippen zucken. »Du hast fünf Flaschen eingepackt. Ich glaube, damit kommt sie eine ganze Weile über die Runden.«

»Na gut.« Mein Herzschlag beruhigt sich etwas, aber er ist noch immer nicht normal. »Ich hoffe, wir haben die richtige Entscheidung getroffen.«

»Natürlich. Es war besser, dass Ivy mit Tanya gefahren ist. Du bist viel zu aufgeregt.«

»Bin ich nicht«, protestiere ich.

Der Fahrer öffnet mir die Tür, und ich steige auf den mit Ölflecken übersäten Asphalt. Beeindruckt betrachte ich das gigantische Kreuzfahrtschiff.

Marc tritt an meine Seite und legt mir den Arm um die Schultern. »Doch, das bist du, Sophia Blackwell. Du versuchst zwar, es zu verbergen, aber das gelingt dir nicht besonders gut.«

Ich sehe mir das riesige Schiff aus der Nähe an, während Marc mich eng umschlungen hält.

Aus den Augenwinkeln erkenne ich, wie unser Gepäck auf einen goldenen Rollwagen verladen und auf einer breiten, mit einem roten Teppich bedeckten und mit Topfpalmen dekorierten Gangway aufs Schiff gefahren wird.

Marc drückt meine Schulter. »Willst du es dir wirklich nicht noch überlegen?«

»Ich muss da durch«, antworte ich. »Ich mag in deinen Ohren egoistisch klingen, aber …«

Er schüttelt den Kopf. »Du klingst nicht egoistisch, sondern unreif.«

»Marc, ich habe gründlich darüber nachgedacht. Glaub es mir. Ich möchte Ivy eine gute Mutter sein. Eine glückliche Mutter. Ein Vorbild. Und die Schauspielerei ist nun mal ein Teil meiner Persönlichkeit. Ohne ihn ginge es mir miserabel.«

Marc drückt mir einen Kuss auf die Stirn. »Und das wollen wir natürlich nicht. Zeit, an Bord zu gehen.« Er führt mich zur Gangway. »Eine Sache noch«, sagt er auf dem Weg.

»Was denn?«

»Du hast mich gebeten, nicht eifersüchtig zu werden.« Er legt eine Hand auf meinen unteren Rücken. »Vielleicht habe ich tatsächlich einen Weg gefunden, dieses hässliche Gefühl zu vermeiden.«

Ich lache, während ich vorsichtig über die wackelnde Gangway gehe. »Du und nicht eifersüchtig? Das ist kaum möglich.«

»In den nächsten Tagen vielleicht schon.« Er nimmt meinen Arm, um mir Halt zu geben. »Ich habe mit Nadia gesprochen.«

Ich bleibe stehen. »Worüber?«

»Über den Film.«

»Es gefällt mir nicht, wie das klingt.«

Unter uns plätschert das Meer, kleine graublaue Wellen schwappen auf und ab.

»Lass mich ausreden.« Marcs Lippen kräuseln sich zu einem Lächeln. »Ich habe Nadia überredet, mich für die Rolle von Nicky in Betracht zu ziehen. Ich werde also deinen Lehrer spielen.«

Ich lache ungläubig auf. »Du hast *was* getan? Das ist doch wohl nicht dein Ernst!«

Über unseren Köpfen kreischt eine Möwe.

»O doch, sogar mein voller Ernst.« Marc führt mich jetzt mit festem Griff die Gangway hinauf. »Benjamin van Rosen war zwar im weitesten Sinne dafür geeignet, aber mehr auch nicht. Nadia und ich sind übereingekommen, dass ich die deutlich bessere Wahl bin.«

»Ich fasse es nicht.« Ich entziehe ihm meinen Arm.

»Sophia! Denk doch erst mal kurz darüber nach.«

»Solche Filme, die auf den breiten Massengeschmack abzielen, kamen in letzter Zeit nie für dich infrage.« Ich bleibe stehen und halte mich am Geländer fest.

»Ich tue es, um dir das Leben zu erleichtern.« Er löst meine Hand von der Metallstange und hält sie fest.

»Und wie soll das funktionieren?«, frage ich.

»Wir spielen unsere Beziehung auf der Leinwand nach.« Marc zieht eine Augenbraue hoch. »Der weltgewandte, gefährliche Mann, der ein junges, naives Mädchen unterrichtet. Benjamin van Rosen wäre nicht die richtige Besetzung gewesen, er hätte die Rolle nicht verkörpern können. Ich bin eine viel bessere Wahl. Ich werde dir den Raum lassen zu glänzen.«

»Mein Gott, Marc …«

Er streichelt meine Fingerspitzen. »Nadia wollte Benjamin van Rosen hauptsächlich aus Werbegründen die Rolle geben. Das hat sie mir selbst gesagt. Er ist mit einer ziemlich prominenten Frau zusammen, und die Presse würde es kaum erwarten können, ein paar Interviews mit ihm zu bekommen.«

»Und jetzt? Ist er wegen dir aus der Besetzungsliste gestrichen worden?«

»Er spielt nach wie vor mit«, erklärt Marc. »Deinen Verlobten.« Er nimmt mich wieder an der Hand. »Es geht hier nicht nur um Eifersucht. Ich kann dich beschützen; darauf achten, dass du gut in Szene gesetzt und nicht im übertragenen Sinn von der Bühne gefegt wirst.«

»Wie gütig von dir.« Ich lasse ihn auf der Gangway stehen. »Marc, das hättest du nicht tun dürfen.«

Er holt mich mit großen Schritten ein. »Gib zu, dass du auch ein bisschen neugierig bist. Wir zwei werden gemeinsam unsere Geschichte nachspielen und können uns auf einer großen Leinwand ausleben.«

»Ach so, jetzt ist es also unsere Geschichte?«

»Der Lehrer und die Schülerin. Ich würde sagen, das ist exakt unsere Geschichte. Oder bist du etwa anderer Meinung?«

29

Sobald wir einen Fuß auf das Schiff gesetzt haben, eilen zwei Stewards herbei und verbeugen sich vor uns.

»Willkommen an Bord, Mr und Mrs Blackwell«, sagt der eine. »Sie sind unsere ersten Gäste.« Er händigt Marc zwei elfenbeinfarbene Plastikkarten aus. »Ihre Schlüssel, Sir. Sie wohnen in der Kapitänssuite.«

»Ist sonst noch niemand da?«, frage ich.

Der Steward schüttelt den Kopf. »Noch nicht, Madame. Würden Sie gerne in Begleitung eines Mitarbeiters eine kleine Besichtigungstour machen? Er wird Ihnen auch den Weg zu Ihrer Suite zeigen.«

»Danke«, sagt Marc mit einem Blick auf die Keycards, »aber ich kenne mich aus. Die Suite befindet sich auf der Bugseite des Schiffs auf diesem Deck. Wir finden also allein dorthin.«

»Wieso übernimmst du immer das Kommando?«, frage ich mit gepresster Stimme nach ein paar Schritten.

»Meiner Erfahrung nach funktioniert das meistens ganz gut.«

Marc und ich durchqueren einen runden Lobbybereich.

»Nicht immer«, knurre ich.

»Du würdest also lieber vor Erschöpfung umkippen?«, erwidert Marc und führt mich an der Hand durch einen langen, breiten Gang. »Oder von Paparazzi umgerannt werden?«

Ich spüre den weichen weißen Teppich unter meinen Füßen. Es ist kaum vorstellbar, dass dieser Palast tatsächlich schwimmt. »Ich bin immer noch ziemlich fassungslos, dass du das mit der Rolle getan hast, Marc. Das geht weit über deinen üblichen Kontrollwahn hinaus.«

»Sophia«, Marc drückt meine Finger, »weißt du, warum ich den Part in diesem Film übernommen habe?«

»Weil du nicht wolltest, dass ich mit Benjamin van Rosen erotische Szenen spiele.«

»Das war es nicht«, korrigiert er mich. »Ich habe das Drehbuch gelesen, mehrmals sogar, und mir Benjamin van Rosen nicht als die erste Wahl des männlichen Hauptdarstellers vorstellen können. Nicht wenn du Violet spielst. Die Besetzung wäre so nicht ausgewogen gewesen.«

»Ich bin mir sicher, dass er seine Sache gut gemacht hätte.«

»Aber du nicht, Sophia. Nicht mit ihm an deiner Seite. Er hätte dir keinen Raum zum Wachsen gegeben. Willst du vielleicht einen schlechten Film machen?«

»Nein«, gebe ich zu. Der weiche Teppich geht in einen blank polierten Holzboden über.

»Wir beide, du und ich, wir passen zusammen.« Erneut drückt Marc meine Hand. »Ich kann dazu beitragen, dass dieser Film für dich erfolgreich wird.«

»Und deine Eifersucht spielt bei dem, was du getan hast, keine Rolle?«, frage ich, als wir in einen anderen Korridor einbiegen. Mittlerweile habe ich die Orientierung verloren und rätsle, woher Marc weiß, wohin wir gehen müssen.

»Nicht in dem Maß, wie du es dir vielleicht vorstellst«, sagt Marc und biegt in den nächsten Gang ein. »Dass ich diese Rolle spiele, war nicht einmal meine Idee. Der Vorschlag kam von Michael.«

»Michael? Dein Bruder?«

»Genau. Mein gerissener kleiner Bruder. Ihm liegt viel an dir, ob du es glaubst oder nicht. Ihm ist diese gangbare Lösung unseres Problems eingefallen.«

Wir kommen an einem Marmorbrunnen mit glänzenden Fischen als Wasserspeier vorbei.

»Du hast dich mit ihm getroffen?«, frage ich irritiert, als Marc schon wieder in einen anderen Gang abbiegt.

Vor Ivys Geburt hatte Marc versprochen, dass sein jüngerer Bruder, der ihm sehr ähnlich sieht, Teil unseres Lebens sein soll. Aber soweit ich das beurteilen kann, hält er Michael noch immer auf Abstand, besonders bei allem, was Ivy angeht. Es überrascht mich, dass die beiden in Kontakt stehen. Bisher durfte Michael seine kleine Nichte nur ein einziges Mal besuchen, und das auch nur unter der strikten Aufsicht von Marc.

»Wir haben uns letzte Woche in der Stadt getroffen«, erwidert Marc. »Es ist mir nach wie vor nicht geheuer, wenn er uns zu Hause besucht.«

»Du wolltest dich doch bemühen, ihm zu vertrauen. Das hast du mir versprochen«, wende ich ein.

»Es fällt mir schwerer, als ich dachte.«

»Das ist nicht fair, Marc. Er hat gesagt, dass er den Kontakt zu eurem Onkel abbrechen wird.«

»Und soviel ich weiß, hat er das auch getan.« Marc zieht mich um eine weitere Ecke. »Aber mit der Zeit werde ich schon sehen, woran ich bei ihm bin. Ganz ehrlich, Sophia – ich hatte gedacht, dass es dich freut, wenn ich die Rolle übernehme.«

»Freut?« Abrupt bleibe ich stehen. »Ich soll mich darüber freuen, dass deine Eifersucht einen anderen Schauspieler seinen Job gekostet hat?«

»Benjamins Vertrag war noch nicht einmal unterzeichnet«, beharrt Marc. »Außerdem hat er ja nach wie vor eine Rolle in dem Film. Du siehst die Sache wirklich zu dramatisch.«

»Ach, komm schon.« Ich schüttle energisch den Kopf. »Du hast es schon kaum ertragen, dass ich mit Leo diese Szenen in *Rapunzel* gedreht habe.«

Marcs Kieferpartie verhärtet sich. »Sei auf der Hut, Sophia. Sag jetzt nichts, was du später bereust.«

»Ich will dir nur begreiflich machen, warum mich dein Verhalten ärgert.«

»Es geht hier nicht um Eifersucht«, sagt Marc, »das schwöre ich dir. Ich habe einfach das Drehbuch gelesen und gedacht, dass wir beide diese Rollen sehr ausgewogen spielen könnten. Und jetzt lass uns in die Suite gehen. Dort können wir weiterreden.«

»In diesem Labyrinth werden wir unsere Suite niemals finden«, schimpfe ich.

»Wir sind schon da«, beschwichtigt mich Marc und führt mich an riesigen Vasen mit Bambus vorbei. Dann holt er eine der Keycards hervor und schiebt sie in das Schloss.

30

»Wow!« Durch sanft gebogene Panoramafenster starre ich auf eine Wand aus blauem Meer und Himmel.

Es ist die größte Luxussuite, die ich mir vorstellen kann. Eher ein richtiges Apartment inklusive Cocktailbar und allem Drum und Dran.

»Fantastisch!«, rufe ich aus und betrete den Raum. »Die Suite nimmt die gesamte Front des Schiffes sein.«

»Nicht die gesamte.« Marc steckt die Keycard zurück in seine Hosentasche. »Aber ich habe dafür gesorgt, dass du die beste Suite an Bord bekommst.«

»Du hast dafür gesorgt?« Ich muss unfreiwillig grinsen.

»Das habe ich.«

Vor den Panoramafenstern befindet sich ein Sonnendeck mit Liegen, würfelförmigen Tischen und einem eisblauen kleinen Pool.

Unser Gepäck ist bereits eingetroffen. Es steht aufgestapelt neben dem Schrank und wartet darauf, ausgepackt zu werden.

»Und die Suite ist wirklich nur für uns?«, frage ich und sehe hinaus auf das riesige Sonnendeck.

»Ja.« Marc öffnet eine gläserne Schiebetür, und eine frische Meeresbrise weht herein. »Ich bin froh, dass die Suite so beeindruckend ist, dass du eine Weile vergessen hast zu streiten.«

Ich blicke auf das glitzernde Meer. »Ja, das war wohl der Grund.«

»Wir haben sogar unseren eigenen Wellnessbereich«, erklärt Marc.

»Unseren eigenen Wellnessbereich?« Wow!

»Nur das Beste für meine Familie«, lacht Marc. »Und Ivy schläft in ihrem eigenen Kinderzimmer, das einen Durchgang zu Tanyas Suite hat. Du brauchst nachts also nicht mehr aufzustehen. Schließlich bist du hier, um zu arbeiten.«

Das besorgte Gefühl ist sofort wieder da. »Hat Tanya dir noch eine Nachricht geschickt?«

Marc blickt auf sein Handy. »Der Verkehr ist anscheinend immer noch ziemlich dicht. Sie haben bei einem Restaurant am Straßenrand angehalten, um etwas zu essen. Es wird wohl noch ein paar Stunden dauern, bis sie da sind.«

»Ein paar Stunden?«

»Ivy geht es gut. Ich vertraue Tanya genauso wie du. Mach dir also keine Sorgen.« Marc kommt zu mir und streichelt mir die Stirn. »Sie wird bald hier sein. Du musst dich daran gewöhnen, dass Tanya sich um sie kümmert.«

»Ja, aber …«

»Kein Aber. Du wolltest arbeiten, und nur so kannst du das tun.«

Ich nicke, habe aber trotzdem ein flaues Gefühl in der Magengrube.

»Wenn du es bereust, können wir die Sache immer noch abblasen«, sagt Marc. »Der Anker ist noch nicht gelichtet.«

»Du weißt, dass ich das niemals tun würde.« Ich blicke zu ihm auf. »Versprichst du mir, dass du die Rolle nicht aus Eifersucht übernommen hast?«

»Ich verspreche es dir.« Er legt meine Hand an seine Brust.

»Hoch und heilig?«

»Sie, Mrs Blackwell, brauchen dringend eine Lektion, wie man Vertrauen hat.« Er lächelt mir zu.

»Aber ich vertraue dir.«

»Tatsächlich? Dann ist wohl eher der Gehorsam das Problem?« Sein Grinsen wird breiter.

»Das war es schon immer. Vielleicht bin ich zu modern, aber ich finde, in einer Ehe sollten die Partner gleichberechtigt sein.«

»Gleichberechtigt? Wirklich?« Marc streift mir die Haare aus dem Nacken. »Wenn du mit einem Knebel im Mund an ein Bett gefesselt bist, kommst du mir nicht besonders gleichberechtigt vor.«

»Das ist unfair«, murmle ich, und mein Atem beschleunigt sich.

»Fairness wird oft überbewertet.« Sanft hebt Marc meine Arme hoch und presst meine Handrücken an das Panoramafenster. »Habe ich dich jetzt davon überzeugt, dass ich die Rolle nicht aus unlauteren Motiven heraus übernommen habe?«

»Ich glaube schon.«

»Gut. Lass die Arme oben.«

Er dreht mich um, sodass ich auf das ruhige Meer hinausblicke. Das Glas fühlt sich kühl unter meinen Fingerspitzen an.

»Bleib so«, befiehlt er. »Beweg dich nicht. Dreh dich nicht um.«

Die Wärme von Marcs Körper ist plötzlich verschwunden. Ich höre, wie er sich in der Kabine bewegt.

Ein Reißverschluss wird aufgezogen, etwas klirrt metallisch.

Dann spüre ich wieder Marcs Nähe. Er ist hinter mich getreten.

»Beweg dich nicht«, wiederholt er.

Etwas Raues gleitet über meine Wange.

Mein heißer, schneller Atem lässt das Fensterglas beschlagen.

Als das raue Objekt über meine Lippen fährt, erkenne ich aus den Augenwinkeln ein gewundenes Seil. Es kriecht über mein Kinn und hin zu meinem Hals.

Marc berührt meine Kehle damit.

»Ich will dich nackt sehen«, sagt er entschieden. »Dreh dich um und zieh dich aus.«

»So also versöhnen sich Ehepaare üblicherweise nach einem Streit?«, frage ich.

»Tu, was ich dir gesagt habe.«

Gehorsam wende ich mich um und streife erst mein weißes T-Shirt, dann meine Sneakers und zuletzt meine Jeans ab.

Meine Unterwäsche ist schlicht – ein Sport-BH und ein Stringtanga. Bequem für die Reise.

»Alles«, fordert Marc.

Ich ziehe BH und Slip aus und lasse beides auf den Boden fallen.

»Arme zur Seite.«

Ich spüre Marcs Finger an meinen Handgelenken und merke, dass er sie mit dem Seil fesselt. Ich erbebe, weil es so rau ist.

»Arme wieder hoch«, verlangt Marc.

Ich folge seinem Befehl.

Marc schlingt das andere Ende des Seils über die Vorhangstange. Sie ist lang, silberblau und hoch über dem Fenster angebracht.

Ich hänge an ihr fest. Bin verletzlich. Das Meer glitzert in meinem Rücken.

Marc geht davon, und ich höre, wie ein weiterer Reißverschluss aufgezogen wird.

Als Marc zurückkehrt, hält er eine Lederpeitsche in den Händen, die aus mehreren geflochtenen Riemen besteht.

31

Was ist das?«, murmle ich, fasziniert von dem Wirrwarr aus Riemen.

Marc fährt damit über seinen Handrücken. »Eine neunschwänzige Katze. Damit wurden früher ungehorsame Matrosen ausgepeitscht. Ziemlich passend, findest du nicht auch?«

Er legt mir die Peitsche über die Schulter, das geflochtene Leder ruht auf meinen Brüsten.

Mein Atem beschleunigt sich.

»Tanzte ein Matrose aus der Reihe, wurde er ausgepeitscht«, erklärt Marc und lässt die Lederknoten über meine Brust gleiten.

Ich schließe die Augen und warte.

»Ungeduldig, Mrs Blackwell?«, fragt Marc spöttisch.

Das bin ich, denke ich, bleibe jedoch stumm.

»Willst du sehen, was ich damit anstellen kann?«

Ich nicke.

Ein Knall.

Ein Schmerz wie ein elektrischer Schlag durchfährt mich, als Marc die Peitsche auf meine Brust sausen lässt.

Die Knoten treffen mich wie Feuerwerkskörper. Ich taumle wenige Zentimeter rückwärts, und meine Handgelenke schwingen am Seil hin und her.

Wieder trifft mich die Peitsche, und diesmal ist der Schmerz noch heftiger, da die Knoten dieselben Stellen wie beim ersten Schlag treffen. Ich stöhne und lasse mich ins Seil fallen. Meine Augen sind fest geschlossen.

»Willst du mehr?«, fragt Marc.

Ich nicke wieder.

Marc lässt drei weitere Hiebe auf mich herabregnen. Meine Haut zieht sich unter dem Schmerz zusammen, mein Körper beugt sich Marcs Kontrolle.

Ich stöhne lauter.

»Wenn du nicht leise sein kannst, muss ich dich knebeln.« Marc fährt mit der Peitsche über meine Brüste.

O mein Gott. Die Erwartung. Ich halte sie fast nicht mehr aus.

Ein weiterer Knall!

Marc lässt die Peitsche auf meinen Bauch sausen, und ich kann einen lauten Schrei nicht unterdrücken.

Mein Verlangen nach ihm ist fast unerträglich. Ich muss ihn in mir haben.

Ich spüre kaum noch etwas anderes als den Schmerz auf meiner Haut und gleichzeitig eine intensive Wonne.

Marc lässt die Peitsche ein letztes Mal so heftig auf meine Brüste niedersausen, dass ich gegen das Fenster taumle.

Dann lässt er die Peitsche fallen, legt die Hände um meinen Hintern, hebt mich hoch und presst mich an seine Hüften.

Ich bemerke nicht, wie er seine Hose öffnet, nur die süße Erleichterung, als er in mich gleitet. Er füllt mich aus und lässt mich vor Genuss erbeben.

O mein Gott.

Meine Arme hängen am Seil. Meine Augen werden feucht, mein Körper brennt.

Marc ist noch immer bekleidet. Ich spüre den Stoff seines Anzugs, als er mich auf sich herabsenkt.

Einen Moment lang hält er inne, dann fängt er an, sich zu bewegen.

Vor Lust schwinden mir beinahe die Sinne. Mein Körper zieht sich um seine Härte zusammen. Ich stöhne laut auf.

Wir bewegen uns im Einklang, schaukeln in einem perfekten Rhythmus.

Schließlich schlägt der Höhepunkt in Wellen über mir zusammen und trägt mich fort.

Ich habe noch immer einen Orgasmus, während Marc sich weiter in mir bewegt. Dann kommt auch er. Er schließt die Augen und presst mich ganz fest an sich.

Ich spüre seine Brust, die sein Atem hebt und senkt.

Einen Moment lang schaukeln wir hin und her, das Meer hinter uns. Dann küsst mich Marc, löst das Seil und trägt mich zu dem runden Bett. Er nimmt mich auf den Schoß, löst die Fesseln von meinen Handgelenken und reibt die rote Haut.

32

Obwohl ich nicht einschlafen will, fallen mir sofort die Augen zu.

Ein sanftes Klopfen an der Tür reißt mich aus dem Schlaf.

»Wer ist da?«, rufe ich, reibe mir die Augen und blicke mich suchend nach Marc um.

»Ich bin's, Tanya.«

In Windeseile werfe ich die Decke zur Seite und stürze zur Tür. Mein kleines Baby sitzt in seinem Buggy und blinzelt mich lächelnd an.

»Hallo, meine Hübsche.« Ich muss grinsen, weil Ivy die Augen vor Neugier weit aufgerissen hat. Behutsam nehme ich sie aus dem Kinderwagen und drücke sie fest an mich. »Ich habe dich vermisst.«

»Du kannst dir nicht vorstellen, wie viel auf den Straßen los war«, sagt Tanya und schiebt den Buggy in unsere Suite. »Aber die Kleine hat fast durchgeschlafen. Nur ein einziges Mal ist sie kurz aufgewacht.«

»Hat sie geweint?«, frage ich.

»Nur ganz kurz, als wir losgefahren sind«, erzählt Tanya. »Aber dann war sie ganz ruhig. Glaub mir, es ging ihr blendend.« Tanya faltet den Buggy zusammen und stellt ihn an die Garderobe. »Sie ist wirklich ein Vorzeigebaby.«

Ich schließe die Tür der Suite. »Sie kann ziemlich laut sein, wenn sie will.«

»Das können alle Babys. Und wie ist es dir ergangen? Du hast dir doch hoffentlich nicht die ganze Zeit Gedanken gemacht.«

Ich erröte bei dem Gedanken, womit Marc und ich uns die Stunden vertrieben haben. »Aber nein. Meine Sorgen haben sich in Grenzen gehalten. Ich habe … geschlafen.«

»Wo steckt Marc?«, fragt Tanya.

»Um ehrlich zu sein, habe ich keine Ahnung«, gebe ich zu. »Ich bin gerade aufgewacht, und er ist verschwunden.«

»Vermutlich ist er losgezogen, um dir ein Diamantcollier zu kaufen. Und nur für den Fall, dass du männliche Gesellschaft vermisst, habe ich gute Nachrichten. Ein sehr attraktiver junger Mann ist gerade unterwegs zu eurer Suite. Ein Mann, über dessen Anwesenheit du dich wahrscheinlich sehr freuen wirst.«

»Wer denn?«, will ich wissen.

Tanya grinst breit. »Rate mal.«

»Über wen würde ich mich denn bloß freuen?«, frage ich immer noch ratlos.

In dem Moment klopft es munter an der Tür.

»Da ist er schon«, grinst Tanya.

Auf der anderen Seite der Tür ruft jemand: »Hallo, Sportsfreunde!«

Die Stimme kenne ich doch. Lachend öffne ich die Tür. »Tom!«

»Ahoi, Schiffskameraden!«

Tom fährt in seinem Rollstuhl in die Suite. Er trägt ein Hemd mit Puffärmeln, eine Lederweste und einen Piratenhut. Auf seinem Schoß stehen in einem Papptablett drei Kaffeebecher.

Ich freue mich tatsächlich sehr, meinen alten Freund vom Ivy College zu sehen. Vor allem, da seine Beziehung zu Tanya immer noch besteht. Also ist sie ihm selbst nach mehreren gemeinsamen Monaten noch immer so wichtig, dass er sich persönlich von ihr verabschieden will.

»Grundgütiger!« Tom sieht sich staunend in der Suite um. »Panoramablick aufs Meer, Sonnendeck mit Pool, ein Bad, das größer ist als mein Zimmer im Ivy College. Ich muss gestehen, das alles sieht sehr nach Mr Blackwell aus. Sophia, ich hoffe, du und Marc, ihr werdet diesen Raum gebührend nutzen.« Er zieht vielsagend die Brauen hoch.

»Tom!«, rügt ihn Tanya. »Denk an das Baby. So solltest du vor Ivy nicht reden.«

»Sie ist doch noch viel zu klein, um zu verstehen, was ich sage«, meint Tom und winkt ab. »Es wäre doch wirklich eine Schande, wenn in einer solchen Umgebung nichts gehen würde, stimmt's nicht, Sophia?«

»Wirklich schön, dich zu sehen, Tom.« Ich beuge mich zu ihm hinunter und drücke ihm einen Kuss auf die Wange.

Ivys Kopf kippt nach vorne, als ich mich Tom entgegenneige, und er streckt die Arme nach ihr aus. »Lass sie mich noch ein bisschen knuddeln. Sie wächst so schnell. Ich schwöre, jedes Mal, wenn ich sie sehe, hat sie sich verändert.«

Er wiegt Ivy in den Armen, und sie betrachtet ihn mit einem ruhigen, glücklichen Blick. Vermutlich spürt sie, wenn jemand sie liebt.

»Na, meine Kleine«, Tom dreht sich dem Panoramafenster zu, »ich glaube, du wirst deine Zeit auf hoher See sehr genießen.«

Das Schiffshorn tutet, und gleich darauf beginnen die Motoren zu brummen. »Tom«, sage ich alarmiert, »wir legen gleich ab.«

»Das höre ich.« Liebevoll betrachtet er Ivy. »Meine Beine sind zwar zu nichts mehr zu gebrauchen, aber taub bin ich noch nicht.«

»Solltest du das Schiff nicht lieber jetzt verlassen?«, frage ich.

Tom schnaubt. »Bestimmt nicht. Hat Tanya es dir denn nicht erzählt?«

»Was soll sie mir erzählt haben?«

»Ich bleibe mit euch vornehmen Damen an Bord«, verkündet er laut. »Ja, du hast ganz richtig gehört. Ich werde mit euch die sieben Weltmeere unsicher machen.«

»Du kommst mit?«, quietsche ich.

»So ist es«, grinst Tom. »Mit ein wenig Gerissenheit habe ich mir eine Filmrolle ergaunert.«

33

Du brauchst mich gar nicht komisch anzusehen.« Tom lacht. »Ein so schlechter Schauspieler bin ich nun auch wieder nicht.«

»Bitte entschuldige.« Ich klappe meinen Mund wieder zu. »Es ist nur …« Ich schüttle den Kopf. »Das kommt einfach ein bisschen überraschend. Ich meine, du kennst Nadia doch gar nicht, und …«

»Aber ich kenne Marc Blackwell«, fällt mir Tom ins Wort und küsst Ivy auf den Kopf. »Und als ich herausfand, dass meine Liebste monatelang auf einem Kreuzfahrtschiff herumschippern will, habe ich mit ihm geredet, und er hat mir einen Termin zum Vorsprechen besorgt. Es ging nur um eine kleine Nebenrolle, musst du wissen. Aber siehe da, ich habe sie bekommen, und ich freue mich wie ein Schneekönig darüber. Und das Beste daran ist, dass ich mit dieser wunderschönen Lady reisen kann.«

Tanya und Tom grinsen sich verliebt an, doch dann hält Tanya inne und wird ernst.

»Du hast doch nichts dagegen, Soph?« Sie ringt nervös ihre Hände.

»Dagegen?«, lache ich. »Ich finde es fantastisch. Und Tom – du bist wahrhaftig kein schlechter Schauspieler. Du bist ein großartiger Schauspieler!«

»Nadia hat Tanya auch eine Rolle angeboten«, sagt Tom. »Aber das dumme Ding hat abgelehnt.«

»Wirklich?«, frage ich Tanya.

»Ich war nicht daran interessiert«, antwortet sie. »Schließlich bin ich hier, um mich um Ivy zu kümmern. Sie wird mich ziemlich auf Trab halten. Abgesehen davon bin ich noch nicht bereit, in einem Film mitzuspielen. Tom steht seit seiner Kindheit auf der Bühne, aber ich … ich muss noch eine Menge lernen.«

Ich muss an Marcs Worte denken. *Eine Menge lernen …*

»Mein Schatz, du bist eine wundervolle Schauspielerin«, beharrt Tom. »Irgendwann musst du ins kalte Wasser springen. Jeder hat davor Angst, glaub mir.«

»Eines Tages werde ich das auch tun, aber jetzt noch nicht. Ich weiß einfach, dass ich noch Zeit brauche. Außerdem ist mir die Rolle bestimmt nur angeboten worden, weil mich Marc Blackwell empfohlen hat. Hätte ich sie angenommen, wäre das nicht besonders fair gewesen.«

Tom lässt Ivy ein bisschen auf seinem Knie reiten. »Es geht im Leben immer darum, wen man kennt. Vor allem beim Film.«

»Ich finde trotzdem, man sollte eine Rolle bekommen, weil man sie verdient hat«, gibt Tanya zu bedenken.

»Und du hättest sie verdient gehabt, mein Schatz«, sagt Tom, »genau wie viele andere Schauspielerinnen. Wie soll man sich entscheiden, wenn es Tausende gibt, die die Rolle gleich gut spielen können? Es ist doch nicht verkehrt, einem Freund einen Gefallen zu tun.«

»Da bin ich anderer Meinung«, widerspricht Tanya und schiebt sich ihre grün gerahmte Brille ihren Nasenrücken hoch. »Ich bin hier, um mich um Ivy zu kümmern. Und ich brauche noch eine Menge Unterricht, bevor ich in einem Film mitspielen kann. Mit Geduld kommt man auch ans Ziel, das ist meine Devise.«

Wir sind so in unser Gespräch vertieft, dass ich gar nicht bemerke, dass Marc auf der Türschwelle steht. Plötzlich dröhnt seine Stimme durch den Raum. »Ich wünschte, das wäre auch Sophias Devise.«

Marc sieht wie immer einfach unglaublich gut aus, wie er da am Türrahmen lehnt. In schwarzem Anzug, weißem Hemd und mit dunklen Haaren – nicht zu vergessen die wunderschönen blauen Augen, die gefährlich und gleichzeitig auch etwas besorgt wirken.

»Hallo, Tom, hallo, Tanya. Schön, euch zu sehen.« Er tritt in die Suite.

»Es ist auch schön, Sie zu sehen, Sir«, sagt Tom.

»Hallo, Mr Blackwell«, murmelt Tanya und schiebt sich verlegen die Haare hinter die Ohren.

»Wie ich sehe, ist Ivy nach wie vor begeistert von Ihnen.« Marc hebt sein Töchterchen von Toms Schoß. »Hoffen wir, dass sie nicht vergessen hat, wer ihr Vater ist.« Ivy blinzelt Marc an und schließt dann die Augen, während er sie an sich drückt.

»Wir sollten jetzt lieber los.« Tanya wirft Tom einen warnenden Blick zu. »Unsere Sachen auspacken und so weiter.«

»Aber wir haben uns doch gerade erst auf den neuesten Stand gebracht«, protestiert Tom. »Und ich konnte ein süßes Baby knuddeln.«

»Jetzt komm schon, Tom. Gehen wir.« Tanya schiebt seinen Rollstuhl zur Tür.

»Kaum zu fassen«, murrt Tom gespielt verdrossen. »Wir sind noch nicht verheiratet, und trotzdem schubst du mich buchstäblich durch die Gegend. Das Ding hier besitzt auch Bremsen, Tanya. Und ich scheue mich nicht davor, sie zu benutzen.«

Tanya winkt uns lachend zu, während sie Tom aus der Suite schiebt. »Bis später.«

»Wo warst du, Marc?«, frage ich.

»Ich habe mich ein bisschen auf dem Schiff umgesehen«, antwortet er, »und die Sicherheitsvorkehrungen überprüft.«

»Ach so.«

Aber Marc kommt mir geistesabwesend vor.

»Bist du auf etwas Interessantes gestoßen?«, frage ich.

Er bleibt mir eine Antwort schuldig. Stattdessen sagt er: »Mir ist gesagt worden, dass es bald Mittagessen gibt. Auf dem Speisedeck. Dort treffen wir dann auch die britische Filmcrew.«

»Zu schade, dass Nadia noch nicht an Bord ist«, sage ich.

»Ja«, pflichtet Marc mir bei. »Wirklich sehr schade. Vor allem in Anbetracht dessen, dass an ihrer statt Leute anwesend sind, denen ich lieber nicht begegnet wäre.«

»Sag mir jetzt bitte nicht, dass du damit Benjamin van Rosen meinst.«

»Nein.« Marc schaukelt Ivy hin und her. »Er wird gemeinsam mit Nadia später dazukommen.«

»Wir werden bald alle zusammenarbeiten, Marc. Gib ihm eine Chance.«

»Das habe ich bereits getan.« Marc streichelt Ivys Fingerchen.

»Und wer ist jetzt an Bord, den du lieber nicht getroffen hättest?«

34

Ich glaube, Ivy würde gern mal einen Blick aufs Meer werfen«, weicht Marc mir aus und öffnet die Glastür.

Er schlendert auf das große Sonnendeck und hält die Kleine so, dass sie die Bugwelle sehen kann.

Ich folge ihm und genieße die helle Frühlingssonne auf meinem Gesicht.

»Und?«, frage ich Marc. »Du hast mir noch nicht geantwortet.«

»Jetzt nicht.«

»Das ist doch lächerlich«, rege ich mich auf. »Spätestens beim Mittagessen werde ich herausfinden, von wem du sprichst.«

»Nicht unbedingt«, entgegnet Marc.

»Warum nicht?«

»Er sollte einfach nicht … Ach, egal.« Marc wirft einen Blick auf seine Uhr. »Ich mache vorher noch einen kleinen Spaziergang.«

»Schon wieder?«, frage ich.

»Ja.«

»Wie wär's, wenn wir dich begleiten?«, schlage ich vor. »Ivy kann in ihrem Buggy schlafen.«

»Lieber nicht.« Marc reicht mir Ivy, küsst sie auf den Kopf und mich auf die Wange. »Wir sehen uns dann beim Essen.«

Verdutzt und auch ein wenig gekränkt drücke ich meine Tochter an mich.

»Was ist bloß mit Daddy los?«, flüstere ich. »Sollen wir es herausfinden? Was meinst du?«

Marc möchte offenkundig allein sein. Aber wir sind doch eine Familie, ein Team. Er sollte mit mir reden, wenn ihn etwas beunruhigt.

»Na los, Ivy, folgen wir ihm«, sage ich entschlossen.

Mit Ivy in ihrem Buggy verlasse ich die Suite.

Die Gänge sind cremefarben gestrichen, an den Wänden hängen helle Kunstdrucke. Schließlich gelangen wir aufs Hauptdeck. Auf eines der Hauptdecks, sollte ich wohl besser sagen. Denn als ich nach unten blicke, zähle ich acht weitere.

Dieses Schiff ist wirklich beeindruckend. Es gibt Dutzende Restaurants, Pools, Cafés und Champagnerbars. Die in riesigen Töpfen stehenden Palmen schwanken im Wind, während wir auf die offene See zusteuern.

Auf dem Deck, auf dem ich mich gerade befinde, kann ich Marc nicht entdecken.

Aber dafür eine andere vertraute Gestalt.

35

Jen lehnt an der Reling.

»Hey, Jen!« Ich winke ihr.

Sie dreht sich zu mir um. Ihr Gesicht ist kreidebleich, ihre Augen ohne Glanz. »Soph! Hallo.«

Jen trägt einen weißen Hosenanzug, ein blau-weiß gestreiftes T-Shirt und ein Kopftuch, das mit kleinen Ankern bedruckt ist. Wäre sie nicht so grün im Gesicht, sähe sie richtig toll aus.

»Alles in Ordnung?«, frage ich.

»Seekrank.« Jen beugt sich wieder über die Reling. »Es ist besser, wenn ich aufs Wasser sehe.«

»Wann bist du an Bord gegangen?«

»Erst als die Motoren angeworfen wurden.« Jen starrt auf das Meer. »Beinahe hätten wir das Schiff verpasst. Nur wegen Leo! Und als ob es nicht schon gereicht hätte, dass wir so spät kamen, hat Leo in der Kabine sofort seine Schuhe ausgezogen. Bei dem Geruch und dem Schwanken des Schiffes musste ich mich gleich übergeben.«

»Habt ihr eine hübsche Kabine?«, versuche ich, sie abzulenken.

»Die Suite war wunderschön, bis Leo eingezogen ist. Jetzt sieht es darin aus wie in dem Schlafzimmer eines Teenagers.«

»Ist Marc dir begegnet?« Ich suche mit den Augen das riesige Deck ab.

»Nein. Warum?«, fragt Jen.

»Äh … ich bin auf der Suche nach ihm.« Ich schiebe den Kinderwagen auf dem schwankenden Holzboden vor und zurück.

»Ist etwas passiert?«, fragt Jen. »Ihr zwei seid doch normalerweise unzertrennlich.«

»Irgendetwas beschäftigt ihn, aber er will nicht darüber reden.«

»Sei froh.« Sie blickt auf den Horizont. »Leo redet viel zu viel. Ach, wenn man vom Teufel spricht …«

Leo Falkirk kommt uns entgegen – braun gebrannt wie immer, muskulös, das aschblonde Haar hinter die Ohren gesteckt. Seine Augen funkeln, und er grinst so breit, dass man seine strahlend weißen Zähne sehen kann. Er trägt ein locker sitzendes Surfershirt und weite Shorts mit Blumenmuster.

»Sieh mal an, wen haben wir denn da?«, ruft er. »Sophia Blackwell.« Bei uns angekommen legt er einen Arm um meine Schulter. »Alles gut im Land der Ehepaare?«

»Ach, du weißt ja, wie das ist.« Ich ringe mir ein Lächeln ab. »Es geht auf und ab.«

Leo legt seinen anderen Arm um Jen. »Wem sagst du das? Bei uns geht es ständig auf und ab, jeden gottverdammten Tag. Ist es nicht so, mein Schatz?«

»Leo.« Jen legt sich die Hand vor den Mund. »Dein Arm ist zu warm. Mir wird übel.«

Leo zuckt die Schultern und lässt den Arm sinken. »Dir kann man es heute wirklich nicht recht machen.« Er wendet sich mir zu. »Wo steckt dein Märchenprinz?«

»Ich weiß es nicht«, erwidere ich.

»Du weißt es nicht? Wie kommt das denn? Ich wette, Marc weiß bestens Bescheid darüber, wo du steckst. Er hält dich an einer ziemlich kurzen Leine.«

»Wenn du mir etwas zu sagen hast, Falkirk«, Marc taucht hinter uns mit verschränkten Armen auf, »dann sag es mir doch bitte ins Gesicht.«

»Wo kommst du denn so plötzlich her?« Leo blickt sich um. »Ach, ich verstehe – Vampire können sich unsichtbar machen, stimmt's nicht?«

»Leo!« warnt Jen.

»Nimm deine Hand von meiner Frau«, knurrt Marc.

Leo lässt mich los. »Grundgütiger! Ich heirate ihre beste Freundin. Mach dich mal locker. Wann gibt es eigentlich Mittagessen? Ich bin am Verhungern.«

»Mein Gott, Leo, wie wär's mit ein bisschen mehr Respekt?«, zischt Jen und zieht Leo weg. »Wir sehen uns dann beim Essen, Soph. Ihr zwei habt bestimmt noch etwas zu besprechen. Bis gleich!«

Ich warte, bis Jen und Leo unter Deck verschwunden sind, dann wende ich mich Marc zu. »Du schuldest mir eine Erklärung.«

»Er hat dich umarmt«, knurrt Marc. »So etwas gehört sich nicht.«

»Was ist eigentlich los mit dir?«, zische ich.

»Das weißt du doch, zumindest was Leo angeht.«

»Jetzt komm schon«, ich schüttle den Kopf, »das ist doch nicht alles – da ist doch noch was.«

»Ich will darüber jetzt nicht reden.«

»Na gut, wenn du dich weiterhin so verhalten willst, dann sehen wir uns eben später.« Aufgebracht schiebe ich den Kinderwagen über das Deck.

»Sophia …«

»Das ist mein Ernst, Marc.« Ich drehe mich um. »Du kannst dich wieder blicken lassen, wenn du bessere Laune hast.«

36

Wütend schiebe ich Ivy zurück in unsere Suite und ziehe mich fürs Mittagessen um. Ich entscheide mich für ein locker sitzendes Seidenkleid mit V-Ausschnitt, einen braunen Gürtel und Gladiator-Sandalen.

Mein Töchterchen liegt währenddessen auf dem Bett, stopft sich eine Ecke der weichen Decke in den Mund und schaut mir zu.

Als ich meine Haare mit einem dunkelblauen Band zurückbinden will, klopft es leise an die Tür.

»Soph?«, ruft Tanya. »Darf ich reinkommen?«

»Na klar!«, rufe ich zurück.

Tanya öffnet die Tür und stößt einen leisen Pfiff aus.

»Wow! Alle Achtung! Für die Mama eines Babys siehst du echt scharf aus.«

»Danke.« Ich streiche mein Kleid glatt. »Jeans finde ich bequemer. Aber ich wollte mich ein bisschen schick machen.«

»Wo ist Ivy?«, fragt Tanya.

»Auf dem Bett.« Ich deute mit dem Kopf auf sie.

»Wie wär's, wenn ich mich um sie kümmere, während du beim Essen bist?«, bietet Tanya an.

»Und was ist mit dir?«, antworte ich.

»Ich habe schon gegessen. Na ja, es war eher ein spätes Frühstück, ein Brunch, wie Tom sagen würde, gebildet, wie er sich immer ausdrückt. Ich wollte ohnehin nicht mit all den Stars essen.«

»Tanya …«

»Schon gut. Wirklich. Ivy schläft doch bestimmt gleich, oder? Ich werde auf sie aufpassen, deshalb bin ich doch hier. Du hingegen musst arbeiten, also zieh los und lern deine neuen Kolleginnen und Kollegen kennen.«

Ich lächle matt. »Na gut. Wenn es dir wirklich nichts ausmacht.«

»Absolut nicht«, versichert sie mir. »Los, verschwinde, und viel Spaß! Den anderen werden die Augen aus dem Kopf fallen, wenn sie dich so sehen.«

Das Restaurant befindet sich auf dem obersten Deck und nimmt den gesamten vorderen Teil des Schiffes ein. Es gibt zwar gläserne Windschutzwände und ein Verdeck, das bei schlechter Witterung zu einem Dach wird, aber bei gutem Wetter sitzt man unter freiem Himmel.

Jen und Leo entdecke ich an einem Tisch in der Nähe der Cocktailbar. Leo hat sich ein Bier bestellt, Jen nippt an einem Champagnerkelch.

Wo steckt Marc? Warum ist er noch nicht da?

Ein schwarz livrierter Kellner mit einem weißen Serviertuch über dem Arm eilt auf mich zu. »Mrs Sophia Blackwell?«

»Ja?«, sage ich etwas verdutzt, weil er meinen Namen kennt.

»Erlauben Sie, dass ich Sie zu Ihrem Tisch begleite, Madame? Ihr Mann erwartet Sie bereits.«

»Oh … okay.«

Also ist Marc doch schon da. Warum habe ich ihn nicht gesehen?

Der Kellner führt mich um einen Windschutz herum zu einem Tisch mit einem dunkelhaarigen Mann, der mit dem Rücken zu mir sitzt.

»Äh …« Überrascht bleibe ich stehen.

Ich will dem Kellner sagen, dass es sich wohl um einen Irrtum handeln muss. Dass das nicht mein Mann ist, dass Marc niemals ein pinkfarbenes Hemd tragen würde. Aber dann dreht sich der Dunkelhaarige um, und die Worte bleiben mir in der Kehle stecken.

»Alles in Ordnung, Madame?«, fragt der Kellner.

O mein Gott.

»Ja … danke«, stammle ich und setze mich an den Tisch. Mir ist ein bisschen schwindelig.

»Kann ich Ihnen etwas zu trinken bringen, Mrs Blackwell?«, fragt der Kellner und klopft mit seinem Stift auf einen Block. »Einen Cocktail vielleicht? Ihr Mann hat einen *Virgin Sea Breeze* bestellt. Möchten Sie dasselbe?«

Am liebsten hätte ich bei den Worten »Ihr Mann« laut aufgelacht.

»Ja, warum nicht«, erwidere ich automatisch.

»Sehr gern, Madame.«

Als der Kellner sich entfernt hat, beuge ich mich vor und zische mein Gegenüber an: »Soll das ein Witz sein? Was machst du hier?«

37

Mir gegenüber sitzt Michael und bestreicht grinsend ein Brötchen mit Butter.

Marcs Bruder!

Er trägt einen dunkelbraunen Anzug und ein pinkfarbenes Hemd. Sein braunes Haar ist vom Wind zerzaust.

»Wie begrüßt du denn deinen Schwager?«

Michael schaut Marc unglaublich ähnlich. Kein Wunder, dass er den Ober täuschen konnte. Aber ich sehe die Unterschiede natürlich.

Jetzt verstehe ich alles – Marcs schlechte Laune und seine seltsamen Bemerkungen.

»Ich dachte, Ivy wäre bei dir.« Michael wirkt ein bisschen enttäuscht. »Schläft sie?«

»Das spielt keine Rolle«, fauche ich. »Weiß Marc, dass du an seiner statt beim Mittagessen aufgetaucht bist?«

»Noch nicht.« Michael beißt in seine gebutterte Brötchenhälfte. »Mein Gott, er hätte mich fast erwürgt, als er herausgefunden hat, dass ich an Bord bin.«

»Was machst du überhaupt hier? Du solltest nicht auf diesem Schiff sein.«

»Ja, ich weiß. Schon witzig, oder?« Er kaut hörbar.

»Das ist überhaupt nicht witzig«, erwidere ich. »Was ist, wenn Marc auftaucht?«

»Das wird er nicht.« Michael steckt sich das letzte Stück seiner Brötchenhälfte in den Mund. »Zumindest nicht gleich. Ich habe ihn ans andere Ende des Schiffs geschickt, um dort auf dich zu warten. Bis er merkt, dass du nicht aufkreuzen wirst, bin ich längst wieder verschwunden.«

»Michael!« Ich rücke mit dem Stuhl näher an den Tisch.

»Er ist doch ohnehin schon sauer auf mich. Warum soll ich nicht ein bisschen Spaß haben? Wozu sind kleine Brüder sonst da? Auch ein Brötchen?« Er legt das letzte aus einem kleinen Korb auf meinen Teller.

»Er wird dich erwürgen …«

Ich verstumme, als der Kellner auftaucht und einen knallblauen Cocktail auf einen Glasuntersetzer stellt.

»Herr Ober«, Michael berührt ihn kurz am Arm, »bitte noch ein paar Brötchen.«

»Sehr wohl, Sir.« Der Kellner verschwindet wieder.

»Was machst du hier, Michael?«, frage ich unbeirrt.

»Ich wollte meine Nichte sehen«, antwortet er, »also habe ich mich an Bord geschmuggelt.«

Er redet, als wäre alles nur ein großes, lustiges Spiel für ihn. Aber das ist es nicht. Wenn die Leute bemerken, dass er genauso wie Marc aussieht, wird er die Papparazzi in Zukunft nicht mehr von uns ablenken können.

Der Kellner taucht mit einem Korb voller Brötchen in Safrangelb und dem Rot von Roter Bete auf.

»Danke«, sagen wir wie aus einem Mund.

»Hast du schon einmal solche Brötchen gesehen?«, fragt Michael. »Ich liebe dieses noble Zeug. Weißt du, vor langer Zeit in London …«

»Michael!«, falle ich ihm ins Wort. »Was passiert, wenn man dir auf die Schliche kommt?«

»Niemand wird mir auf die Schliche kommen«, beharrt er und zupft ein Brötchen in zwei Hälften auseinander. »Alle denken, ich wäre Marc. Das Auge sieht, was der Kopf glaubt.«

»Trotzdem gehst du zu weit, wenn du seinen Platz beim Mittagessen einnimmst.«

»Ich dachte, du würdest meine Nichte mitbringen.« Michael bestreicht das Brötchen großzügig mit Butter. »Ich wollte sie sehen. Du musst wissen, dass mir so etwas noch nie widerfahren ist.«

»Was?«, frage ich.

»Die Liebe.«

Ich lache, aber Michael bleibt ernst.

»Das ist nicht witzig«, stellt er gekränkt fest. »Ich habe mich Hals über Kopf in euer Baby verliebt, obwohl ich die Kleine kaum sehe. Sie wird bestimmt jeden Tag ein bisschen größer.«

»Mein Gott.« Mein Lächeln verblasst. »Du meinst das wirklich ernst, oder?«

»Ich bin jetzt Onkel«, antwortet Michael, »und ich nehme meinen Job sehr ernst. Ivy gehört zu meiner Familie, und ich will Zeit mit ihr verbringen, wann immer es geht.«

»Aber du riskierst sehr viel dafür. Marc wird völlig ausrasten.«

»Das ist sie allemal wert.« Michael betrachtet nachdenklich sein Brötchen. »Ich hatte nie eine richtige Familie. Aber dann trat Marc in mein Leben, und etwas später kamst du mit Ivy dazu. Endlich habe ich das Gefühl, einen Grund zu haben, um mich zu bessern. Verstehst du das? Ich werde für die Kleine da sein, solange ich lebe.«

Ich seufze. »Marc wird trotzdem ausrasten.«

»Was hätte ich denn sonst tun sollen?«, verteidigt Michael sich.

»Es kann noch Jahre dauern, bis er mir vertraut. Gut möglich, dass Ivy bis dahin erwachsen ist.«

»Wir könnten uns etwas ausdenken«, schlage ich vor. »Aber hier kannst du jetzt nicht länger bleiben. Marc ist nicht blöd. Früher oder später wird er darauf kommen, wo ich stecke. Und wenn er erfährt, dass du dich beim Essen für ihn ausgegeben hast …«

»Zu spät.« Michael wird bleich. »Ich glaube, jetzt bin ich fällig.«

Marc schreitet mit finsterer Miene quer über das Speisedeck geradewegs auf uns zu.

Als unser Kellner ihn bemerkt, sieht er verblüfft zu unserem Tisch hinüber, dann wandert sein Blick zwischen den beiden Männern hin und her. Er sieht aus, als würde er ein Tennismatch verfolgen.

»Michael.« Marc steht an unserem Tisch. »Komm sofort mit.«

Michael bringt ein mattes Lächeln zustande. »Willst du nicht auf einen kleinen Drink bleiben?«

»Sei nicht zu hart zu ihm, Marc«, bitte ich. »Er wollte nur …«

»Das will ich gar nicht wissen!«, brüllt er. »Steh auf, Michael. Na los, wird's bald?«

Zögernd erhebt sich Michael und nimmt einen letzten hastigen Schluck von seinem Cocktail.

»Sophia, du bleibst hier«, sagt Marc. »Ich bin gleich wieder da.«

Nachdem Marc und Michael verschwunden sind, drehen sich alle Köpfe zu mir um.

Am liebsten hätte ich mich hinter einer Serviette versteckt. Aus den Augenwinkeln bemerke ich, dass Jen zu mir eilt.

»Alles in Ordnung, Soph?«, will sie wissen.

»Hm …«, ist alles, was ich herausbringe.

»Komm mit.« Sie nimmt mich am Arm und schnipst mit dem

Finger einem Kellner zu. »Bitte servieren Sie uns das Essen in Leo Falkirks Suite.«

38

Auch Jens und Leos Suite ist beeindruckend. Wenn ich nicht meine bereits kennen würde, hätte ich vermutet, dass es die schönste auf dem Schiff ist. Es gibt eine Bar, und unter dem gläsernen Fußboden im Bad schwimmen echte Fische.

»Leo liebt die Fische«, sagt Jen und klaubt die vielen Handtücher vom Boden auf. »Mein Gott, er ist wirklich ein Schlamper.«

»Man sieht, auf welcher Bettseite du schlafen wirst«, bemerke ich.

Auf dem Nachttisch der einen Seite liegen ein Kindle und darauf eine ordentlich gefaltete Schlafmaske, auf dem anderen häufen sich ineinander verschlungene Kabel, lose Manuskriptseiten und eine Socke.

»Der Kerl kostet mich wirklich noch den letzten Nerv«, stöhnt Jen und hebt eine Shorts vom Boden auf. »Kann er sich nicht wenigstens einmal im Leben wie ein Erwachsener benehmen? Wie schafft er es nur, in so kurzer Zeit ein solches Chaos anzurichten? Wir sind gefühlt gerade einmal eine halbe Stunde auf dem Schiff.«

Ich lache. »Er tut dir gut, Jen. Er ist ein guter Gegenpol zu dir. Du bist immer vernünftig, er ist ein bisschen kindisch. Irgendwo in der Mitte trefft ihr euch, und daraus entsteht ein Zauber.«

Jens Blick schweift in die Ferne. »Manchmal kann er wirklich zauberhaft sein.« Ihr Blick fällt auf eine Boxershort. »Aber warum zum Teufel nicht ein bisschen ordentlicher?«

»Niemand ist perfekt«, sage ich lakonisch.

»Marc schon.«

»Ist er nicht.« Ich schüttle den Kopf. »Er will mich immer kontrollieren.«

Jen lässt sich auf das weiche Bett fallen und legt den Kopf auf ihre verschränkten Arme. »Wie kommt es also, dass Michael an Bord ist?«

»Er hat sich reingeschmuggelt«, erkläre ich.

»Aber warum?«, fragt Jen.

»Er wollte Ivy sehen.«

»Wie süß.« Sie schleudert eine Hose in den offen stehenden Schrank.

»Ich weiß«, stimme ich ihr zu. »Wenn Marc nur kapieren würde, dass …«

Ein lautes Pochen lässt mich innehalten.

»Sophia?«

Marcs Stimme dröhnt durch die Tür.

Jen und ich sehen einander an.

»Ich mache auf«, sage ich zu Jen. Als ich die Tür öffne, steht Marc mit gerunzelter Stirn und in die Hüften gestemmten Händen davor.

»Du hast Michael nicht über Bord geworfen, oder?«, versuche ich zu scherzen.

»Ich hatte daran gedacht.« Er stößt die Tür auf und marschiert zielstrebig in die Suite.

»Ich hoffe, du hast dir angehört, was Michael zu sagen hatte.« Ich setze mich auf das Bett. »Er will einfach nur ein guter Bruder und Onkel sein.«

Marc läuft nervös hin und her. »Mein Bruder verdient kein Mitleid. Er hat viel zu viel von unserem Vater und unserem Onkel in sich.«

»Aber er wollte doch nicht …«

»Er will nie etwas und schafft es trotzdem immer wieder, ein weiteres Chaos anzurichten, das ich nun beseitigen muss, dank Michaels überragendem Sinn für Humor. Jen, ich brauche dich und deine Fähigkeiten. Der Kellner auf dem Speisedeck darf nichts ausplaudern, egal was es kostet.«

»Ich bin dabei. Aber …« Sie legt die Hand auf den Mund und rennt ins Bad. »Ich muss mich nur noch schnell übergeben.«

»Meine Güte.« Marc rauft sich die Haare. »Jen, vergiss es. Wenn du krank bist, solltest du nicht arbeiten.«

»Mir geht es gut!«, ruft Jen durch die Badezimmertür. »Ich schaffe das schon. Bin gleich wieder da.«

»Du klingst aber nicht so, als ob es dir gut ginge«, blafft Marc.

»Ich werde mich um den Kellner kümmern!«, ruft Jen, stürmt aus dem Bad und trinkt einen Schluck Wasser aus einem Zahnputzbecher. »Ich habe gerade drei Tabletten gegen Seekrankheit genommen und mir den Mund ausgespült. Es wird gleich besser werden. Es ist sogar schon besser!«

Marc zieht eine Braue hoch. »Die eiserne Jen.«

»So ist es. Und jetzt entschuldigt mich bitte, ich muss mit ein paar Gästen reden.« Sie wirft ein iPad in ihre beige Chanel-Tasche, fährt sich mit den Händen durch die Haare und klappert auf ihren Absätzen hinaus.

Marcs Lächeln wird breiter. »Deine Freundin hat's wirklich drauf.«

»Ich weiß. Aber noch mal, was Michael angeht …«

»Das ist bereits geregelt.« Marc setzt sich neben mich auf das Bett. »Er wird das Schiff verlassen, wenn wir in Spanien anlegen, und sich bis dahin unsichtbar machen. Ich habe eine Kabine für ihn organisiert, in der er ab sofort auch seine Mahlzeiten einnehmen wird.«

»Das klingt ja wie ein Gefängnis«, sage ich vorwurfsvoll. »Er wollte doch nur ein bisschen Zeit mit seiner Familie verbringen.«

»Und das hat er ohne Rücksicht auf Verluste durchzusetzen versucht.«

»Nicht alle Menschen sind so vernunftgesteuert wie du, Marc. Michael ist seinem Herzen gefolgt.«

»Na ja, vielleicht lernt er ja so, künftig vorher seinen Kopf einzuschalten.«

»Du bist unfair. Er will nur Ivy sehen, und ich möchte das auch. Je mehr sie geliebt wird, umso besser.«

Marc ist immer noch wütend. »Er kann ihr all seine Liebe schenken, wenn wir wieder in London sind.«

»Aber du lässt ihn uns ja nie besuchen«, entgegne ich.

»Vertrauen braucht eben Zeit.«

»Was soll er denn noch tun? Er strengt sich doch schon an«, sage ich sanft und nehme Marcs Hand.

»Genau wie ich. Du musst auch mich verstehen, Sophia. Ich tue mein Bestes, um dich und unsere Tochter zu beschützen.«

»Ich weiß, und trotzdem finde ich, dass Michael ein bisschen Nachsicht verdient hat.«

Marcs Miene verdüstert sich. »Mit der Zeit vielleicht.«

39

Das Schiff pflügt durch eine ruhige See. Tanya kümmert sich um Ivy, sodass Marc und ich die Gelegenheit haben, uns auf unserer luxuriösen Unterkunft genauer umzusehen. »Das ist ja ein schwimmendes Paradies!«, rufe ich begeistert, als wir an Blumenkübeln und sich im Wind wiegenden Palmen entlangschlendern.

Auf dem obersten Deck gibt es drei Pools mit Salzwasser und mehrere Cocktail- und Champagnerbars. Ein Stock tiefer befinden sich ein türkisches Bad, ein Kino und ein Massageraum.

Marc und ich essen auf unserem privaten Sonnendeck allein zu Abend. Es gibt Meeresfrüchte und Champagner, und wir beobachten die rosafarbene Sonne, die langsam in das glitzernde Wasser eintaucht.

Bald sind die ersten Sterne zu sehen, und ich frage Marc, ob wir schon am nächsten Morgen in Spanien ankommen werden.

Während sein Blick auf das Meer gerichtet bleibt, lehnt er sich in seinem Stuhl zurück. »Ja. Ms Malbecks luxuriöses schwimmendes Taxi.« Marcs Lippen zucken. »Und natürlich auch das von Benjamin van Rosen.

Mein Magen dreht sich fast um. Benjamin van Rosen.

Er ist ein unglaublich guter Schauspieler und fast so berühmt wie Marc. Auf alle Fälle besitzt er einen ebenso verruchten Ruf.

»Was ist los, Sophia?« Mit einer hochgezogenen Augenbraue sieht mich Marc an.

»Nichts. Mir geht es gut.«

»Bist du gar nicht mehr nervös?« Er schenkt mir Champagner nach.

»Natürlich nicht. Ich kann es kaum erwarten loszulegen.«

»Sophia …«

»Würde ich ehrlich zu dir sein, würde ich bloß wieder zu hören bekommen: ›Das hab ich dir gleich gesagt‹«, entgegne ich und greife zu meinem Glas.

»Warum hast du kein Vertrauen zu mir?«, fragt Marc.

Ich nehme einen Schluck Champagner und spüre die Perlage auf meiner Zunge.

»Na gut – je näher die Dreharbeiten rücken, desto stärker wird mein Gefühl, dass ich vielleicht doch noch nicht dafür bereit bin. Vor allem, wenn ich mit einem Schauspieler wie Benjamin van Rosen zusammenarbeite, der nicht nur hochkarätig ist, sondern auch einen gewissen Ruf genießt. Bist du jetzt zufrieden?«

»Nicht im Geringsten.« Marc schenkt sich nach. »Aber jetzt kannst du keinen Rückzieher mehr machen.«

»Selbstverständlich nicht.«

Seine Finger trommeln auf die Tischplatte. »Wie wär's, wenn ich dir noch ein wenig Schauspielunterricht erteilen würde?«

»Unterricht?«

Marc nickt.

»Du willst mich wieder unterrichten? Hier?« Ich mache eine Geste in Richtung des riesigen dunklen Ozeans, der uns umgibt.

»Warum nicht?«, sagt Marc. »Das wäre mal ein ziemlich außergewöhnlicher Klassenraum.«

»Und du würdest mir nicht ständig unter die Nase reiben, wie recht du mit deiner Meinung hattest, dass ich nicht ins kalte Wasser springen soll?«, frage ich zweifelnd.

»Ich sehe keinen Sinn darin, dich kleinzumachen. Zumindest nicht außerhalb des Schlafzimmers.« Er hebt eine Augenbraue.

»Aber wir haben keine Zeit mehr dafür, Marc. Morgen fangen die offiziellen Proben an.«

Er sieht auf seine Armbanduhr. »Natürlich haben wir Zeit. Wir könnten sofort beginnen.«

»Jetzt? Es ist neun Uhr abends, eigentlich sogar schon zehn, nach spanischer Zeit.«

»Was du heute kannst besorgen, das verschiebe nicht auf morgen.« Voller Tatendrang dreht er einen Manschettenknopf zurecht. »Aber erwarte nicht, dass ich dich schone, nur weil es schon so spät ist.«

Ich muss lachen. »Ich hatte vergessen, wie streng du sein kannst.«

»Meine Strenge führt zum Erfolg.« Marc trinkt einen Schluck Champagner und hält das Glas prüfend gegen das Mondlicht.

»Das stimmt.«

»Was verunsichert dich am meisten?«, fragt er und stellt sein Glas ab.

»Die Dialoge«, gebe ich zu. »Heutzutage reden wir anders als früher. Ich kann mir die Worte einfach nicht merken.«

Marc legt die Stirn in Falten. »Du hast dich zu sehr mit dem Drehbuch beschäftigt.«

»Du selbst hast doch immer schon vor den Dreharbeiten das ganze Script im Kopf«, antworte ich.

»Damit hast du recht«, nickt er. »Aber man muss sich nicht Wort für Wort daran halten.«

Ich nehme das Drehbuch von einem Liegestuhl, der neben mir steht. »An diesen Sätzen kann man nicht allzu viel verändern, sonst klingen sie viel zu modern.«

»Improvisieren ist immer eine Möglichkeit, du wirst schon sehen. Entspanne dich.«

Ich blättere durch die Seiten. »Du weißt, dass ich dich während eines Großteils des Films hassen muss.«

»Bestimmt hast du in deinem Leben genügend Erfahrungen mit einem solchen Gefühl gemacht, auf die du dich stützen kannst.« Marc nimmt mir das Drehbuch ab. »Das brauchst du jetzt nicht. Nicht im Moment.«

»Doch.« Ich versuche, es mir zurückzuholen, aber Marc hält es so, dass ich nicht rankomme.

»Fühlst du schon eine gewisse Abneigung in dir aufsteigen?«

»Durchaus.«

»Gut.« Marc hebt mich hoch und legt mich über seine Schulter, während er das Drehbuch immer noch in seiner freien Hand hält.

Ich stoße einen überraschten Schrei aus, als er mich in die Suite trägt und aufs Bett wirft.

»Marc!«

»Ich versuche nur, in meine Rolle zu schlüpfen.«

»Hey!« Ich setze mich auf und streiche mir das Haar aus dem Gesicht. »Gib mir das Script!«

»Ich habe dir doch gesagt, dass es dir im Moment nicht weiterhilft. Willst du nicht lernen, dir diesen Film zu eigen zu machen? Willst du deine Sätze in dir spüren?«

»Ja«, murre ich.

»Dann hör auf deinen Lehrer.«

Ich schüttle den Kopf. »Ich kann nicht improvisieren. Das würde nicht richtig klingen. Die Worte sind einfach nicht da, sie sind durcheinandergewürfelt, in der falschen Reihenfolge.«

»Lass es uns einfach mal versuchen.« Er schleudert das Drehbuch auf den Schreibtisch.

»Marc …«

Plötzlich ist er komplett in der Rolle. »Verdammt!«, schreit er, und in seinen Augen funkelt Wut. »Dir liegt nichts an mir. Was bin ich denn für dich? Doch nichts anderes als nur ein Pausenfüller. Werd erwachsen und geh zu deinem Freund zurück.«

Wow!

Die Sätze stammen aus dem Drehbuch. Mehr oder weniger. Marc hat ihnen nur seinen eigenen Touch verliehen.

Manchmal vergesse ich, was für ein fantastischer Schauspieler er ist. Faszinierend.

Ich atme tief durch.

Einen Moment lang stolpere ich in Gedanken über die Formulierungen aus den dreißiger Jahren, dann aber kommen mir die Worte wie von selbst über die Lippen.

»Warum spielst du mir etwas vor?«, kontere ich. »Dieser Tanz hat etwas bedeutet. Das weißt du ganz genau.«

Ich versuche aufzustehen, doch Marc hält mich an den Schultern fest.

Gott, er ist unglaublich. Dieser Konflikt in ihm – einerseits liebt er die Person, die ich darstellen soll, andererseits hasst er sie. In seinem Blick kann ich all die widersprüchlichen Gefühle sehen. Ich kenne keinen anderen Schauspieler, der so etwas schafft. Marc hatte recht damit, dass er die Rolle übernehmen wollte. Benjamin van Rosen kann im Vergleich mit ihm nur schwächer abschneiden.

»Geh doch und lebe dein Leben, Prinzessin«, sagt er.

»Das versuche ich ja!«, rufe ich und freue mich, dass die Worte richtig klingen.

Marcs Augen sind schmerzerfüllt. »Lebe es mit ihm, nicht mit mir.«

»Aber ich will ihn nicht!«, schreie ich. »Ich wollte ihn nie. Das war doch alles gar nicht echt. Das, was ich für dich empfinde, das ist echt. Du bist echt.«

Ich staune über mich selbst. Na gut, meine Ausdrucksweise ist etwas modern, aber das Gefühl stimmt. Ich habe verstanden, was Marc zu tun versucht. Erst einmal muss man das Gefühl finden, über die Worte kann man sich später noch den Kopf zerbrechen.

Marc mustert mich mit einem aufgewühlten und gleichzeitig nachdenklichen Blick. Er hält sich lange genug zurück. Lange genug, sodass das imaginäre Publikum von den Sitzen aufspringen und schreien würde: »Küss sie!«

40

Endlich küsst er mich.

Er presst die Lippen fest und hemmungslos auf meine.

Ich erwidere seinen Kuss mit derselben Leidenschaft, und unsere Körper winden sich umeinander.

Marc ist Nicky – verliebt, doch zu stolz, um es zuzugeben. Und ich bin Violet, das Mädchen, das ihn haben will, jedoch weiß, dass ihre Beziehung keine Zukunft hat.

Marc rückt von mir ab und starrt mich an. Seine Brust hebt und senkt sich, er atmet heftig, aus seinen Augen leuchtet Liebe.

»Das führt doch zu nichts«, sagt er verzweifelt.

»Ich weiß«, keuche ich.

»Aber ich kann nicht aufhören.« Marc zieht mir das T-Shirt aus, und seine Lippen wandern zu meinen Brüsten.

Mein Körper spannt sich an, ich packe ihn an den Haaren.

»Sag mir, dass du ihn nicht liebst«, flüstert er mit dem Mund auf meiner Haut.

»Nicky …«.

»Sag es mir.« Marc legt sich auf mich und umfasst mein Gesicht.

»Ich liebe ihn nicht«, sage ich leise. »Ich liebe dich.«

Er stützt sich auf die Ellbogen und mustert mich. Er wirkt verletzt.

»Das meinst du nicht so, du bist ein Mädchen aus gutem Hause.«

»Doch.«

Er schüttelt den Kopf. Ich kann sehen, wie er leidet. »Es hat keine Zukunft.«

»Küss mich«, flehe ich, »bitte, küss mich.«

Marc steht auf. Plötzlich ist er wieder ganz er selbst – kühl und kontrolliert.

»Das steht so nicht im Drehbuch.«

»Ich dachte, ich soll improvisieren«, necke ich ihn.

»Keine Spielchen, Sophia. Du weißt genau, was in dieser Szene passieren soll. Nicky sagt, dass die Beziehung keine Chance hat, und du bist gekränkt. Frustriert. Du fühlst dich zurückgewiesen und rennst zu deinem Verlobten zurück. Wenn du nicht zwischen

Berufs- und Privatleben unterscheiden kannst, dann hast du im Schauspiel-Business nichts zu suchen.«

»Ich wollte doch nur …«

»Ich weiß, was du wolltest«, unterbricht Marc mich. »Ich wollte es auch. Aber du musst dich beherrschen können. In jeder Situation. Auch bei den Proben. Das unterscheidet einen großen Schauspieler von dem, der immer im Hintergrund bleiben wird. Kontrolle, Disziplin und Konzentration. Du spielst die weibliche Hauptrolle, Sophia. Von dir erwarte ich mehr.«

Enttäuscht schnappe ich mir mein Top und presse es vor meinen Körper. »Ich hatte ganz vergessen, dass du so sein kannst.«

»Du brauchst Unterricht«, blafft Marc. »Und du musst dich mit meinen Praktiken abfinden. Ich muss streng sein, weil du offensichtlich noch immer nicht gelernt hast, dich zu beherrschen.«

»Die Kontrolle ist mir doch nur ganz kurz entglitten. Ich wollte …«

Marc stemmt die Hände in die Hüften. »Im Film geht es nicht um dich. Violet beschließt in dieser Szene, ihrer Vernunft zu folgen.«

Meine Haut ist noch warm von Marcs Berührung. Ich sehne mich schrecklich nach ihm.

»Vielleicht können wir ein andermal darüber reden«, sage ich kleinlaut, »und dort weitermachen, wo wir gerade eben …«

»O nein«, lächelt Marc. »Du, junge Lady, brauchst dringend eine Lektion in Sachen Selbstbeherrschung. Es gibt noch drei Szenen, die ähnlich sind wie diese hier. Wenn du dich nicht unter Kontrolle hast, können sie ziemlich problematisch für dich werden.«

»Es ist anders, wenn die Kameras laufen.« Ich rutsche an die Bettkante.

»Ach so? Und warum?«

Sorgsam drehe ich mein Shirt von links auf rechts. »Na ja, ich werde wohl kaum die Kontrolle verlieren, wenn andere Leute uns zusehen.«

»Und was willst du stattdessen tun?«, fordert Marc. »Deine Sätze von einem Bildschirm ablesen? Das Publikum will echte Leidenschaft, nicht nur Worte, die im Drehbuch stehen.«

»Und was soll ich deiner Meinung nach machen?«

Marc läuft auf und ab. »Üben. Deinem Lehrer zuhören. Weißt du, was nach dieser Szene passiert?«

»Ja.«

»Sag es mir.«

Einen Moment lang überlege ich. »Nicky weigert sich, Violet weiter zu unterrichten, es sei denn, sie befolgt seine Anweisungen und hinterfragt ihn nicht mehr.«

»Richtig.«

»Und dann fordert er sie auf, seltsame Dinge zu tun«, fahre ich fort. »Sie soll zum Beispiel im Dunkeln tanzen, darf ihn aber nicht fragen, warum.«

Marc kommt zu mir herüber und baut sich vor dem Bett auf. »In der Schublade meines Nachttischs liegt ein Paar Handschellen. Hol es raus.«

Ich lache. »Wer von uns beiden verliert jetzt die Kontrolle?«

»Das ist kein Witz, Sophia.« Mit einer schnellen Bewegung entreißt er mir das Shirt und wirft es auf den Boden. »Das brauchst du jetzt nicht.«

»Ach so?« Ich hebe eine Braue. »In meinen Ohren klingt es so, als ob du jetzt nicht mehr an den Film denkst. In der Szene, die ich in Erinnerung habe, kommen keine Handschellen vor.«

»Vertrau mir.« Seine Lippen glänzen im Licht.

Ich überlege kurz, ob ich mit ihm streiten soll. Aber wenn ich ehrlich bin, sehne ich mich schrecklich nach Marc. Handschellen klingen eigentlich ganz gut.

Ich wende mich um und krabbele auf der Matratze zum Nachtschränkchen. »Diese Schublade?«

»Ja.«

In ihr glitzern zwei Paar Handschellen, beide aus Metall.

»Hol sie raus«, befiehlt Marc.

Ich hebe die klirrenden Handschellen hoch und reiche sie Marc. Sie sind überraschend schwer.

»Leg dich auf den Bauch«, fordert Marc, »mit dem Gesicht aufs Kissen.«

Meine Wange schmiegt sich an weiche Baumwolle. Meine Arme sind erwartungsvoll ausgestreckt.

»Sieh mal einer an.« In Marcs Stimme liegt ein Lächeln. »Du hast wirklich schon eine Menge gelernt, seit wir uns kennen.«

Er fährt mit den Handschellen über meinen Rücken, kühles Metall streichelt meine Haut.

Ich halte den Atem an und stottere: »Ich dachte, ich war schon immer eine gute Schülerin?«

»Auf alle Fälle weißt du jetzt, wie du dich hinlegen musst, um gefesselt zu werden.« Marc fesselt mich an den Bettpfosten, die kalten Handschellen schnappen ein.

Ich stöhne. Meine Augen sind halb geschlossen.

Wenn ich nicht aus ganzem Herzen davon überzeugt wäre, dass Marc mich liebt, würde ich diese Seite an ihm hassen. Aber ich mag es so sehr, seine gefesselte Gefangene zu sein.

Ich warte und lausche den Geräuschen, die Marc macht, als er durch die Suite läuft. Ein Schloss öffnet sich, eine Schranktür gleitet leise zurück. Ich drehe den Kopf, um zu sehen, was er tut, kann aber nicht viel erkennen.

Dann kommen seine Hüften in mein Blickfeld. Marc ist nackt bis auf seine schwarzen Boxershorts. Er legt eine Hand auf meinen entblößten Rücken. »Bleib in der Rolle, verstanden?«

So beherrscht, wie seine Stimme klingt, wäre ich nie darauf gekommen, dass er steinhart ist.

»Ich werde es versuchen«, stammle ich.

Er nimmt die Hand von meinem Rücken, und etwas Blaugrünes schwebt an meinem Gesicht vorbei.

Was ist das?

41

Ein blauvioletter Kreis taucht vor mir auf – er gehört zu einer Pfauenfeder. Wo hat er die nur her?

Ich stöhne, als Marc damit über meinen Rücken streicht.

»Du bist Violet«, befiehlt er, »und wirst so wie sie reagieren. Sonst lasse ich dich nicht kommen.«

Die Feder streift über mein Hinterteil.

In meiner Kehle steigt ein Stöhnen auf, aber ich weiß, dass Violet stark bleiben würde, und unterdrücke es.

»Du bist eine ausgezeichnete Schülerin.« Marc lässt die Feder über meine Pobacken gleiten.

Es fällt mir schwer, in meiner Rolle zu bleiben, doch ich schaffe es zu sagen: »Du wirst mich nicht brechen, Nicky. Ich bin stärker, als du denkst.«

Eine kräftige Hand schiebt meine Beine auseinander, und die Feder streicht zwischen meinen Oberschenkeln entlang.

Mein Blick ist starr auf Marc geheftet.

»Sehr gut«, lobt er. »Du bist kein hoffnungsloser Fall.«

Die Feder berührt zwischen meinen Beinen die heißen Stellen, die sich nach Marc sehnen.

Er lässt die Feder schneller kreisen.

Ich beiße die Zähne zusammen, aber ich stöhne nicht.

Marc streichelt mich noch immer, dann legt er die Pfauenfeder auf mein Kreuz.

Es klickt, als er einen Vibrator anschaltet.

Das darf doch nicht wahr sein!

»Marc, ist das dein Ernst? Wie soll ich mit diesem Ding in meiner Rolle bleiben?«, keuche ich.

Marc steht direkt neben meinem Gesicht, und ich sehe, wie sich sein steifes Glied gegen den dünnen Stoff seiner Boxershorts presst.

O mein Gott, wie gierig ich auf ihn bin.

Marc hält den Vibrator in seiner Hand – ein langes Metallteil mit Gumminoppen.

»Streng dich einfach mehr an, Sophia.«

Die Matratze gibt nach, als Marc aufs Bett steigt und sich neben mich kniet.

Es ist die reine Folter – der surrende Vibrator und Marcs heißer Körper.

Ich versuche, mich umzudrehen, aber Marc presst eine Hand auf meine Wange und hindert mich daran.

»Rühr dich nicht.«

Er lässt den Vibrator vor und zurück über meinen Rücken wandern.

Ich zucke zusammen wie von einem Stromschlag getroffen. Aber ich bleibe hart und denke an Violet und ihre Stärke.

Wie lange werde ich das wohl noch schaffen?

Der Vibrator gleitet tiefer, über meinen Hintern, über meine Beine.

Ich spüre die Hitze und die Bewegung, als Marc das sirrende Metallstück zwischen meine Oberschenkel schiebt.

Als er den Vibrator in mich einführt, kann ich mich nicht mehr zurückhalten. Stöhnend winde ich mich auf dem Bett.

Marc hält mich fest und fährt mit dem Vibrator in mich hinein und wieder heraus.

Rein und raus. Rein und raus.

Kurz schießt es mir durch den Kopf, dass ich Marc in mir spüren will, aber es ist zu spät. Ich ziehe mich um den Vibrator zusammen, zerre an den Handschellen und komme.

»Das hättest du nicht tun dürfen«, sagt Marc mit tiefer, strenger Stimme.

Er zieht den Vibrator aus mir heraus und legt eine feste Hand auf meine Pobacken.

So hält er mich einen Moment lang, dann schiebt er mir den Vibrator in den Hintern.

Oh Gott!

Die Vibrationen sind kaum zu ertragen.

Marc hält mich so fest, dass sein Griff bestimmt Spuren hinterlassen wird. Aber ich spüre seine Hand kaum. Ich spüre nur noch die Hitze des Vibrators.

Nach dem Orgasmus bin ich besonders empfindlich, aber Marc ist gnadenlos. Er hält mich fest und schiebt das Gerät immer tiefer in mich hinein.

Ich keuche laut auf, beiße dann aber die Zähne zusammen, als der Lustschmerz, den das Metallteil in mir auslöst, mich überkommt.

Marc zieht mich auf die Knie. Meine Handgelenke sind noch immer fixiert, meine Arme hängen in der Luft.

O mein Gott. Das ist zu viel.

Marc schiebt mir die Beine mit den Knöcheln weiter auseinander, und ich spüre, dass er sich hinter mir aufrichtet.

Beinahe hätte ich laut geschrien: »Nein. Bitte, Marc, das schaffe ich nicht.«

Aber zum Glück zieht er den Vibrator heraus und lässt mir

einen Moment Zeit, einen kurzen Moment, bevor er mit seiner ganzen Länge in mich hineingleitet.

Nach dem Vibrator ist das neue Gefühl erst einmal eher unangenehm, aber als er beginnt, sich in mir zu bewegen, überwiegt bald wieder die Lust. Bei jedem seiner rhythmischen Stöße wächst mein Begehren.

Als ich ein zweites Mal komme, bleibt mir fast die Luft weg.

»O Marc! Marc«, keuche ich.

Der Orgasmus dauert eine Ewigkeit und geht in einen zweiten und dritten über. Ich kann die Empfindungen nicht mehr unterscheiden, mein Körper schwimmt auf einer einzigen langen Lustwelle.

Endlich stößt Marc ein letztes Mal tief in mich, dann kommt auch er. Während er meine Hüften an sich presst, stöhnt er meinen Namen.

Einen Moment lang verharren wir reglos. Die Handschellen graben sich in meine Handgelenke. Marc hat die Arme um meine Hüften geschlungen und drückt mich noch immer fest an sich.

Endlich löst er die Fesseln und trägt mich ins Badezimmer.

Dort setzt er mich auf seinen Schoß, während er heißes Wasser für ein Bad einlaufen lässt. Schließlich legt er mich in die Wanne und wäscht mich.

Als ich sauber bin, hüllt er mich in einen weichen Bademantel, trocknet mir die Haare und trägt mich zurück in unser Zimmer, um mich sanft auf das Bett zu legen.

Er küsst meine Stirn. »Schlaf jetzt. Dir steht ein harter Arbeitstag bevor. Wenn es sich ergibt, werde ich dir noch mehr beibringen.«

»Werde ich morgen schon mit Benjamin van Rosen proben?«, frage ich.

Marcs Miene verdüstert sich. »Wir beide sollten noch einmal gleich nach dem Aufstehen üben. Ich kenne Nadias Zeitplan nicht, aber ich will vermeiden, dass du allein mit diesem Mann probst. Er ist nicht vertrauenswürdig.«

»Was schlägst du vor?«, frage ich ihn. »Soll ich vielleicht meinen Ehemann als Babysitter mitnehmen?«

»Wenn nötig.«

Ich blinzle schläfrig. »Ich hoffe, das ist nicht dein Ernst.«

Marc blickt verkniffen. »O doch. Es gibt einiges, wofür du noch nicht bereit bist. Aber mit ein wenig Übung wirst du es bald sein. Benjamin ist ein notorischer Frauenheld. Wenn er sich an dich ranmacht, werde ich ihn töten.«

»Ich kenne ihn doch noch überhaupt nicht. Wie kannst du da schon so eifersüchtig sein?«, protestiere ich schwach und unterdrücke ein Gähnen.

»Ich bin nicht eifersüchtig. Ich versuche nur, dich zu beschützen.«

»Das musst du nicht.«

Doch trotz meiner Versicherung bleibt Marcs Miene düster.

42

Als die automatischen Vorhänge am nächsten Morgen aufgehen, weckt mich strahlender Sonnenschein.

Mein Blick fällt auf das blaue Meer. In der Ferne kann ich eine verschwommene Linie erkennen – die spanische Küste.

Ich richte mich im Bett auf.

Wow, wir sind schon vor Spanien.

Marc ist nicht in der Suite, aber das wundert mich nicht. Mittlerweile kenne ich seine Gewohnheiten. Er wird im Fitnessstudio sein und zurückkommen, wenn er glaubt, dass ich aufgewacht bin. Er hat wohl nicht mit sich automatisch öffnenden Vorhängen gerechnet.

Tanya hat sich in der Nacht um Ivy gekümmert, und ich habe wieder einmal acht Stunden Schlaf bekommen. Es fühlt sich tatsächlich wunderbar an.

Ich schlendere auf das Sonnendeck und betrachte die Küste, die immer klarer und heller wird. Immer mehr Farben lassen sich unterscheiden. Und wie heiß es ist.

Ich genieße die Sonne und bestelle mir über das Telefon ein Frühstück aufs Zimmer – Orangensaft, Avocado mit gerösteten Körnern und pochierte Eier auf Toast. Ivy wird hoffentlich noch ein Weilchen schlafen, und es wird mir guttun, ohne Ablenkung zu essen.

Schon zehn Minuten später frühstücke ich im Freien und sehe zu, wie Spanien immer näher kommt.

Ich schlucke gerade den letzten Bissen hinunter, als Marcs Stimme leise und zärtlich hinter mir ertönt.

»Du bist schon wach.« Er drückt mir einen Kuss auf den Scheitel.

Ich lächle. »Guten Morgen!«

Marc trägt eine graue Jogginghose, deren Bund sich eng an seinen muskulösen Bauch schmiegt. Sein Oberkörper ist nackt, und ich ertappe mich dabei, wie ich seinen wundervollen Geruch einatme.

»Die Vorhänge öffnen sich von selbst«, erkläre ich.

»Offenkundig bist du nicht die Einzige, die früh aufgestanden ist.« Marc deutet auf den Horizont.

Ein weiß leuchtendes Motorboot pflügt durch die Wellen.

»Es ist schon ziemlich weit vom Festland entfernt«, stelle ich fest.«

»Es steuert auf unser Schiff zu.«

»Woher weißt du das?«, frage ich.

Er lächelt mich an. »Nadia liebt große Auftritte.«

»Du glaubst, dass sich Nadia an Bord dieses Bootes befindet?«

»Und wahrscheinlich nicht nur sie.« Marc holt sich eine Flasche Mineralwasser aus der Minibar und nimmt einen tiefen Schluck.

Gemeinsam beobachten wir, wie sich das Motorboot unaufhaltsam nähert. Bald wird eine kleine Gangway ausgefahren.

Mit einer Hand beschatte ich die Augen gegen die Sonne und sehe zu, wie Nadia auf unser Schiff klettert.

Sie trägt eine enge Lederhose und eine Pelzweste. Das lange schwarze Haar fällt ihr lose bis zu den Schultern. Sie sieht fantastisch aus.

»Ist ihr in dieser Hose und der Weste nicht zu heiß?«, wundere ich mich laut.

»Nadia ist Spanierin«, erwidert Marc. »Wahrscheinlich friert sie. Und es ist genau so, wie ich es mir schon dachte. Sie hat einen Begleiter.«

Marc hat recht, Nadia ist nicht allein.

Ein blonder Mann betritt die Gangway. Er trägt eine Sonnenbrille, weiße Shorts und ein Polohemd. Seine Haut ist glatt und gebräunt, das Haar mit Gel zurückgekämmt wie bei einem Gangster aus den vierziger Jahren.

Benjamin van Rosen.

Ich muss zugeben, dass er in natura genauso gut aussieht wie auf der Leinwand.

»Mein Gott, ich hatte wirklich gehofft, Nadia wäre ein bisschen taktvoller«, brummt Marc. »In so einem großen Stil hier mit ihm aufzutauchen wird sein Ego nur noch mehr aufblasen.«

»Es wird schon ein bisschen seltsam sein, mit so einem berühmten Schauspieler zusammenzuarbeiten«, murmle ich.

Ich beobachte, wie Benjamin elegant aufs Schiff springt.

»So berühmt?« Marc hebt eine Braue. »Ich dachte immer, dir ist Können wichtiger, als in der Regenbogenpresse bekannt zu sein.«

»Du weißt, wie ich das meine.«

»Dieser Kerl hat ein völlig überdimensioniertes Ego«, knurrt Marc. »Es hätte ihm besser getan, wenn er ein C-Promi geblieben wäre.«

Benjamin ist kleiner, als ich ihn mir vorgestellt hatte. Allerdings ist das bei den meisten Filmstars so. Marc ist eine Ausnahme von der Regel.

»Ziehen Sie sich jetzt lieber an, Mrs Blackwell«, sagt Marc. »Bald werden Sie Ihren neuen Kollegen kennenlernen. Ich hoffe, er wird Ihren Erwartungen gerecht.«

Ich ziehe ein leichtes Shirt und geblümte Shorts an. Dazu trage ich Sneakers. Ein bisschen mädchenhaft, aber so fühle ich mich wohl.

Sobald ich fertig bin, klopft tatsächlich ein Mitglied der Crew an die Tür und übergibt uns eine Nachricht: Nadia wünscht, uns sofort zu sehen – auf dem obersten Deck im Amphitheater.

»Nadias unfehlbares Gefühl für die passende Location«, murmelt Marc ironisch.

»Und ich dachte, Theater gefallen dir«, erwidere ich und binde meine Schuhe zu.

»Seit ich dich kenne, gefallen sie mir immer besser.« Marc schenkt mir sein betörendes schiefes Lächeln.

Ich grinse zurück. »Ich hoffe, du hast nicht vor zu wiederholen, was wir im *Globe* gemacht haben.«

Marc faltet die Nachricht zusammen und lässt sie in der Schreibtischschublade verschwinden. »Nicht wenn Benjamin van Rosen dabei ist.«

»Du magst ihn wirklich nicht besonders, oder?«

»Eine Untertreibung. Ich kann den Kerl nicht ausstehen.« Damit greift Marc nach meiner Hand.

43

Als wir auf dem obersten Deck eintreffen, laufen die Schiffsmotoren schon wieder mit voller Kraft, und wir lassen die spanische Küste hinter uns.

»Sollte Michael nicht an Land gebracht werden?«, frage ich Marc.

Er wirft einen Blick auf seine Uhr. »Das ist vermutlich bereits geschehen. Ich habe angeordnet, die Sache diskret abzuwickeln.«

Ich schaue über das Wasser hin zur Küste und frage mich, wie es Michael wohl geht. »Er hat wirklich nur versucht, Ivy ein guter Onkel zu sein.«

»Dafür muss er sich ein bisschen mehr Mühe geben.« Marc geht schneller.

Die Luft ist frisch und warm. Immer wieder weht eine leichte Brise.

»Ach, komm schon«, erwidere ich und versuche, mit ihm Schritt zu halten. »Es war bestimmt nicht einfach, sich aufs Schiff zu schmuggeln.«

»Und trotzdem hätte er es sich sparen können. Ich schließe das, was du sagst, ja nicht von vornherein aus, ich weiß, dass Michael eigentlich ein gutes Herz hat … vielleicht können wir uns ja in London auf einen Besuchsturnus einigen – solange er sich verantwortungsvoll verhält.«

Wir überqueren das Deck bis zu dessen Ende, wo ein Amphitheater in die Heckwölbung eingepasst ist. Es sieht aus wie eine versunkene Hochzeitstorte. Kreisförmig angeordnete Sitzreihen fallen zu einer runden Bühne hin ab.

Nadia sitzt mit locker überkreuzten Beinen im Theater, einen Kaffeebecher in der Hand. Mit der anderen gestikuliert sie wild herum, während sie sehr laut spricht.

Benjamin van Rosen steht neben ihr, die Hände in den Taschen seiner beigen Shorts verborgen. Mit seiner dunklen Sonnenbrille wirkt er sehr ernst.

»Hallo, ihr zwei!«, ruft Nadia und winkt uns zu. »Kommt rüber. Ich möchte euch jemanden vorstellen.«

Marc und ich laufen hintereinander durch die Sitzreihen zu ihr, ich voraus.

Benjamin schiebt seine Brille auf die Stirn, schirmt seine Augen vor der Sonne ab und mustert mich recht unverfroren.

Ich greife hinter mich nach Marcs Hand.

»Schön, euch zu sehen.« Nadia springt auf und küsst mich überschwänglich auf beide Wangen. »Natürlich hast du von Benjamin gehört, oder?«

Benjamin lässt seine Sonnenbrille wieder auf seine Nase fallen. »Es ist mir ein großes Vergnügen, meine Verlobte persönlich kennenzulernen.« Er reicht mir die Hand. »Alle Achtung, Sie sind wirklich sehr hübsch. Auf eine unauffällige Weise, aber nichtsdestotrotz hübsch. Unschuldig, so könnte man sagen. Definitiv eine Frau zum Heiraten.«

Ich kichere ein wenig unbehaglich, weil ich spüre, wie in Marc, der hinter mir steht, die Wut aufsteigt.

»Marc Blackwell.« Benjamin lässt meine Hand los. »Wann habe ich Sie das letzte Mal gesehen? Wahrscheinlich in Hollywood.«

Marcs Griff um meine Hand wird fester. »Wahrscheinlich.«

»Ich habe gerade erfahren, dass Sie mir meine Rolle geklaut haben.« Er zieht eine blonde Augenbraue hoch.

»Das entspricht so nicht den Tatsachen«, weist Marc ihn zurecht.

Nadia legt sich eine Hand an ihre Stirn. »Männer, lasst uns die Sache freundschaftlich angehen, okay? Heute müsst ihr intensiv proben und ein bisschen Farbe im Gesicht bekommen. Wenn wir in Saint-Tropez an Land gehen, erwarte ich, dass ihr Magie versprüht.«

Benjamin wendet sich mir wieder zu. »Sie können also zaubern, Sophia?«

»Hm …« Ich schiele zu Marc hinüber.

»Nun, wir werden sehen«, fährt er fort. »Um elf treffen wir uns wieder hier und versuchen unser Glück mit der Hochzeitsszene, was meinen Sie?«

Marc zieht mich zurück, sodass ich fast hinter ihm stehe. »Sophia probt heute Vormittag mit mir.«

Benjamin lacht. »Na gut. Aber wenn Sie mit ihr fertig sind, bin ich dran.« Er greift nach einem Terminplan, den Nadia ihm hinhält.

Ich spüre, dass Marc vor Wut kocht.

»Hey.« Ich lege eine Hand auf seine Brust. »Tu es nicht.«

»Wenn er sich nicht in Acht nimmt, wird er nach Hause schwimmen müssen«, knurrt Marc.

44

Marc und ich beschließen, erst einmal einen Kaffee zu trinken und uns noch ein bisschen über das Drehbuch zu unterhalten.

Wir setzen uns in ein Café auf dem dritten Deck, und Marc bestellt zwei Espressi und spanisches Nugat.

»Was halten Sie eigentlich von diesem Drehbuch, Mrs Blackwell?« Marc rührt in seinem Espresso. »Abgesehen von deiner anfänglichen Begeisterung hast du bislang kaum ein Wort darüber verloren. Normalerweise hast zu allem eine sehr ausgeprägte Meinung.«

Ich blättere durch die Seiten. »Es gibt nicht viel zu sagen.«

Marc sieht mich eindringlich an. »Es gibt nichts, was du gern ändern würdest?«

»Nein.« Ich nehme einen Schluck von dem starken Espresso. »Ich möchte ihm einfach nur gerecht werden.«

Marc nippt bedächtig an seiner Tasse. »Du musst nicht perfekt sein.«

»Aber ich will es.« Meine Haare wehen in der starken Meeresbrise, und ich streiche sie mir hinter die Ohren.

Marc lächelt. »Unvollkommenheiten machen einen Film erst interessant. Du denkst zu viel nach. Geh ein bisschen spazieren und sieh zu, dass du einen klaren Kopf bekommst.«

Ich sehe mich auf dem Deck um. »Jetzt?«

»Warum nicht?«

»Wäre es denn nicht besser, jetzt zu proben?« Ich stelle das Espressotässchen auf dem Unterteller ab.

Marc schüttelt den Kopf. »Das wäre sinnlos, wenn du so nervös bist. In so einem Zustand sind Enttäuschungen vorprogrammiert.«

»Möchtest du mich begleiten?«

»Lieber nicht. Je weniger Ablenkung, desto besser.«

Ich lächle. »Hattest du denn vor, mich abzulenken?«

Marcs Lippen kräuseln sich. »Immer doch.«

Ich gehe über die auf Hochglanz polierten Holzplanken und atme die klare Meeresluft tief ein.

Neben mir schäumt das Meer, und der Wind fährt mir durch die Haare.

Ob mich ein Spaziergang wirklich weiterbringt? Ich bin sehr

versucht, umzukehren und Marc zu sagen, dass wir einfach loslegen und aufhören sollten, Zeit zu vergeuden.

Aber nach einer Runde auf dem Oberdeck fühle ich mich tatsächlich gelöster. Ruhiger.

Als ich an einem Pool vorbeikomme, muss ich fast schon gegen ein Lächeln ankämpfen. Wie üblich hat Marc besser als ich gewusst, was mir guttut.

Die Zeilen meiner Filmfigur tanzen mir durch den Kopf, und zum ersten Mal kann ich mit den Worten spielen und sie mir aneignen.

Leise spreche ich den Text vor mich hin, als mein Blick auf einen ganz in Weiß gekleideten Mann fällt, der mit einer Seite aus dem Drehbuch in der Hand auf einem hölzernen Liegestuhl fläzt.

Benjamin.

Obwohl er seine Sonnenbrille trägt, kann ich seine kritische Miene erkennen.

Ich zögere, dann beschließe ich, rasch an ihm vorbeizugehen in der Hoffnung, dass er mich nicht bemerkt. Doch ich bin nicht schnell genug.

»Sophia.« Benjamins klare, autoritäre Stimme verrät allzu deutlich seine Herkunft – amerikanische Oberschicht.

Ich bleibe stehen und drehe mich um. »Hi, Benjamin.«

»Sieh mal einer an – Sie konnten also entkommen.« Benjamin richtet sich auf und schiebt die Sonnenbrille zurück. »Wo haben Sie denn Ihren Aufpasser gelassen?«

»Meinen Sie Marc?«, entgegne ich kalt.

Benjamin lacht. »Ich denke schon – es sei denn, Sie haben noch einen zweiten Ehemann.«

»Er ist auf dem Oberdeck.« Mit einem unguten Gefühl im Bauch streiche ich mir einige lose Haarsträhnen wieder hinter die Ohren. Ich will einfach nur weg.

»Wollten Sie nicht mit ihm proben?«, fragt Benjamin. »Es ist kein netter Zug von Marc, dass er Sie mir klaut und die Zeit mit Ihnen dann nicht einmal nutzt.«

»Ich war ein bisschen frustriert. Ein Spaziergang wirkt in einem solchen Fall manchmal Wunder. Mein Kopf fühlt sich jetzt viel freier an.«

»Frustriert?«

Ich mache einen Schritt zurück. »Ich will ja nicht unhöflich sein, aber ich muss jetzt zurück und …«

»Seien Sie nicht so abweisend. Reden Sie mit mir. Ich beiße schon nicht.« Benjamin klopft auf seinen Liegestuhl. »Wir sollten uns besser kennenlernen, finden Sie nicht auch?«

»Solange Sie nicht vergessen, dass ich glücklich verheiratet bin …«

Er lacht. »Das ist also der Grund Ihrer Zurückhaltung? Mein Ruf? Sie sollten nicht alles glauben, was in den Zeitungen steht. Außerdem ist noch keine Frau schwanger geworden, weil sie einfach nur neben einem Mann saß.«

Unwillkürlich muss ich lachen. Na gut, das war witzig.

»Schon viel besser«, grinst Benjamin mit seinem strahlenden Zahnpastalächeln. »Also – wen beunruhigt mein Ruf nun mehr? Sie oder Ihren Mann?«

Ich setze mich auf einen Stuhl neben ihn. »Ich werde nicht so tun, als wäre Marc glücklich darüber, dass ich mit Ihnen zusammenarbeite. Aber er muss sich wohl oder übel daran gewöhnen.«

»Was stört ihn daran?« Benjamin betrachtet mich mit seinen klaren blauen Augen. »Sie sind Profi, ich bin Profi. Sie sind verheiratet, und verheiratete Frauen sind für mich tabu.«

Da habe ich aber andere Informationen. Ich denke an die vielen Zeitschriftenartikel über Benjamin van Rosens Affären mit verheirateten Schauspielerinnen.

»Wir beide haben ein paar ziemlich heiße Szenen zusammen.« Benjamin lehnt sich wieder zurück. »Geht es Ihrem Mann gut damit?«

»Wir küssen uns nur ein einziges Mal«, antworte ich, »und selbst dieser Kuss ist mehr oder weniger erzwungen. Das würde ich nicht gerade als heiß bezeichnen.«

»Mögen Sie es denn nicht ganz gern, zu etwas gezwungen zu werden?« Er richtet sich auf. »Wenn die Gerüchte über Marc zutreffen, dann …«

Mir ist kalt. »Ich muss jetzt wirklich los.«

Ich erhebe mich. Meine Wangen brennen.

»Warten Sie.« Benjamin springt auf. »Ich bin ein Idiot. Ich habe das nicht so gemeint. Es war doch nur ein Scherz. Und im wahren Leben sind Sie verdammt hübsch.«

»Ihre Scherze sind nicht lustig.« Ich schicke mich an zu gehen.

»Ach, kommen Sie – geben Sie mir wenigstens eine Minute.« Er gesellt sich zu mir. »Ich tue mich immer noch schwer mit dem Verlust.«

»Wovon reden Sie?«, blaffe ich ihn an. »Mit was für einem Verlust?«

»Der Verlust der Rolle, die ich hätte bekommen sollen. Von Nicky. Ich bin es nicht gewöhnt, dass man mir Rollen klaut.«

Ich verlangsame meinen Schritt. »Marc hat Ihnen nichts geklaut. Nadia hat nie bestätigt, dass sie Ihnen die Rolle geben wollte. Alles war noch in der Schwebe.«

»Blödsinn. Alles war unter Dach und Fach, bis Marc sich eingemischt hat.«

»Das sollten Sie dann wohl lieber mit ihm selbst besprechen«, entgegne ich und laufe wieder schneller.

Benjamin nimmt meine Hand. »Ich weiß, dass ich mich wie ein Idiot aufführe, aber ich bin es einfach nicht gewohnt, so übergangen zu werden. Ich bin immer der Star am Set. Das ist das ganze Problem.«

Ich entreiße ihm meine Hand und erhöhe mein Tempo noch ein bisschen.

»Ich verstehe sehr gut, warum Marc so verrückt nach Ihnen ist!«, ruft mir Benjamin hinterher. »Sie verkörpern das Mädchenhafte genauso wie das Weiblich-Reife. Wollen Sie mich auch in den Wahnsinn treiben?«

O mein Gott. Wie soll ich je mit diesem Mann zusammenarbeiten?

Marc werde ich nicht beichten können, was soeben passiert ist; das wäre nur Wasser auf die Mühlen seiner Eifersucht.

Aber ich werde schon mit Benjamin fertigwerden.

Glaube ich.

45

Nach dem Abendessen lädt mich Jen noch auf einen Drink und einen Nachtisch in ihre Suite ein. Sie gibt auch Tom und Tanya Bescheid und bestellt beim Zimmerservice Chocolate-Brownie-Eis, Crème brulée und Veuve Clicquot.

Als ich die Kabine betrete, liegt Jen auf dem Bett und googelt mit ihrem iPad. »Du hast Ivy mitgebracht!«, ruft sie begeistert, sobald sie die Kleine in ihrem Buggy entdeckt. »Wie schön!«

»Wo sind denn die anderen?«, frage ich und schiebe den Kinderwagen in die Suite. Ich hätte Ivy bei Marc lassen können, aber ich habe sie den ganzen Tag nicht gesehen und möchte sie bei mir haben.

»Noch nicht da«, antwortet Jen. »Leo habe ich ins Kino verbannt. Wir haben uns mal wieder gestritten.«

»O nein!«

Jen schüttelt entnervt den Kopf. »Er ist ein schrecklicher Chaot. Du musst dir nur unsere Suite ansehen. Möchtest du einen Schluck Champagner?«

Sie greift in den Eiskübel, der am Fußende des Bettes steht, und schenkt mir ein Glas ein.

»Danke.« Ich stelle den Kelch auf einen Turm aus Jens Marketing-Büchern, nehme Ivy aus dem Buggy und lege sie neben Jen aufs Bett. »So schlimm sieht es doch gar nicht aus. Was liest du auf deinem iPad?«

»Alles über Benjamin van Rosen«, erwidert Jen und kitzelt Ivy an den Füßen. »Ich wollte mehr über ihn erfahren. Sieh dir mal dieses Foto an. Auf ihm ignoriert er ganz offensichtlich seine Freundin. Echt dreist! Ach, und ehe ich es vergesse – wir haben einen geheimen Gast.«

»Was? Wen denn?« Ich setze mich neben Jen aufs Bett.

»Wenn ich dir das jetzt sage, ist es kein Geheimnis mehr.«

Ich gehe die Mitglieder des Filmteams durch, die ich bislang getroffen habe, kann mir aber nicht vorstellen, wen von ihnen Jen einladen würde.

»Solange es nicht Benjamin van Rosen ist«, sage ich.

Jen lacht. »Keine Sorge. Hey – soll ich uns ein paar Cocktails mixen?«

Sie geht zu einer mit Leder gepolsterten Bar in einer Zimmerecke.

»Mit Champagner?«, frage ich und betrachte meinen vollen Kelch. »Meinst du wirklich, dass das eine gute Idee ist? Wir müssen morgen beide arbeiten.«

»Das macht doch nichts.« Jen greift zu einem Cocktailshaker aus Edelstahl. »Vielleicht erfinden wir so einen tollen neuen Drink.«

Jens iPad ist immer noch an. Auf dem Bildschirm flimmert ein Foto von Benjamin van Rosen. Die Überschrift lautet: »Notorischer Verführer von Ehefrauen hat neues Opfer im Auge«.

Auf dem Bild bedenkt Benjamin ein langbeiniges blondes Model in einem hautengen Kleid mit einem anzüglichen Blick. Ein Model, das bekanntermaßen mit einem Filmproduzenten verheiratet ist.

Im Hintergrund ist eine weitere Frau zu sehen – eine schmollende Blondine mit hochgesteckten Haaren und dickem schwarzem Lidstrich. Seine Freundin.

»Frische Früchte dürfen in unserem Cocktail nicht fehlen«, sagt Jen und mischt Crushed Ice mit Erdbeeren. »Genauso wie reichlich Wodka.«

»Ich stecke in Schwierigkeiten, Jen«, sage ich und drehe Ivy auf den Bauch, damit sie nach der weichen Daunendecke greifen kann, dann lege ich mich neben sie. »Morgen muss ich mit Benjamin van Rosen proben. Aber ich kann ihn nicht ausstehen.«

»Spielt das denn eine Rolle?«, fragt Jen. »Ich meine – du bist Schauspielerin. Dein Job besteht darin, Gefühle zu heucheln.«

»Meine Aversion wird mir meine Arbeit nicht gerade einfacher machen.«

»Hast du Bettszenen mit ihm?«, fragt Jen und kippt Schokoladensoße in den Shaker.

»Eigentlich nicht«, sage ich. »Im Film wird eine Ehe zwischen uns arrangiert. Ich stamme aus einer reichen Familie und wurde dem jungen Mann, den Benjamin spielt, versprochen. Aber dann kommt Marc daher und bringt alles durcheinander.«

»Ich kann dir leider keinen Rat geben, wie du das hinkriegen sollst«, meint Jen, »aber es gibt doch viele Schauspieler, die ihre Filmpartner hassen und trotzdem fantastische Filme machen. Hast du mit Marc darüber gesprochen?«

»Nein, und ich werde es auch nicht tun.«

»Besser so.« Jen füllt das Eis-Erdbeeren-Gemisch in den Shaker. »Wahrscheinlich würde er Benjamin ins Meer werfen.«

»Stimmt. Michael ist diesem Schicksal nur knapp entronnen.«

»Weil wir gerade von ihm sprechen«, Jen verschließt den Shaker und schüttelt ihn kräftig, »du erinnerst dich, dass ich den geheimnisvollen Gast erwähnt habe?«

46

Michael ist hier?«, frage ich verblüfft.

Jen nickt. »Perfekt, oder? So kann er Ivy sehen, ohne dass Marc etwas davon mitbekommt.«

Ich setze mich auf. »Aber er hätte doch vor der spanischen Küste von Bord gehen sollen! Marc wird schäumen vor Wut.«

»Dann muss Marc eben ein bisschen lockerer werden«, sagt Jen etwas lauter, während sie noch immer den Cocktailshaker schüttelt. »Michael ist kein schlechter Mensch, und er ist total versessen darauf, Ivy zu sehen. Dieser Abend war seine Idee.«

»Ich fühle mich aber nicht wohl dabei, Marc zu hintergehen.«

»Unsinn. Marc sollte lieber seinen Beschützerinstinkt etwas zügeln. Obwohl ...« Jen seufzt. »Es wäre schon schön, wenn Leo zu den Männern gehören würde, die jemanden für mich ins Meer werfen würden.«

Ich bemerke, dass Jen rasch blinzelt, ohne zu lächeln.

»Jen?« Ich rutsche zur Bettkante, um näher bei ihr zu sein.

Sie kippt den angekündigten Wodka in den Cocktailshaker. »Sei ehrlich, Soph: Soll ich wirklich jemanden heiraten, der so chaotisch ist?«

»Wenn sein Chaos das einzige Problem ist, ja«, lache ich.

»Ist es leider nicht.« Jen gießt eine schokoladenbraune Flüssigkeit aus dem Shaker in ein Cocktailglas. »Er lässt sich von mir nicht gern herumkommandieren, aber ich kann einfach nicht anders.« Sie bringt ein gezwungenes Lächeln zustande. »Vermutlich geht es uns ganz gut.«

»Na, komm schon – du kannst mir nichts vormachen.«

Sie stellt den Cocktailshaker auf die Bar, und eine Träne rollt ihr über die Wange.

»Ach, Jen!« Ich springe auf und umarme sie. »Was ist denn los?«

»Schon gut.« Sie wischt die Träne ab und fährt sich durch die Haare. »Wir haben uns bloß mal wieder gestritten. Na ja, ich sage immer: Es kommt, wie es kommt.«

»Was soll das heißen?« Ich lege ihr die Hände auf die Schultern. »Ihr wollt demnächst heiraten, Jen. Wenn du dir nicht wirklich sicher bist …«

»Die Vorbereitungen laufen bereits auf Hochtouren. Ich kann keinen Rückzieher mehr machen.« Sie lächelt verzagt.

»Natürlich kannst du.«

»Aber ich will nicht.« Jen starrt auf den Shaker.

»Bist du dir sicher?«

Sie nickt. »Ja. Ich liebe ihn.« Dann zieht sie eine Grimasse. »Ich glaube, ich höre jemanden.«

Es klopft laut und kurz an der Tür.

»Das muss Michael sein!«, ruft Jen. »Komm rein!«

»Michael!« Ich drehe mich zur Tür und sehe, wie Marcs Bruder sich seinen Weg in die Suite bahnt, die muskulösen Arme voller Geschenke. Ich kann einen bunten Gummifisch, ein Kaleidoskop, einen Teddybären und einen riesigen Plüschhai erkennen.

Michael grinst mich an: »Wo steckt denn meine kleine Nichte?«

Ich kann mir ein Lächeln nicht verkneifen. »Sie ist hier.«

Michaels Blick wird weich, als er auf Ivy fällt. »Seht euch dieses entzückende kleine Wesen an! Habt ihr je etwas Schöneres zu Gesicht bekommen? Du wirst Marc nicht verraten, dass ich immer noch an Bord bin, oder, Sophia? Ich weiß, das verstößt gegen die Regeln. Aber aus Liebe macht ein Mann manchmal sehr verrückte Dinge.«

»Willst du sie halten?«, biete ich ihm an.

»Nichts lieber als das.« Er hebt Ivy behutsam hoch und stützt ihr Köpfchen mit der Hand. »Ich habe eine Menge über Babys nachgelesen. Auch wie man ihre Windeln wechselt, sie hält und so weiter.«

»Champagner?«, bietet Jen ihm an. »Oder lieber einen Schokoladencocktail?«

Michael lehnt mit einem Kopfschütteln ab. »Mit der Kleinen hier? Nein danke. Ich will zu hundert Prozent nüchtern sein und mich mustergültig benehmen.«

»Sophia trinkt auch ein Glas«, versucht Jen, ihn zu überreden. »Eins kann doch nicht schaden.«

»Nein«, bleibt Michael standhaft. »Ich werde ein durch und durch verantwortungsvoller Onkel sein. Wie geht's dir, meine Kleine?« Er grinst Ivy verzückt an.

»Ich wünschte, Marc könnte dich so sehen«, sage ich.

Michael nickt. »Er gibt mir nie eine Chance. Dieses Jahr sollte ein Neuanfang sein.«

»Marc hat einfach das Gefühl, Ivy beschützen zu müssen«, erkläre ich. »Nimm es nicht persönlich, Michael. Aber ganz ehrlich – er wird ausrasten, wenn er erfährt, dass du noch an Bord bist. Wie kann er dir vertrauen, wenn du ihn immer wieder hintergehst?«

»Ich wollte das Schiff ja verlassen.« Michael streicht über Ivys

Haarflaum. »Aber dann musste ich feststellen, dass ich es einfach nicht schaffe.«

»Du solltest unbedingt nach London zurückkehren, sobald wir in Saint-Tropez sind«, beharre ich. »Marc ist nicht dumm. Du kannst dich vor ihm vielleicht auf einem Kreuzfahrtschiff verstecken, aber bestimmt nicht in der Villa, in der wir untergebracht sind. Und sollte er wie auch immer erfahren, dass du nicht wie verabredet an Land gegangen bist, wird er dir nie mehr vertrauen.«

»In Saint-Tropez werden wir in zwei Motorbooten an Land gebracht«, meldet sich Jen zu Wort. »Ich sorge dafür, dass du auf die Liste des Bootes kommst, auf dem Marc nicht ist, Michael. Außerdem werden wir dich als Sicherheitsbeamten oder etwas Ähnliches verkleiden. Okay?«

»Bitte versprich mir, dass wir es so machen, Michael.« Ich lege eine Hand auf seinen Arm. »Es ist wirklich die beste Lösung. Wenn Marc herausfindet, dass du abermals gegen seine Wünsche gehandelt hast, wird es Jahre dauern, bis er wieder Vertrauen in dich hat.«

»Er vertraut mir ohnehin nicht«, erwidert Michael. »Was soll sich daran schon ändern?«

»Ich bearbeite ihn weiter«, verspreche ich. »Du hast ein Recht darauf, deine Nichte zu sehen. Und ich vertraue dir. Marc muss die Dinge nur endlich so sehen wie ich.«

Michael schnaubt verächtlich. »Ich habe noch nie erlebt, dass es jemand geschafft hat, ihn umzustimmen.«

47

Als ich am nächsten Morgen aufwache, gilt mein erster Gedanke der Überlegung, wie ich Marc dazu bringen könnte, Michael wieder an unserem Leben teilhaben zu lassen.

Michael ist nicht vollkommen, aber ich glaube, er tut unserer Tochter gut, und das ist die Hauptsache. Er will für sie ein mustergültiger Onkel sein. Ich muss Marc einfach davon überzeugen, dass er sein Vertrauen verdient.

»Ivy?«, flüstere ich und stecke den Kopf ins Kinderzimmer. »Schläfst du noch?«

Sie bewegt sich zaghaft, fängt aber nicht an zu weinen.

Es ist erst halb sieben. Wahrscheinlich wird sie noch eine halbe Stunde weiterschlafen.

Leise schließe ich die Tür und sehe mich nach Marc um.

Er sitzt in seiner Trainingshose auf dem Sonnendeck und sieht auf das Meer hinaus. In seiner Hand hält er einen schwarzen Füller, das Drehbuch liegt auf seinem Schoß.

»Du hast schon trainiert.« Ich lege die Arme um seine Hüften.

Marc zieht mich näher an sich. »Ich habe mich schon gefragt, wann du wohl aufwachst. Du bist gestern Nacht ziemlich spät ins Bett gekommen.«

»So spät nun auch wieder nicht«, sage ich und atme seinen Duft ein. »Was machst du da? Schreibst du das Drehbuch um?«

»Nur ein paar Stellen«, antwortet Marc, klemmt den Füller am Script fest und wirft beides auf einen Liegestuhl. »Insgesamt ist es nicht schlecht.«

»Mir gefällt es auch«, sage ich.

»Allerdings ist es anspruchsvoll.« Er dreht sich zu mir und legt mir die Arme um die Schultern.

»Ich kann mir von dir helfen lassen.« Ich grinse ihn an. »Aber warum sollte es für dich schwierig sein?«

»Meine größte Herausforderung besteht darin, die Rolle zu spielen, ohne dass der Charakter zu seicht rüberkommt. Ich muss ihm Tiefe verleihen.«

Ich lache. »Das klingt aber reichlich arrogant.«

»Ich suche mir meine Filme aus guten Gründen aus. Auf den hier hätte ich mich nicht eingelassen, aber nachdem meine schöne Gemahlin mitspielt …«

»Du hättest das nicht tun müssen. Es gab noch andere Anwärter für die Rolle.« Die Seiten des Drehbuchs flattern im Wind, und ich denke an Benjamins Worte. »Du … du hast sie jemand anderem mehr oder weniger weggeschnappt.«

Marc zieht eine Braue hoch. »So würde ich das nicht sagen.«

»Aber gerade eben hast du noch erklärt, du hättest sie dir nicht ausgesucht.«

Marc lehnt seine Stirn an meine. »Normalerweise liegen mir solche Filme nicht besonders. Nadia weiß das sehr wohl.«

»Und warum nicht?«, frage ich und sehe in seine tiefblauen Augen. »Der Film steckt voller Gefühle und hat durchaus eine gewisse Tiefe.«

»Meine Filme sind nicht für ihr Happy End bekannt.« Marcs Lippen zucken. »Wer hätte das gedacht? Wir zwei auf der Leinwand in einem Film, der von gefährlicher Liebe handelt. Wenn das nicht Ironie ist.«

Mein Blick schweift auf das Meer hinaus. »Du hast Benjamin die Rolle nicht weggenommen, oder?«

»Es wundert mich wirklich, dass du diese Frage für nötig hältst.«

»Du hast recht. Es tut mir leid.« Ich wende mich ihm wieder zu.

Natürlich hätte Marc das nie getan, auch wenn Benjamin das so sieht. Irgendwie weiß ich, dass es nicht leicht werden wird, ihm das auszureden.

»Marc, ich wollte mit dir noch über etwas anderes sprechen.«

Marc zieht eine Augenbraue hoch. »Hoffentlich nicht über Benjamin van Rosen.«

Ich schüttle den Kopf. »Nein. Über Michael.«

»Was ist mit ihm?« Marc umarmt mich fest, und wir schwanken im Rhythmus der Bewegung des Schiffs ein wenig hin und her.

»Er … er liebt Ivy von ganzem Herzen. Das verstehst du doch, oder?«

»Das tue ich«, gibt Marc zu.

»Es ist unfair, ihn aus ihrem Leben zu verbannen.«

Marc küsst mich. »Vertrauen verdient man sich mit der Zeit.«

»Aber uns läuft die Zeit davon«, entgegne ich. »Ivy wächst und entwickelt sich täglich weiter, aber Michael bekommt nichts davon mit.«

»Er muss erst selbst noch erwachsen werden«, sagt Marc und verzieht leicht das Gesicht. »Sein letzter Streich, sich auf das Schiff zu schmuggeln, hat mir wieder einmal deutlich gezeigt, wie verantwortungslos er ist.«

»Aber das hat er doch nur aus reiner Verzweiflung getan«, beharre ich. »Weil er Ivy sehen wollte. Das musst du verstehen. Du hast aus Liebe doch auch schon so manche Verzweiflungstat begangen. Zum Beispiel bist du auf meinen Balkon geklettert – das war in meinen Augen ziemlich riskant und auch nicht besonders erwachsen.«

»Es war ein kalkulierbares Risiko.« Marc legt mir zärtlich eine Hand an die Wange. »Du willst es nicht auf sich beruhen lassen, stimmt's?«

»Nein.« Ich sehe ihn entschlossen an. »Erst wenn du deinem Bruder gegenüber fair bist.«

Marc lächelt. »Du glaubst also, ich wäre unfair?«

»In diesem Fall schon. Du hältst an Ängsten fest, die ihren Ursprung in der Vergangenheit haben. Aber was ist mit Ivy? Willst du ihr einen liebevollen Onkel vorenthalten, nur weil du Angst hast?«

Marc verzieht erneut das Gesicht. »Das hat überhaupt nichts mit Angst zu tun.«

»O doch«, gebe ich ihm Kontra und streiche mit den Fingerspitzen über Marcs gerunzelte Stirn, um sie zu glätten. »Bitte, Marc, gib Michael eine Chance. Wirst du erlauben, dass er uns besucht, wenn wir wieder in England sind? Und dann sehen wir, wie es weitergeht, okay?«

»Ein Besuch?«, fragt Marc.

»Das ist alles, worum ich dich bitte.«

»Ein Besuch müsste schon drin sein.«

»Danke.« Ich kann mir ein Lächeln nicht verkneifen. Bei einem Besuch wird es nicht bleiben, dessen bin ich mir ganz sicher. Sobald Marc sieht, wie liebevoll Michael mit Ivy umgeht, werden all seine Bedenken, ob er seinem Bruder vertrauen kann, verfliegen.

48

Am Vormittag proben Marc und ich, und anschließend essen wir rasch zu Mittag auf unserem Sonnendeck: Aufgetischt werden Serrano-Schinken, Manchego-Käse, Kartoffeln mit Salsa und dazu eiskalte Cola.

Ivy liegt neben uns in einem Nest aus Decken. Sie nuckelt an ihrer Milchflasche und schaut in den blauen Himmel.

Tanya beharrt darauf, in der Nähe zu sein, um uns mit Ivy zu helfen. Alle fünf Minuten cremt sie sie mit Sonnenmilch ein und richtet den Sonnenschirm über ihr.

»Tut mir leid«, sagt sie jedes Mal. »Ich will euch nicht stören.«

Auch beim dritten Mal versichere ich ihr, dass sie uns nicht stört. »Setz dich einfach zu uns«, fordere ich sie auf.

»Oh, seid ihr euch sicher, dass das okay ist?«, fragt sie.

»Du kommst doch ohnehin in fünf Minuten wieder«, sage ich.

»Na gut.« Tanya lässt sich neben mich auf einen Stuhl fallen, ohne den Blick von Ivy zu lassen. »Und was ist für heute Nachmittag geplant?«

»Ich probe mit Benjamin«, erwidere ich und reiche Tanya eine eisgekühlte Cola-Dose.

»Benjamin. Oha«, zieht Tanya mich auf, dann öffnet sie die Dose.

Ich spüre, wie Marcs Körper sich anspannt.

»Bist du nervös?«, fragt Tanya. »Er ist ziemlich berühmt.«

»Ein bisschen«, gebe ich zu. »Ich meine – es ist trotz allem ziemlich neu für mich.«

»Wo trefft ihr euch?«

»Im Theater«, antworte ich, »auf dem vierten Deck. Nur wir beide.«

Marc knallt seine Wasserflasche auf den Tisch, geht zur Reling und starrt aufs Meer.

»Ich an deiner Stelle hätte ziemlichen Respekt«, sagt Tanya und bemerkt Marcs Wut anscheinend nicht. »Ich meine – Benjamin van Rosen. Ich weiß, dass ihn alle für ein Arschloch halten, aber als Schauspieler ist er wirklich beeindruckend. Er hat in zwei von meinen absoluten Lieblingsfilmen mitgespielt. Und er ist superattraktiv. Er …« Sie wirft einen Blick auf Marc. »Aber angeblich ist er ein ziemlicher Frauenheld, oder? Zum Glück ist Marc hier. Es wird ihm also hoffentlich klar sein, dass er es bei dir gar nicht erst versuchen sollte.«

Ich sehe Marc ebenfalls an. »Stimmt.«

Im Theater ist es sehr ruhig, als ich eintreffe.

Das gefällt mir an Theatern – dass sie manchmal zu schlafen scheinen, dann aber zum Leben erwachen.

Anfangs habe ich den Eindruck, dass außer mir niemand anwesend ist, doch dann entdecke ich Benjamin in einem weißen Polohemd und beigefarbenen Shorts.

Er beobachtet mich mit einem durchdringenden Blick aus blassblauen Laser-Augen.

Ich bemühe mich zu lächeln. »Ein schöner Ort.«

»Ja? Gefällt er Ihnen?« Sein Raubtierblick will nicht weichen.

»Ich liebe verlassene Theater.« Ich gehe die paar Stufen zu ihm hinab.

»Ich auch.« Er klopft auf die Kante der Bühne. »Manchmal wünschte ich, ich könnte die Zeit zurückdrehen und wieder in Theatern spielen. Als unbekannter junger Schauspieler.«

»Ach ja?« Ich gehe näher zu ihm. »Und dabei kommen Sie mir so vor, als würden Sie Ihren Ruhm durchaus genießen.«

»Überhaupt nicht«, lächelt er. »Überlegen Sie sich Ihre Wünsche gut. Ruhm ist wie ein Pakt mit dem Teufel. Man kann ihn nie mehr rückgängig machen.« Er deutet auf die Bühne. »An das Theater habe ich mein Herz verloren. Ich wurde am Theater entdeckt. In New York.«

»In New York? Kommen Sie daher?«, frage ich ihn.

»Aus Brooklyn. Aber das ist lange her.« Er streckt mir die Hand entgegen. »Sollen wir loslegen?«

Ich zögere. »Wo wäre es denn am besten? Auf der Bühne?«

»Selbstverständlich auf der Bühne.«

Als ich nicht nach seiner Hand greife, macht er eine Geste Richtung Stufen. »Okay. Nach Ihnen.«

Ich gehe die kleine Treppe hinauf, und Benjamin folgt mir leichten Schritts.

»Womit wollen Sie anfangen?«, fragt er, als wir auf der Bühne stehen.

»Hm … Wie wäre es mit der Szene, in der wir uns streiten?«, schlage ich vor.

»Wir zwei?« Er hebt eine blonde Augenbraue. »Ich dachte, die könnte ich mir für Marc aufheben.«

O Gott. »Benjamin …«

»War nur ein Witz.« Er hält die Hände hoch. »Also dann – sind Sie bereit, sich zu streiten?«

Ich lache. »Durchaus.«

49

Ich schüttle meine Arme und rolle den Kopf, um meinen Körper zu lockern.

»Jonathan«, fange ich an, nach Worten ringend. »Du … du bist hier?«

»Was hast du denn gedacht, wo ich bin?«

»Bei den anderen Männern. Ihr wolltet doch Karten spielen.«

»Ich habe eine bessere Frage«, sagt Benjamin. »Wo warst du?«

»Ich habe meine Tanzstunde ein bisschen überzogen«, antworte ich und mime Nervosität. »Dorothy hat mir eine Menge Extraschritte …«

»Das ist eine gottverdammte Lüge!« Benjamin geht um mich herum. »Du warst mit ihm zusammen. Hör mir mal gut zu«, er droht mir mit dem Zeigefinger, »ich bin dein Verlobter. Du tust, was ich dir sage. Jetzt ist Schluss mit dem Tanzunterricht.«

»Jonathan, bitte.«

»Es ist absolut lächerlich!«, brüllt Benjamin. »Und du siehst genauso lächerlich aus. Meine zukünftige Ehefrau wird sich nicht so aufführen. Wenn du noch einmal so etwas tust, Violet, dann helfe mir Gott …« Er ballt die Fäuste.

Ich atme tief durch. »Jonathan, ich liebe dich nicht.«

Benjamin fährt sich aufgebracht mit der Hand durch die blonden Haare. »Was hat Liebe damit zu tun?«

»Ich kann dich nicht heiraten«, platze ich heraus.

Benjamin packt meinen Arm. »Sei nicht albern, Violet. Du weißt nicht, was du sagst. Denk daran, was du wegwerfen würdest.«

»Lass mich los!« Ich tue so, als wolle ich mich von ihm losreißen. Benjamins Griff ist fest, aber das ist nur gespielt. Er tut mir nicht weh.

»Verflucht, Violet. Und wofür das alles? Für einen dahergelaufenen Tänzer, der in einer Woche verschwunden sein wird!«

»Jonathan, bitte, lass mich los.« Ich wirble herum.

»Du wirst mich heiraten, Violet«, herrscht Benjamin mich an. »Und du wirst dich wie meine Verlobte benehmen!«

Er presst die Lippen auf meinen Mund, und ich wehre mich gegen ihn. Ich wehre mich richtig.

Ich stoße ihn von mir und taumle zurück. »Benjamin«, sage ich kopfschüttelnd und atemlos, »das steht so nicht im Drehbuch.«

»Na und?« Er zuckt mit den Schultern. »Wir spielen, was funktioniert. Sag mir nicht, dass ein Kuss das Drama nicht verstärken würde.« Er duzt mich das erste Mal indirekt.

Ich spiele die Szene in Gedanken durch.

Zögernd muss ich ihm recht geben.

»Das Problem ist, dass das Mr Marc Blackwell nicht gefallen wird, nicht wahr?«

»Das ist es nicht«, entgegne ich.

»Ach nein?«

Ich denke darüber nach. Vielleicht mache ich mir tatsächlich wegen Marc Sorgen. Auf jeden Fall bin ich mir sehr bewusst, welchen Ruf Benjamin genießt.

»Sophia«, sagt Benjamin und legt mir eine Hand auf die Schulter, »gib mir eine Chance, okay? Ich möchte, dass der Film so gut wie möglich wird. Denk doch noch mal darüber nach. Diese Szene wird durch den Kuss viel dramatischer. Lass es uns versuchen, Süße. Bitte!«

»Ich bin nicht deine Süße.«

»Okay, okay. Würde dir Baby besser gefallen?« Er schenkt mir ein jungenhaftes Lächeln samt Grübchen und einem lodernden Blick.

Ich lache.

»Komm schon.« Benjamin winkt mich zu sich. »Lass uns das Beste aus der Szene machen. Ich weiß, dass ich ein Idiot bin. Das wissen alle. Aber ich kann spielen, und ich weiß, was ich tue. Vertrau mir. Okay, Süße-Baby?«

Ich verdrehe die Augen, aber ich lächle immer noch.

Jetzt lacht auch Benjamin. »So ist es besser. Die Sache ist gerade ein bisschen zu ernst geworden. Wie wär's, wenn wir das Drehbuch an dieser Stelle umschreiben und Violet Jonathan eine Ohrfeige geben lassen? Wäre das in deinem Sinne?«

»Sehr sogar.«

»Aber bitte eine sanfte Ohrfeige.« Benjamin schüttelt seine Arme aus. »Wenn man mit jemandem wie Marc zusammen ist, dann …« Er bremst sich. »Ich meine, schlag mich nicht zu fest, okay? Mein Gesicht soll hinterher noch präsentabel aussehen.«

Ich glätte meine Haare und lockere meinen Körper. »Machen wir weiter?«

»Gern. An der Stelle, an der wir aufgehört haben?«

Ich nicke und gehe sogleich auf ihn los. »Wie kannst du es wagen, mich zu küssen? Wir sind noch nicht einmal verheiratet!«

»Du bist meine Verlobte!«, brüllt Benjamin. »Du hast dich von diesem Streuner anfassen lassen.«

»Woher weißt du überhaupt, dass ich mit Nicky zusammen war?«, brülle ich zurück. »Das würde ich sehr gern wissen.«

»Ich habe dich beschatten lassen, und dafür entschuldige ich mich nicht.«

»Du hast mir hinterherspioniert?«, schreie ich außer mir. »Du hattest kein Recht …«

»O doch, ich hatte jedes Recht.« Benjamin stemmt die Hände in die Hüften.

»Wir haben getanzt«, erkläre ich, »mehr nicht.«

»Ach ja? Heißt das jetzt so?«, knurrt Benjamin. »Ich schwöre dir, du bist das leichteste Mädchen in diesem Viertel.«

Ich gebe ihm eine Ohrfeige beziehungsweise tue ich nur so. Benjamin reagiert überzeugend, indem er die Hand auf seine Wange presst und sich von mir abwendet.

»Wenn du das noch einmal tust, vergesse ich, dass du eine Frau bist, und kämpfte mit dir wie mit einem Kerl.« Seine Stimme klingt bedrohlich. Er reibt sich sein Gesicht. »Ich habe heute eine Menge gesehen. Ein Bein von dir lag auf seiner Schulter, du hast dich von dem Kerl über die Tanzfläche zerren lassen.«

»Jonathan …«

»Genug!« Er fasst mich an den Schultern und schüttelt mich ein wenig. »Damit ist es ab sofort vorbei, hast du mich verstanden? Dieser Unsinn hat ein Ende. Du bist keine Tänzerin und wirst auch nie eine werden. Du wirst meine Frau sein und dich anständig benehmen.«

Tränen treten mir in die Augen. »Ich habe mich noch nie so lebendig gefühlt wie …«

»Wie bei was?« Er hört auf, mich zu schütteln, und durchbohrt mich mit seinem Blick.

Ich wende mich ab. »Wie beim Tanzen. Ich fühlte mich lebendig.«

»Ursprünglich wolltest du etwas anderes sagen.« Seine Hände lassen von meinen Schultern ab. »Du wolltest sagen, dass du dich noch nie so lebendig gefühlt hast wie mit ihm. Diese Ratte! Liebst du ihn?«

»Jonathan, ich …« Ich sehe zu Boden.

»Sag mir die Wahrheit.« Benjamin packt mich am Arm.

»Dieses Gespräch ist irrwitzig.« Ich versuche, mich von ihm loszumachen.

»Antworte mir.« Er zieht mich näher zu sich heran.

»Jonathan, hör auf!«

Er holt zu einem Schlag aus, und ich ducke mich schluchzend.

Im Drehbuch ist das das Ende der Szene. Übersät mit Blutergüssen fliehe ich zu Nicky.

Nun wische ich mir die Augen und richte mich wieder auf. Ich bin ein bisschen verlegen, als ich Benjamins sanften Blick bemerke.

»Geht es dir gut?«

Ich nicke. Mein Handrücken ist feucht.

»Wirklich?«

»Ja.« In Wahrheit kämpfe ich immer noch darum, meine Gefühle zu sortieren. Nicht jeder Darsteller spielt so wie ich, die ich jedes einzelne Gefühl spüre. Aber das ist die einzige Art, die ich kenne.

»Komm her.« Er breitet die Arme aus.

Ich schüttle den Kopf. »Ehrlich, es geht mir gut. Gib mir noch einen Moment.«

»Es geht dir nicht gut. Du spielst genauso wie ich. Du lässt alle Gefühle zu. Wenn ich ehrlich sein soll, bin ich immer noch ziemlich sauer auf dich.« Er grinst und zeigt seine perfekten Zähne.

»Ach, komm schon.« Allmählich gewöhne ich mich an seinen Humor und kann es ihm mit gleicher Münze heimzahlen. »Ich kann nichts dafür, dass ich einen anderen lieben muss.«

»Dieser Typ hat eine derart perfekte Frau wie dich überhaupt nicht verdient.« Benjamin grinst noch immer. »Und wenn wir schon dabei sind – wie hat Marc Blackwell es eigentlich geschafft, dich zu erobern?«

Ein verklärter Ausdruck stiehlt sich auf mein Gesicht. »Er ist der wunderbarste Mann, den ich je getroffen habe.«

»Wunderbar. Wirklich? Du weißt, dass ich wie alle anderen auch Zeitung lese?«

»Es wird eine Menge Mist geschrieben«, sage ich in der Hoffnung, schnell das Thema wechseln zu können.

»Manchmal«, sagt Benjamin, »aber meist steckt immer auch ein Körnchen Wahrheit darin. Und über Marc wird viel geredet. Zum Beispiel, dass er gern das Sagen hat.«

Ich zucke die Schultern. »Es gefällt mir, dass er weiß, was er will.«

»Ach ja? Meiner Kenntnis nach war er für die Besetzung dieses Films überhaupt nicht vorgesehen. Er hat sich erst dahintergeklemmt, als er erfahren hat, dass du die Rolle annimmst. Das klingt in meinen Ohren deutlich nach Eifersucht. Und nach Kontrollwahn.«

»Er … er will mich beschützen«, gebe ich zögernd zu.

Benjamin grinst. »Nerve ich dich schon wieder?«

»So kann man das auch nennen.«

»Siehst du – ich lerne.« Freundschaftlich legt er mir den Arm um die Schultern. »Wie wär's, wenn wir uns heute Abend mal privat treffen? Es gibt hier ein Kino, in dem Schwarz-Weiß-Klassiker laufen. Ich verspreche dir auch, dass ich dir kein Popcorn klauen werde.«

Ich ducke mich unter seinem Arm weg. »Vielleicht ein andermal.«

»Hat Daddy etwas dagegen, dass du abends ausgehst?«

»Das ist es nicht. Ich habe eine Tochter.« Ich blicke demonstrativ auf meine Armbanduhr. »Die bald wieder wach sein wird.«

»Und die Tochter hat ein Kindermädchen, oder? Ich habe sie gesehen. Rote Haare, knackiger Hintern«, zwinkert Benjamin. »Jetzt komm schon, verbring ein bisschen Zeit mit mir. Ein Film funktioniert dann am besten, wenn die Schauspieler gut miteinander auskommen.«

»Ich denke, wir können auch gut miteinander auskommen, ohne uns außerhalb der Dreharbeiten zu treffen«, wiederhole ich.

50

Als ich zurückkomme, sitzt Marc am Schreibtisch der Suite. Er trägt einen schwarzen Anzug ohne Krawatte, die oberen Knöpfe seines Hemds sind offen.

Ich umarme ihn. »Wo ist Ivy?«

»Tanya hat sie zum Pool mitgenommen.« Marc starrt stirnrunzelnd den Bildschirm an.

»Alles in Ordnung?«

Er wendet sich mir zu, und die Falten auf seiner Stirn verschwinden. »Es gibt ein paar Probleme mit einer Baugenehmigung in London. Nervig, aber nichts, was nicht geregelt werden kann.« Er zieht mich auf seinen Schoß. »Wie war die Probe?«

»Sehr emotional«, erzähle ich wahrheitsgemäß, »aber auch gut.«

»Ich hoffe, nicht zu emotional.«

»Bei der Schauspielerei geht es doch immer um Gefühle.« Ich genieße die Wärme seines Körpers.

»Und um die Kontrolle von ihnen.« Marc umarmt mich fester. »Vergiss die Kontrolle nicht.«

Ich lächle. »Wie könnte ich das jemals vergessen, wenn ich mit dir zusammen bin?«

»Haben Sie mich gerade eben etwa als jemanden bezeichnet, der gern kontrolliert, Mrs Blackwell?«

»Ich nicht, ein anderer schon.« Ich bedauere meine Worte, sobald sie mir über die Lippen gekommen sind.

»Lass mich raten«, sagt Marc und blickt wieder finster drein. »Benjamin.«

»Er hat nur gescherzt«, beruhige ich ihn.

»Das ist nicht lustig.« Marc vergräbt die Finger in meinen Haaren. »Kontrolle ist eine sehr ernste Angelegenheit. Welcher Mann würde eine so schöne Frau wie dich nicht beschützen wollen?«

»Du weißt, dass manche Leute behaupten würden, dass Kontrolle und Schutz zwei Paar Stiefel sind.« Mein Kopf folgt den Bewegungen seiner Finger. »Mich wirst du nicht kontrollieren, das ist dir hoffentlich klar.«

Marc grinst breit, während seine Finger weiter durch meine Haare streichen. »Ich würde es niemals auch nur versuchen.«

Ich presse meine Beine an seine Oberschenkel und blicke ihm tief in seine intensiven blauen Augen.

Marc dreht den Bürostuhl, sodass mein Rücken gegen die harte Kante des Schreibtischs gedrückt wird. Er klappt den Laptop zu, schiebt ihn zur Seite und sagt: »Früher war die Frau das rechtliche Eigentum ihres Mannes.«

»Zum Glück hat sich das geändert«, murmle ich und strecke die Hand nach seinem vollen braunen Haar aus.

»Der Mann war der Chef im Haus«, fährt Marc fort, und zieht mir mein Sommerkleid erst über die Hüften und dann über den Kopf. »Die Frau hatte all seinen Anordnungen Folge zu leisten. Wenn sie ihm nicht gehorcht hat, wurde sie von ihm bestraft.«

»Ich will nicht, dass du über mich herrschst«, murmle ich.

Marcs blaue Augen funkeln, als er mich hochhebt und meinen Oberkörper auf den Schreibtisch presst. »Bist du dir sicher?«

Ich nicke, mein Hinterkopf liegt auf hartem Holz.

»Ich weiß, dass du es willst«, sagt Marc. »Ich bin mir absolut sicher.«

»Du irrst dich.« Ich sehe zu ihm auf.

»Wirklich?« Er legt sich meine Beine um seine Hüften.

Ich spüre sein hartes Glied und stöhne leise.

»Wir haben nicht viel Zeit«, flüstere ich. »Tanya kann jederzeit zurückkommen.«

Marc nickt, ohne den Blick von mir zu wenden. Seine Hände lassen für einen Moment meine Hüften los, und ich höre, wie er den Reißverschluss seiner Hose öffnet. Dann schiebt er sich mit einem kräftigen Stoß in mich hinein. Ich stöhne lustvoll und lauter auf.

»O Marc.«

Mit einer Hand drückt er mich auf den Tisch, sodass ich mich kaum rühren kann, und fängt an, sich langsam in mir zu bewegen.

Ich zerfließe unter ihm, höre das Rauschen des Meeres und spüre die frische Brise. Doch vor allem spüre ich Marc, der sein Becken mit unnachgiebiger Bestimmtheit und Konzentration vor und zurück bewegt. Ich schließe die Augen und genieße die Empfindungen.

Normalerweise ist er nie so nett zu mir. Nur selten stößt er ohne Vorspiel so schnell in mich hinein.

Hitze steigt in mir auf, während seine starke Hand meinen Körper niederdrückt. Und plötzlich zieht er sich ebenso überraschend, wie er in mich geglitten ist, aus mir heraus.

»Hör nicht auf. Bitte!«, flehe ich.

»Wer hat bei diesem Spiel die Oberhand?«, fragt Marc.

O Gott. Ich schlucke.

»Sophia«, sagt er fordernd, »ich habe dich etwas gefragt.«

Bitte nicht das schon wieder.

»Nicht, Marc«, bettle ich. »Ich will nicht, dass du aufhörst.«

»Du klingst nicht so, als würdest du in dieser Situation bestimmen, wie es weitergeht.«

»Können wir nicht einfach nur …«

Marc versetzt mir einen heftigen Schlag zwischen die Beine. Ich schreie auf.

»Sie, Mrs Blackwell, werden Selbstkontrolle lernen, egal wie schwer es für mich ist.«

Er zieht seine Hose hoch.

Ich setze mich auf dem Schreibtisch auf. »Aber du kannst doch nicht einfach … Das ist nicht fair, Marc!«

»Ich finde schon. Und es ist eine wertvolle Lektion. Warum hast du dich nicht unter Kontrolle, wenn sogar ich das schaffe?«

»Du … du bist du«, erwidere ich. »Du bist nicht so wie andere Leute.«

»Jeder kann lernen, sich zu beherrschen«, sagt Marc bestimmt. »Wenn der Verstand es will, wird der Körper folgen. Aber dein Verstand will es nicht.«

»Du hast nie gesagt, dass du …«

Er sieht mich streng an. »Glaubst du vielleicht, im echten Leben wirst du immer vorgewarnt? Wirst du immer schon im Voraus wissen, was der andere Schauspieler tun wird?«

Ich denke an Benjamin und den unerwarteten Kuss.

»Okay, okay, ich hab's kapiert«, lenke ich ein. »Aber können wir jetzt nicht einfach …?«

»Nein, Sophia, das können wir nicht.« Marc nimmt das Drehbuch von einer Ecke des Schreibtischs. »Zeit zu proben.«

»Bitte?« Ich sitze kerzengerade.

»Beeile dich.« Er schlägt das Script immer wieder auf den Tisch. »Kannst du dich noch an Seite einundfünfzig erinnern? Mach schon.«

»Ich kann jetzt nicht«, wehre ich ab. »Ich bin – na ja, du weißt schon.« Ich erröte.

»Nun, Mrs Blackwell, dann sehen wir mal, was wir tun können, um Sie auf andere Gedanken zu bringen. Sag deinen Text. Vielleicht hilft das ja.« Er wirft mir mein Kleid zu.

Ich fange es auf. »Marc …«

»Dein Text.«

Ich starre ihn böse an, ziehe mich jedoch wieder an und streife meine Haare hinter die Ohren.

»Solltest du ihn vergessen haben …« Marc hält mir das Drehbuch hin.

»Das brauche ich nicht«, fauche ich und schlage es weg. »Ich kenne den Text und die Seitenzahlen auswendig.«

»Sehr gut.« Er wirft das Script neben mich auf den Tisch. »Dann fangen wir jetzt an.«

»Auf Seite einundfünfzig bist du derjenige, der zuerst etwas sagt.« Ich lasse mich von der Tischkante gleiten und lande auf dem weichen Teppich.

»Komm mir jetzt nicht mit der Moralkeule, Lady!«, schreit Marc und marschiert, wild mit den Armen gestikulierend, durch die Suite. »Ich mag dich nicht einmal.« Er dreht sich zu mir um und lächelt sein attraktives Hollywood-Lächeln. »Ich glaube, so lautet mein Text, oder?«

»Dein Gedächtnis ist so gut wie immer.«

»Bist du jetzt etwa eingeschnappt?« Marc zieht eine Braue hoch. »Du weißt, was passieren wird, wenn du nicht tust, was ich dir sage.«

»Ich tue nicht immer das, was man mir sagt«, konterc ich. »Und du benimmst dich nicht immer so wie eben.«

»Dir scheint es gefallen zu haben.«

Ich nicke. »Bis du aufgehört hast.«

»Mir geht es einzig und allein darum, dir beizubringen, dich selbst jederzeit unter Kontrolle zu haben. Und jetzt steig in die Szene ein.«

Ich atme tief durch. »Wenn es je einen Mann gab, den ich verachtet habe, dann dich«, sage ich. Und in diesem Moment meine ich es auch so.

»Sehr gut«, sagt Marc. »Fast ein bisschen zu gut. Wenn ich es nicht besser wüsste, würde ich sagen, dass du auf mich sauer bist.«

»Stinksauer.«

»Du verachtest mich also?« Marc geht auf mich zu. »Du weißt ja, wie es heißt – Liebe und Hass gehen Hand in Hand.«

»Dann muss ich dich wohl wahnsinnig lieben.«

»Damit wärst du nicht die Erste.« Sein Gesicht ist nur Zentimeter von meinem entfernt, seine Augen funkeln zornig.

»Gott helfe der Frau, die sich in dich verliebt«, fauche ich zurück. »Du bist einfach nur unglaublich arrogant.«

»Du hältst mich also für arrogant? Wirklich?«

»Für was denn sonst?«, entgegne ich.

Er dreht sich weg. »Die Dinge sind nicht immer so, wie sie scheinen.«

»Tatsächlich? Dann sag mir, wie sie sind«, verlange ich.

Mein Atem stockt, denn ich weiß, was als Nächstes kommen wird. Und ich werde nicht enttäuscht.

Marc packt mich und küsst mich mit einer derartigen Gewalt und Leidenschaft, dass ich kaum noch Luft bekomme. Er drückt mich gegen die Wand und schlingt seine Arme fest um mich.

Mit brennenden Tränen in den Augen greife ich nach seinem dichten braunen Haar und erwidere seinen Kuss.

»Du willst wissen, wie die Dinge wirklich sind?« Marc trägt mich zum Bett. »Du bist ein Mädchen aus wohlhabendem Haus, und ich bin ein Tanzlehrer. So sind sie.«

Er wirft mich aufs Bett. »Du bewohnst eine vornehme Suite, meine Kabine liegt im Schiffsrumpf. So sind die Tatsachen.«

Er legt sich auf mich. »Ich liebe dich, und das bringt mich um.«

»Du … du liebst mich?«, stammle ich.

»Ziemlich dumm, oder?«, antwortet Marc.

»Nein.«

Wir küssen uns abermals leidenschaftlich, und Marc streift mir mein Kleid über den Kopf.

Ich helfe ihm, indem ich die Arme hebe. Marc zieht mir den BH aus und liebkost mit seinen Lippen meine Brüste.

Ich bin mir bewusst, dass wir all das bald vor einer Kamera tun müssen. Es wird nicht leicht werden, diese Szene mit Marc zu spielen.

Das Drehen von Leos und meiner Bettszene war etwas unangenehm. Es hat mich damals einige Mühe gekostet, entspannt zu bleiben. Aber diese Dinge mit Marc zu tun ist das Natürlichste auf der Welt.

Er hat sich zwischen meine Beine gelegt und bewegt sich auf und ab. Er ist steinhart und berührt meine sensibelsten Stellen. Mein Kopf sinkt zurück, und ich stöhne. Nichts davon ist gespielt.

Ich winde mich unter ihm hervor, lege mich auf ihn und lasse mein Becken kreisen.

Marc sieht mich an. Aus seinen Augen spricht reine Liebe.

Er verkörpert seine Rolle wirklich hervorragend. Wie schafft er das?

Ich kann mich nur mit größter Mühe zusammenreißen, habe aber das Gefühl, dass es mir zunehmend besser gelingt.

Als ich in seine sanften Augen blicke, versuche ich, die Erleichterung zu fühlen, die Violet spüren muss, als sie endlich ihren Gefühlen nachgibt.

Einen Moment lang schaffe ich es, aber dann entgleitet mir die Kontrolle wieder. Das Gefühl von Marc unter mir ist einfach zu stark.

»O Gott.« Ich breche auf seiner harten Brust zusammen.

»Das war gut, Sophia«, murmelt Marc mir ins Ohr. »Wir machen Fortschritte. Soll ich dich jetzt von deinem Leid erlösen?«

Lachend nicke ich.

Marc streift sich die Boxershorts ab, hebt mich ein bisschen hoch und lässt mich sanft auf ihn hinabsinken.

Ich schließe die Augen.

»Oh.« Ich fange an, mich zu bewegen, und kann nicht genug von ihm bekommen.

Marc umklammert meine Hüften, dirigiert mich.

»O Marc. O mein Gott.«

Ich könnte ewig so weitermachen. Marc hebt das Becken an, um mir entgegenzukommen, und beobachtet mich mit seinem intensiven Blick – ich sehe den Marc, den ich kenne und von dem ich besessen bin.

Sein Daumen findet die richtige Stelle zwischen meinen Beinen und streichelt sie sacht. Von draußen dringen das Kreischen der Möwen und das Rauschen der Wellen an mein Ohr. Nur einen Moment später nehme ich nichts mehr von meiner Umgebung wahr – nur noch Marcs Körper unter meinem.

Ich lasse mich von meinen Gefühlen leiten, meine Hüften bewegen sich wie von allein.

Die Stelle, an der sein Daumen mich berührt, wird immer heißer, bis ich nicht mehr anders kann, als Marcs Namen zu schreien, während ich mich auf ihm bewege.

Marc presst seinen Körper an mich und sieht mir tief in die Augen.

Unsere Bewegungen verschmelzen miteinander, und ich stöhne, als der Orgasmus sich zwischen meinen Beinen ausbreitet und bis in meinen Bauch nachhallt.

»O Gott. Oh, Marc. Marc.« Ich schließe die Augen, mein Körper ist von Wärme eingehüllt. »Ich liebe dich«, murmle ich und sinke auf seine Brust.

Er hält mich fest.

Es dauert eine Weile, bis ich die Augen wieder öffne.

Marc beobachtet mich, beschützend wie immer.

»Du bist nicht gekommen«, flüstere ich.

»Nein.«

»Warum nicht?«, will ich wissen.

Marcs Lippen zucken. »Ich wollte dir zeigen, worum es beim Thema Selbstbeherrschung geht.« Er schiebt mich zur Seite. »Ruh dich kurz aus, bevor du dich wieder anziehst.« Er wirft einen Blick aus dem Fenster. »Ich kann schon Saint-Tropez am Horizont erkennen.«

51

Saint-Tropez rückt immer näher. Die Stadt leuchtet weiß-orangefarben in der Sonne.

Wir werden mit luxuriösen Motorbooten an Land gebracht. Ivy gluckst freudig erregt, als wir durch das Wasser gleiten. Ich habe sie warm angezogen, damit sie sich nicht verkühlt. Als die See immer unruhiger wird, nimmt Marc mir die Kleine ab.

»Sie wird klatschnass«, meint er. »Ich gehe mit ihr unter Deck.«

Ich nicke zustimmend und beobachte, wie die Küste immer deutlicher wird. »Ist es okay, wenn ich hier oben bleibe? Ich möchte so viel wie möglich von Saint-Tropez sehen – auch vom Wasser aus.«

Marc streift mir salzige, feuchte Haarsträhnen aus dem Gesicht. »Selbstverständlich.«

Lächelnd drehe ich mich um, um noch einmal einen Blick auf den Luxusliner zu werfen, der sich riesig hinter uns erhebt. Jetzt erst bemerke ich, dass ein zweites Motorboot über die Wellen hüpft. Jen ist auf dem Deck und spricht mit jemandem, der aussieht wie ein Mann von einer Sicherheitsfirma. Aber ich weiß es besser …

Michael.

Er hält sich tatsächlich an unsere Abmachung und ist nun unerkannt auf dem Rückweg nach London, denke ich lächelnd.

Als ich mich über die Reling lehne und die Gischt mir ins Gesicht spritzt, tritt Benjamin zu mir.

»Du wirst ja ganz nass.«

Meine Hände gleiten die Reling entlang, entfernen sich von ihm. »Das macht mir nichts aus. Ich genieße den herrlichen Blick.«

»Bist du nicht besorgt um deine Frisur?«, fragt Benjamin.

»Die ist mir völlig egal«, antworte ich lachend.

»Du hast vollkommen recht.« Seine Hände nähern sich meinen auf der Reling. »Du bist auch mit vom Wind zerzaustem Haar wunderschön. Übrigens habe ich noch einmal über unsere letzte Szene nachgedacht, in der ich dir eine Tracht Prügel verabreiche. Das ist schon ziemlich heftig.«

»Ich weiß«, stimme ich zu, »aber es muss so sein. Violet braucht gute Gründe, warum sie Reißaus nimmt. Ansonsten würde sie sich einfach nur egoistisch verhalten.«

»Vielleicht könnten wir die Szene ein wenig abschwächen.« Benjamin schaut aufs Meer hinaus. »Würde es nicht reichen, wenn er sie ohrfeigt?«

»Nein.« Ich spüre die salzigen Wassertröpfchen auf meinem Gesicht. »Die Zuschauer dürfen keinen Zweifel daran hegen, dass sie nicht bei ihm bleiben kann.«

»Du findest also, dass eine Frau bei einem Mann bleiben sollte, der sie ohrfeigt?«, fragt Benjamin und wischt sich die Gischt von der Stirn.

»Natürlich nicht«, sage ich. »Aber damals herrschten andere Sitten. Ein Mann hatte mehr oder weniger das Recht, seine Frau auf diese Weise in der Spur zu halten.«

Benjamin deutet auf die Küste. »Siehst du die Häuser dort drüben? Eines davon gehört mir.«

Ich sehe hinüber. »Ach ja?«

»Ja.« Seine Hand umfasst wieder die Reling. »Normalerweise ist es vermietet, aber jetzt wohnt niemand drin. Für den Fall, dass ich mich mal zurückziehen möchte. Oder dass sich jemand mit mir zurückziehen möchte.«

»Aha«, sage ich. Ich weiß nicht recht, was ich ihm antworten soll. »Benjamin, warum willst du diese Szene ändern?«

»Kannst du dir das nicht denken?«

»Nein.«

»Weil«, seine blauen Augen blicken sanft, »ich die Vorstellung, dich zu schlagen, nicht ertragen kann.«

Nun lache ich. Das ist bestimmt wieder einer seiner Witze.

»Nein, ehrlich«, beharrt er. »Ich …«

»Hey, ihr Urlauber!« Nadia kommt in ihren hohen Stiefeln zu uns herüber, auf der Nase eine dunkle Sonnenbrille. »Ist Saint-Tropez nicht wunderschön? Wartet nur, bis ihr die Villa gesehen habt, die ich gebucht habe.«

»Hast du auch genügend Security organisiert?«, will Benjamin wissen. »Sophia kennt den ganzen Rummel noch nicht, und wir wollen doch, dass sie sich keine Sorgen machen muss.«

»Selbstverständlich«, erwidert Nadia. »Ich habe nur die Besten angeheuert. Aber in Saint-Tropez sind gute Sicherheitsmaßnahmen gang und gäbe. Was glaubst du, warum die Stadt bei den Reichen und Berühmten so beliebt ist? Hoppla …« Sie hält sich an der Reling fest, als das Boot über eine Welle hüpft. »Zeit, dass wir anlegen. Saint-Tropez, wir kommen!«

52

Am Hafen erwarten uns schon weiße Limousinen. Wir fahren durch die Stadt und weiter an der Küste entlang. Marc und ich sitzen gemeinsam in einem Wagen, Ivy ist bei Tanya, damit sie von den Paparazzi in Ruhe gelassen wird.

»Ich habe einige schöne Erinnerungen an Autofahrten mit dir«, sagt Marc, als wir an hübschen weißen Häusern mit orangefarbenen Dachziegeln vorbeigleiten. »Vor allem an Fahrten in Autos mit getönten Scheiben.«

»Ich auch«, murmle ich und betrachte die französische Landschaft.

»Du bist in Gedanken versunken«, bemerkt Marc. »Woran denkst du?«

»Ach, an nichts Besonderes.« Ich wende mich ihm zu und ringe mir ein Lächeln ab. »Bloß an etwas, was Benjamin vorhin gesagt hat.«

»Benjamin?« Marcs Blick verdüstert sich. »Warum redet er mit dir?«

»Wir sind Filmpartner. Es ist gut, wenn man miteinander redet oder sich vielleicht sogar anfreundet. Beim Schauspielen geht es um harmonische Wechselbeziehungen, das hast du mir selbst mal erklärt.«

Marc sieht aus dem Fenster. »Solche Beziehungen kann man auch heucheln.«

»Bist du eifersüchtig?« Ich greife nach seiner Hand.

»Vielleicht.« Marc drückt meine Finger. »Weißt du eigentlich, dass Limousinen wie diese mit allen möglichen Annehmlichkeiten ausgestattet sind?« Marc klappt eine Vorrichtung auf, die ich für eine ganz normale Armlehne gehalten habe. Darin befindet sich ein Minikühlschrank mit einer kleinen Flasche Veuve Clicquot und zwei hohen, vor Kälte beschlagenen Champagnerkelchen.

»Sehr schön.« Marc nimmt die Flasche heraus und entfernt die goldene Aluminiumfolie. »Ich finde, wir sollten unsere Ankunft feiern.«

»Jetzt? Vor dem Essen?«, frage ich überrascht und beobachte, wie geschickt er die Agraffe löst.

»Betrachte es als Entspannungsübung für die nächste Probe.« Marc lässt den Korken knallen und schenkt mir ein Glas Champagner ein.

Ich nehme es ihm ab. »Also gut. Auf uns – und auf unser entzückendes Baby.« Ich drehe mich um, um einen Blick auf den Wagen hinter uns zu werfen, in dem Ivy mit Tanya sitzt. »Das ich übrigens jetzt zu gerne bei mir hätte.«

»Du weißt, dass es so sicherer ist.« Marc schenkt auch sich ein Glas ein. »Die Paparazzi haben bereits versucht, ein paar Fotos von ihr zu machen.«

Ich betrachte unser Spiegelbild in der getönten Scheibe, die uns vom Fahrer trennt.

»Wie ist jemand wie du ausgerechnet an mich geraten?«, frage ich mich laut und betrachte Marcs starke Kieferpartie, seine dichten braunen Haare und seine leuchtend blauen Augen. Er passt zu diesem Wagen. Fahrzeuge wie dieses sind genau das Richtige für ihn.

Ich in meinem leichten Sommerkleid, mit offenen Haaren und kaum Make-up gehöre hingegen nur hierher, weil ich mit Marc zusammen bin.

»Ich bin derjenige, der sich glücklich schätzen kann, mit jemandem wie dir zusammen zu sein«, sagt Marc.

»Ach, Unsinn«, winke ich ab. »Du bist unglaublich toll, aber ich – ich bin einfach nur sehr normal.«

Marc lächelt. »Ich glaube nicht, dass dich irgendwer als normal bezeichnen würde. Du bist wahnsinnig schön und eine unglaublich talentierte Schauspielerin.«

Ich schüttle den Kopf, und einige lose Haarsträhnen fallen auf meine Schultern. »Nein, ich bin nicht wahnsinnig schön. Und was mein schauspielerisches Talent betrifft – ich weiß nicht. Ich tue einfach, was ich immer getan habe: Ich spiele mit ganzem Herzen.«

»Du würdest dich wundern, wie viele Leute es gibt, die das nicht können.« Er zwirbelt meine Haare. »Und mittlerweile hast du doch sicher auch bemerkt, wie Männer dich ansehen.«

»Männer sehen mich nicht an«, entgegne ich und beobachte Marcs Spiegelung im Fenster.

»O doch, das kannst du mir ruhig glauben. Es ist kaum zu ertragen.« Er streicht mir über die Haare.

Ich mustere sein markantes Profil und seine starken Finger. »Ich dachte, du hast an deiner Eifersucht gearbeitet.«

»Ich versuche es.« Er wickelt sich eine meiner Haarsträhnen um den Finger. »Vor allem, wenn es Männer wie Benjamin van Rosen betrifft.«

»Ich glaube nicht, dass von ihm Gefahr ausgeht.« Aber ich vermeide es, Marc in die Augen zu schauen.

»Wie fühlst du dich, wenn die Männer dich anstarren?«, will er wissen.

»Sie starren mich nicht an, Marc.«

»Doch, das tun sie. Trink deinen Champagner.«

»Das mache ich doch schon.« Ich nehme noch einen Schluck und genieße das Prickeln auf meiner Zunge.

»Trink schneller«, ordnet Marc an.

»Warum?«

Er sieht mich intensiv an. »Damit ich dich in diesem Auto zu einem Orgasmus bringen kann.«

53

O Gott.

Marc, nicht hier«, erwidere ich kopfschüttelnd.

Er lehnt sich im weichen weißen Ledersitz zurück. »Ich dachte, das Innere von Limousinen ist dir mittlerweile vertraut.«

»Das schon, aber nur, wenn es deine Limousinen sind. In einem fremden Wagen? Nein, das geht einfach nicht.«

Marc stellt sein Glas in eine Halterung und öffnet eine weitere Vorrichtung in der Armlehne – ein Kühlfach mit einer goldenen Schale voller Eiswürfel. Er greift einen heraus.

»Wenn du ein Problem damit hast, Befehle zu befolgen, werden wir Schritt für Schritt vorgehen. Nimm den Eiswürfel in den Mund.«

Ich betrachte das harte, kantige Eisstück. »Der ist kalt.«

»Tu, was ich dir sage.« Marc lässt den Eiswürfel über meine Lippen gleiten.

Mein Herz flattert, meine Wangen färben sich rot.

»Warum mache ich solche Sachen mit dir?«, frage ich, meine Lippen brennen. »Ich bin doch eine ganz normale Frau.«

»Offensichtlich nicht so normal, wie du glaubst.« Marc streicht mit dem Eiswürfel über meine Unterlippe.

»Was soll das heißen?«, stammle ich.

Marc hält in der Bewegung inne und trinkt einen Schluck Champagner. »Das soll heißen, dass ich etwas von dir ans Licht gebracht habe, was schon immer in dir steckte.«

»Du meinst also, dass ich in meinem Inneren …?«

Marc stellt das Champagnerglas wieder in eine Halterung und greift dann nach meinem. »Die Worte, nach denen du suchst, lauten ›dominiert werden will‹«.

»Du irrst dich«, sage ich und überlasse ihm mein Glas, das er zu seinem stellt.

»Dein Körper gibt mir recht.«

Er nimmt den Eiswürfel von meinen Lippen und fährt mit ihm unter mein Kleid.

»Oh!« Ich springe fast aus meinem Sitz, als ich die Kälte auf meiner Haut spüre.

Er lässt den Eiswürfel weiter und immer weiter gleiten.

»Marc!«, keuche ich entgeistert, als das Eis seinen Weg in meinen Slip findet.

Etwas unsanft lässt Marc den Eiswürfel zwischen meinen Beinen kreisen und steckt ihn plötzlich in mich hinein.

»Oh!«

Als er nach einem weiteren Eiswürfel greift, schüttle ich den Kopf. »Du willst doch nicht etwa …«

»O doch.« Auch der zweite findet seinen Weg in meinen Slip und dann in mich hinein.

Zwischen meinen Beinen breitet sich ein Gefühl von Lust gepaart mit Schmerz aus. Ich halte mich am Sitz fest.

Marc beobachtet mich, löst dann seinen Gurt und schiebt meine Knie auseinander.

Mit geübtem Griff zieht er mir den Slip aus.

»Marc, ich finde diese Idee nicht besonders gut.«

»Ich habe dich nicht nach deiner Meinung gefragt.« Er fährt mit der Hand zwischen meine Beine, und ich muss ein Stöhnen unterdrücken.

»Marc.«

»Sei still!«, ermahnt er mich. »Sonst hört dich noch der Fahrer.«

Ich nicke und presse die Lippen zusammen.

Er schiebt mein Kleid hoch und betrachtet mich. »Wie kommst du bloß darauf, dass du nicht außergewöhnlich schön bist?«

»Dort unten bestimmt nicht.«

»O doch. Wunderschön.«

Marc nimmt einen Eiswürfel zwischen die Zähne, taucht zwischen meine Beine und drückt ihn auf mich.

Ich schließe die Augen und unterdrücke ein Stöhnen, als er das Eisstück auf und ab gleiten lässt, auf und ab, immer wieder im sanften Rhythmus.

Die harte Kälte lässt Gefühle in mir aufsteigen, die ich kaum ertragen kann. Ich winde mich auf meinem Sitz.

Marc hält mich an den Hüften fest, sodass ich mich kaum bewegen kann.

Ich versuche, nicht laut aufzuschreien, aber es fällt mir schwer.

Immer weiter fährt Marc mit dem Eiswürfel auf und ab. Das Eis kühlt und wärmt mich gleichzeitig. Ich spüre, wie es schmilzt und kaltes Wasser aus mir heraus und zwischen meine Beine rinnt.

Ich schließe die Augen. Mein Körper zieht sich zusammen, entspannt sich wieder. Die Eiswürfel bewegen sich in mir.

Plötzlich spüre ich Marcs warme Zunge.

Das ist zu viel. Ich kann mich nicht mehr beherrschen und komme mit einem leisen Stöhnen.

Mein Körper erbebt, und Marcs Bewegungen werden sanfter.

»O Marc«, flüstere ich.

Er nimmt eine weiße Serviette von der Armlehne, faltet sie und steckt sie mir in den Slip, den er mir mittlerweile wieder angezogen hat. »Die Eiswürfel bleiben, wo sie sind, bis sie geschmolzen sind. Das ist ein Befehl deines Mannes.«

»Und wenn ich sie herausnehme?«

Er zieht eine Braue hoch. »Dann wird das die üblichen Konsequenzen haben.«

Der Wagen hält vor einem hohen schmiedeeisernen Tor, das in der Sonne glänzt.

Marc sieht aus dem Fenster. »Da wären wir, Mrs Blackwell. In unserem kleinen französischen Schlösschen.«

54

Die riesigen Tore gleiten auseinander, und unsere Limousine fährt knirschend über die Kieseinfahrt.

»Wow!«

Marc folgt meinem Blick. »Nadia hat es wirklich drauf, sensationelle Locations zu finden.«

»Es ist wunderschön hier.« Ich presse das Gesicht an die Scheibe und entdecke vor uns eine weitere Limousine. Die hinter uns ist verschwunden. Tanya, Tom und Ivy sind wohl an einer Ampel aufgehalten worden.

Wir gleiten an einem Brunnen, gepflegten Rasenflächen, einem strahlend blauen Infinity-Pool und mehreren kleinen Häusern vorbei. Schließlich halten wir vor einer riesigen orange-weißen Villa mit hohen Säulen und einer ausladenden Freitreppe, deren Stufen Mosaike zieren. Steinerne Schlangen bewachen den Eingang.

Am Ende der größten sattgrünen Rasenfläche liegt ein Privatstrand, an dem Sicherheitsbeamte der Marine patrouillieren.

Marc nimmt meine Hand. »Darf ich Ihnen aus dem Wagen helfen, Mrs Blackwell? Sie wirken ein wenig angespannt.«

Ich werfe ihm einen bösen Blick zu. »Ich fasse es einfach nicht, dass du das mit mir gemacht hast.«

»Du meinst wohl, du fasst es nicht, dass du nicht Nein gesagt hast.«

»Irgendetwas in dieser Richtung.«

Nadia springt aus der Limousine vor uns. Sie stemmt die Hände in ihre Hüften und lässt den Blick über die beeindruckende Anlage schweifen. »Nicht schlecht, hm?«, ruft sie uns zu. »Stammt aus den dreißiger Jahren. Total authentisch.«

Ich lächle, fühle mich aber nach wie vor nicht besonders wohl in meiner Haut und presse die Beine zusammen.

»Marc?« Nadia setzt ihre Sonnenbrille auf und wendet sich uns zu. »Wie gefällt es dir?«

»Darauf kann ich eine Antwort geben, wenn ich die Innenräume gesehen habe«, erwidert Marc und mustert das Äußere des Gebäudes eingehend.

»Du wirst es mögen«, ist Nadia sich sicher. »Ihr zwei habt die ganze obere Etage für euch, ist das nicht toll?«

»Das gesamte Obergeschoss?«, frage ich und stehe noch immer mit überkreuzten Beinen da.

»Meine Stars verdienen nur das Beste. Geht rein und seht euch um. Macht euch ein bisschen frisch, wenn ihr wollt, und später treffen wir uns am Pool – die Schauspieler und das ganze Filmteam.«

Ich werfe Marc einen Blick zu. Wie soll ich bloß die Stufen hinaufkommen, ohne Spuren zu hinterlassen?

Wortlos hebt Marc mich hoch.

»Du trägst deine Frau über die Schwelle«, stellt Nadia fest. »Wie romantisch.«

»Ich versäume keine Gelegenheit, meine Frau auf Händen zu tragen.«

»Vielen Dank«, sage ich lachend in seinen Armen. »Jetzt wird Nadia denken, dass ich mich wie eine Frau aus den fünfziger Jahren ständig von meinem Mann herumtragen lasse.«

»Ich konnte es einfach nicht mehr mitansehen, wie du von einem Fuß auf den anderen getreten bist«, erklärt Marc mit seinem typischen schiefen Lächeln.

»Das ist nur deine Schuld«, lächle ich.
»Und jetzt büße ich dafür.«

55

Das Obergeschoss mit seinen Dachschrägen, kostbaren antiken Möbeln, Orientteppichen und dem fantastischen Blick über den gesamten Komplex und den Strand ist wirklich überwältigend. Dekoriert ist es im französischen Landhausstil der dreißiger Jahre. Vor den Fenstern hängen leichte Chiffonvorhänge, die Betten sind mit lavendelfarbener Wäsche bezogen.

Ein Zimmermädchen kümmert sich um unsere Koffer, während ich mir die Hände und das Gesicht im Bad unter einem sprudelnden goldenen Wasserhahn wasche.

Marc beobachtet mich schief lächelnd vom Schlafbereich aus.

»Machen Ihnen die Eiswürfel noch sehr zu schaffen, Mrs Blackwell?«, fragt er, während ich mir das Gesicht trockne.

Ich starre ihn böse an und deute mit dem Kopf auf das Zimmermädchen.

»Alles okay«, beschwichtigt er. »Sie spricht nur Französisch.«

»Trotzdem …«

»Wie geht es den Eiswürfeln?«, fragt er wieder.

»Sie sind geschmolzen«, zische ich.

»Zu schade.« Er zieht eine Braue hoch. »Ich fand die Vorstellung von ihnen in dir sehr nett.«

»Aufgepasst, Leute.« Nadia steht mit einem kleinen Megafon auf den Stufen des Sprungbretts am kristallklaren Pool.

Die gesamte Mannschaft hat sich versammelt, Kellner reichen eiskalten Orangensaft zur Erfrischung.

Benjamin lehnt an einer Fischskulptur, die Sonnenbrille auf der Nase.

Leo fläzt auf einer Liege, seine in Flip-Flops steckenden Füße baumeln über den Rand.

Ich stehe zwischen Marc und Tom. Tanya und Jen sind zusammen mit Ivy zu einer Entdeckungsreise durch die Villa aufgebrochen.

»Willkommen in Saint-Tropez!«, ruft Nadia. »Es gibt leider eine winzige Verzögerung in meinem Zeitplan. Wir warten noch auf eine weitere Person. Die Fahrt von Paris dauert wohl etwas länger als erwartet. Sophia, dich brauche ich erst heute Nachmittag. Aber natürlich kannst du gerne bei der Besprechung dabeibleiben.«

»Verzeihung, Nadia.« Tom hebt die Hand. »Ich hoffe, du hast nichts gegen diese Frage: Auf wen warten wir denn?«

Nadia wirft einen Blick auf ihr Klemmbrett. »Habt ihr mein Memo nicht erhalten?«

»Ich nicht«, sagt Benjamin.

»Hm.« Nadia blättert ein paar Seiten um. »Oh, wartet, hier sind die Ausdrucke. Tut mir leid, ihr Lieben. Ich kann es kaum glauben, dass das nicht weitergeleitet wurde. Wie auch immer, wir haben in letzter Minute unsere Besetzungsliste um einen weiteren großen Namen ergänzen können: Cassandra Kilburn.«

Cassandra Kilburn.

Mein Magen krampft sich zusammen. Marc hat vor Jahren mal in einem Film mit ihr gespielt. Damals war er noch ein Teenager. Ich sehe ihn an, seine Miene hat sich verdüstert.

Tom dreht sich zu mir und flüstert: »Und ich habe gedacht, dass die Besetzungsliste gar nicht beeindruckender werden kann. Cassandra Kilburn!«

»Ich habe sie nur in einem einzigen Film gesehen«, flüstere ich zurück. »In dem auch Marc mitgespielt hat.«

»Ich erinnere mich.« Tom nickt. »Sie war so eine Art Mrs Robinson, oder?«

Neben mir räuspert sich Marc. »Nadia?«, ruft er. »Cassandra war ursprünglich nicht vorgesehen. Wie kam es dazu, dass sie jetzt dabei ist?«

»Meredith ist abgesprungen, und zum Glück hatte Cassandra Zeit. Ich konnte es kaum fassen. Du hast schon mal mit ihr gearbeitet, hab ich recht?«

Marc runzelt die Stirn. »Das ist lange her.«

»Hast du ein Problem mit ihr?«, fragt Nadia. »Ist sie eine Zicke oder so etwas in der Richtung?«

Leises Gelächter macht sich breit.

»Keine Ahnung. Ich habe sie seit Jahren nicht mehr gesehen.« Marc wendet sich ab und blickt aufs Meer hinaus.

Nadia hebt die Hand. »Moment mal – ich glaube, ich kann hören, wie sich die Tore öffnen. Vielleicht ist sie das ja.« Sie wirft einen Blick auf ihre Uhr. »Super. Wir sollten sie herzlich willkommen heißen. Sie wird dem Film bestimmt guttun.«

Ein schwarzer Cadillac rollt auf das Anwesen und hält vor dem Haupthaus.

Die Beifahrertür geht auf, hochhackige rote Schuhe werden auf den Kies gesetzt.

Eine große schlanke Frau in einem grauen, maßgeschneiderten Etuikleid steigt aus, ihre langen schwarzen Haare fallen offen über ihre Schulter.

Nadia winkt ihren Assistenten herbei. »Geh und sag Cassandra, sie soll zu uns kommen. Wir hinken meinem Zeitplan schon etwas hinterher.«

56

Die Besprechung geht weiter, aber ich habe das Gefühl, dass die meisten Nadia nur mit halbem Ohr zuhören. Wir alle warten auf unsere mysteriöse neue Star-Kollegin.

Endlich stolziert Cassandra auf dem Weg aus weißen Steinplatten herbei. Sie lässt sich Zeit bei ihrem Auftritt. Ihre Absätze klappern, dichte schwarze Wimpern säumen ihre Augen.

»*Bonjour!*« Sie tritt zu Nadia und drückt ihr links und rechts ein Küsschen auf die Wange. »Schön, dich zu sehen, *chica.*« Dann schweift ihr Blick über die Gruppe und bleibt an Marc hängen. »Marc Blackwell! Ausgerechnet du hier?«

»Wer hätte das gedacht, nicht wahr?«, erwidert Marc trocken und lässt seine Hände in den Hosentaschen verschwinden.

Cassandras rote Lippen verziehen sich zu einem breiten Lächeln. »Meine Güte, wie groß du geworden bist!«

»In vielerlei Hinsicht«, antwortet Marc.

»Kein Junge mehr«, säuselt Cassandra.

»Nicht mehr jung und dumm.«

Sie hebt eine Augenbraue. »Dumm hätte ich nicht gesagt.«

»Ich schon«, blafft Marc zurück.

Mir sträuben sich die Nackenhaare.

Cassandra mustert mich kurz, bevor ihre dunklen Augen wieder zu Marc zurückwandern. »Du hast also geheiratet?«

»Das Beste, was ich je getan habe«, sagt Marc stolz.

»Hört mal, Leute«, Nadia hebt das Megafon hoch, »tauscht euch doch bitte später aus. Wir haben eine Menge Arbeit vor uns. Cassandra, du und Benjamin, ihr beginnt.«

»Zu schade. Ich hatte eigentlich auf Marc gehofft.« Cassandra grinst, als Marc sich von ihr abwendet.

Ich schlucke.
»Nadia?«, rufe ich.
»Ja, Schätzchen?«
»Du brauchst mich im Moment doch nicht, oder?«
»Erst heute Nachmittag, das habe ich doch schon gesagt.«
»Wäre es okay, wenn ich jetzt … ich … ich würde gern mal nach Ivy sehen«, sage ich.
»Na klar, kein Problem«, versichert Nadia.
Ich schicke mich an zu gehen.
Marc runzelt die Stirn. »Sophia?«
»Ich möchte kurz allein sein«, flüstere ich.
Eigentlich hätte ich erwartet, dass Marc mich fragt, was los sei, aber er tut es nicht.
»Alles in Ordnung, Liebes?«, erkundigt sich Tom besorgt, als ich an ihm vorbeieile.
»Na klar«, murmle ich.
Aber das stimmt nicht.

57

In dem sonnendurchfluteten Obergeschoss duftet es nach Lavendel und Zitronen. Ivy schläft in ihrem Reisebettchen, Tanya sitzt auf dem bequemen mit Samt bezogenen Sofa und liest *Jane Eyre*.
»Alles in Ordnung, Soph?«, fragt Tanya. »Was ist los?«
Ich lasse mich auf das Bett aus Holz fallen und starre an die Decke. »Ich bin mir nicht sicher, aber etwas ist los.«
Tanya klappt das Buch zu. »Erzähl es Tante Tanya.«
Ich drehe mich zur Seite und stütze beide Ellbogen auf. »Ich glaube, ich habe soeben eine weitere von Marcs Exfreundinnen getroffen.«

»Echt?«

Ich nicke. »Cassandra Kilburn.«

»Die berühmte Cassandra Kilburn?« Tanya legt das Buch auf die Sofalehne. »Seit wann spielt sie in dem Film mit?«

»Seit jetzt. Sie ist in letzter Minute eingesprungen.«

»Glaubst du, zwischen ihr und Marc ist etwas gelaufen?«

Ich nicke.

»Aber sie ist doch bestimmt schon um die vierzig.«

Ich setze mich im Schneidersitz auf das Bett. »Es ist dir doch sicher auch schon mal passiert, dass du etwas auf den ersten Blick gewusst hast.«

»Aber ist das denn so schlimm?« Tanya setzt sich neben mich. »Du weißt doch, dass du nicht die Erste warst, mit der er Sex hatte.«

»Ja, aber das hier fühlt sich irgendwie anders an. Er hat mir nicht einmal gesagt, dass er etwas mit ihr hatte. Aber ich weiß es. Ganz sicher.« Ich betrachte Ivy. Sie hat die Augen geschlossen und atmet leise.

»Mist«, sagt Tanya.

»Ich werde mich jetzt um Ivy kümmern«, sage ich. »Wie wär's, wenn du dich ein bisschen in Saint-Tropez umschaust oder an den Strand gehst?«

»Musst du denn nicht arbeiten?«

»Ich werde erst heute Nachmittag gebraucht. Ich glaube, ein bisschen Zeit mit Ivy würde mir sehr guttun.«

Tanya steht auf. »Na gut. Aber gegen Mittag bin ich wieder da. Dann kannst du mit Marc zum Essen gehen.«

Ich ziehe eine Grimasse. »Ich will nicht mit Marc zum Essen gehen. Nicht im Moment.«

»Weißt du, Soph«, Tanya legt eine Hand auf das Reisebett, »manche Dinge sollte man einfach auf sich beruhen lassen. Was vorbei ist, ist vorbei und sollte am besten auch so bleiben.«

»Aber ich kann das nicht auf sich beruhen lassen.« Ich trete ans Fenster. Nadia scheint mit ihrer Besprechung fertig zu sein. Die Kameraleute bauen bereits ihre Gerätschaften um den Pool herum auf.

»Warum nicht?«

»Er ist mir nicht gefolgt, als ich das Treffen gerade verlassen habe«, murmle ich. »Das sieht ihm nicht ähnlich. Was ist, wenn er immer noch etwas für sie empfindet?«

»Sei nicht albern.« Tanya grinst. »Dieser Mann liebt dich heiß und innig. Seit Ivy da ist, hat er nur noch Augen für dich und für sie. Ehrlich, Soph, du hast keinen Grund zur Sorge.«

Leider bin ich mir da nicht so sicher.

58

Eine halbe Stunde später klopft es an der Tür.

Es ist nicht Marc, denn ich kenne sein Klopfen.

Ivy schläft noch immer, bewegt sich aber ein bisschen bei dem Geräusch. Ich decke sie zu und öffne leise die Tür.

»Ach, du bist's.« Ich trete einen Schritt zurück.

Benjamin van Rosen lehnt am Türrahmen. »Wir sind doch schon in einer halben Stunde dran. Sie wollen mit uns am Pool drehen, wusstest du das?«

Ich schüttle den Kopf und gehe zurück ins Zimmer. »Ist der Zeitplan geändert worden?«

Benjamin folgt mir. »Nadia hat mich beauftragt, dir Bescheid zu geben. Na ja – mehr oder weniger. Ich habe es ihr angeboten.«

»Warum hat Marc das nicht übernommen?« Meine Worte klingen schroffer als beabsichtigt.

Benjamin zuckt die Schultern. »Er war nicht da.«

Ich beuge mich über Ivy und glätte ihre Decke. »Wo ist er denn?«

»Keine Ahnung«, antwortet Benjamin. »Er ist einfach weg. Was ist denn los?«

»Nichts.«

»Oh, oh.« Benjamin setzt sich auf das Samtsofa. »Marc und Cassandra haben früher einen Film zusammen gedreht, stimmt's?«

»Na und?«

Er betrachtet mich prüfend mit seinen hellblauen Augen. »Manchmal fangen Schauspieler bei den Dreharbeiten etwas miteinander an.«

Ich drehe mich im Kreis, suche nach meinem Handy. »Ich muss Tanya anrufen.«

Benjamin lächelt. »Willst du mich loswerden?«

»Nein, es ist nur …« Ich schüttle den Kopf. »Ich weiß gerade nicht, was ich tue.«

»Du magst es vielleicht nicht glauben, doch ich bin ein guter Zuhörer.« Er lehnt sich auf dem Sofa zurück und breitet seine Arme auf der Rückenlehne aus.

»Danke. Aber ganz ehrlich – es gibt nichts zu sagen.«

»Cassandra hat einen Ruf.« Er überkreuzt die Beine. »Machst du dir deshalb Sorgen?«

Mein Magen zieht sich zusammen. Ich weiß, dass ich jetzt keine Fragen stellen sollte, denn die würden die Sache nur noch schlimmer machen, aber ich kann nicht anders.

Ich lasse mich auf der Sofalehne nieder. »Was meinst du damit, Benjamin?«

»Du warst offenbar nicht sehr lange in Hollywood.«

»Ich war überhaupt noch nie in Hollywood.«

»Du Glückliche.« Er klopft auf den Platz neben sich. »Setz dich zu mir.«

»Schon gut«, winke ich ab. »Und ich weiß alles über Marc«, sage ich. »Auch dass er eine gewisse Vergangenheit hat.«

Benjamins Finger trommeln auf die Rückenlehne. »Dann weißt du also auch das von Cassandra?«

»Nein«, gebe ich zu.

Er sieht mich prüfend an. »Willst du es wissen?«

»Okay.« Ich nicke.

»Sicher?«

»Nein.« Ich lasse mich neben Benjamin nieder. »Aber sag es mir trotzdem.«

»Du hast bestimmt schon mal etwas von Jessica Goldberg gehört, oder?«

»Ja.«

»Jessica und Cassandra hatten gern Spaß miteinander, wenn du verstehst, was ich meine. Zumindest ging in Hollywood das Gerücht um. Und manchmal luden sie sich den einen oder anderen jungen Mann dazu ein.«

Ich befürchte, ich weiß, worauf er hinauswill. Gleich werde ich mich übergeben müssen.

»Hey!« Benjamin legt den Arm um meine Schultern. »Ich habe keine Ahnung, ob Marc etwas mit den beiden zu tun hatte. Glaub mir, ich wollte dir nicht wehtun.«

Ich nicke benommen.

Benjamin zieht mich enger an sich. »Du hast von Cassandra nichts zu befürchten. Sie ist Mitte vierzig.«

Ich lache freudlos auf.

»Du bist millionenmal besser.« Benjamin drückt mir einen Kuss auf die Nase.

Ich stehe kurz davor, in Tränen auszubrechen.

»Trillionen-, zillionenmal.« Er küsst mich auf den Mund. Es fühlt sich an wie ein freundschaftlicher Kuss an, aber …

Als ich die Tränen wegblinzle, sehe ich Tanya in der Tür stehen. Ihr Mund steht vor Überraschung offen.

59

Ich rücke von Benjamin ab.

»Äh … Soph?« Tanya ist perplex. »Ich habe gehört, dass du gleich dran bist mit Drehen. Soll ich mich um Ivy kümmern?«

Ich nicke. Benjamin nimmt den Arm von meinen Schultern und steht auf.

»Wir sehen uns dann am Set.« Er geht an Tanya vorbei hinaus.

»Was war das denn?«, flüstert Tanya und wirft einen raschen Blick auf die Tür. »Nimm dich vor ihm in Acht, Soph. Du weißt, was man über ihn sagt.«

»Er wollte nur nett zu mir sein.« Ich lehne mich auf dem Sofa zurück. Tausende Gedanken schießen durch meinen Kopf.

»Vielleicht ein bisschen zu nett?«, sagt Tanya und kommt auf mich zu.

»Weißt du was?«, sage ich und richte mich auf. »Im Moment ist mir das völlig egal. Marc hält etwas vor mir geheim.«

»Willst du darüber reden?«, fragt sie und setzt sich neben mich.

Ich schüttle den Kopf. »Nein. Ich werde beim Dreh gebraucht, oder?«

»Aber Soph, bist du dir sicher, dass du jetzt …«

»Es geht mir gut.« Ich stehe auf. »Ich bin Schauspielerin. Unser Beruf ist es, Dinge vorzutäuschen, die nicht stimmen.«

Auf dem Weg zum Pool ist mir immer noch übel.

Nadia doziert über Beleuchtung und die richtigen Kamerawinkel. Sie sagt auch etwas zu mir, das ich aber nicht mitbekomme.

Meine Augen sind auf Cassandra gerichtet.

Sie sitzt auf einer Liege, trägt lockere Shorts und eine gepunktete Bluse im Stil der vierziger Jahre und wird gerade geschminkt.

»Wo sind die anderen?«, frage ich.

Und vor allen Dingen – wo ist Marc?

»Sie ruhen sich aus oder proben.« Nadia winkt einen Assistenten herbei, der ihr einen Stapel Unterlagen gibt. »Im Moment brauche ich nur dich und Cassandra.«

Ich schlucke. »Ich dachte, Benjamin und ich sollten …«

»Planänderung«, fällt Nadia mir ins Wort.

»Hast du Marc gesehen?«, kann ich mich nicht zurückhalten.

Nadia wühlt sich durch die Papiere. »Ich glaube, er wollte einen Spaziergang machen.«

Ach ja?

»Alles in Ordnung, Schätzchen?«, fragt sie abwesend.

Ich schlucke erneut. »Um ehrlich zu sein, geht es mir nicht sehr gut, Nadia.«

»Aber du siehst blendend aus.« Nadia nimmt ihre Sonnenbrille ab und mustert mich mit einem besorgten Blick. »Ist etwas mit Ivy?«

»Nein.«

»Dann ist doch alles bestens.« Nadia drückt mich aufmunternd. »Geh jetzt bitte schnell in die Garderobe und zieh dich um, okay?«

Eine Assistentin taucht mit einem schwarzen, weiß gepunkteten Bikini auf und drückt ihn mir in die Hand.

»Perfekt!«, ruft Nadia. »Zieh den an, und dann gehst du in die Maske.«

Ich werde zu einer behelfsmäßigen Garderobe geführt, die aus einer Zeltwand und ein paar Pfosten besteht, und die Welt verschwimmt zu einem Bild aus Spiegeln, Make-up und Haarspray.

Bevor ich weiß, wie mir geschieht, werde ich auch schon wieder zum Pool begleitet.

Cassandra beobachtet mich.

»Ich brauche dich hier«, sagt Nadia und schiebt mich in Richtung Cassandra. »Ihr zwei seid euch noch gar nicht vorgestellt worden, oder?« Sie winkt einem Crewmitglied in der Ferne. »Dort doch nicht, Herrgott noch mal!«

Nadia marschiert um den Pool herum, um einem Kameramann die Meinung zu sagen.

Unbehaglich stehe ich neben Cassandra und weiß nicht, was ich sagen soll. »Ich bin Sophia«, quäle ich schließlich heraus. »Äh … hallo.«

»Ich weiß, wer du bist.« Cassandras Blick schweift zu dem ruhigen blauen Pool. »Du bist die Ehefrau. Hat Marc dir je von unserer Geschichte erzählt?«

Eine Eidechse huscht an der weißen Pooleinfassung aus Stein entlang, direkt an Cassandras Liege vorbei.

»Marc ist mein Mann«, sage ich, nach den richtigen Worten suchend. »Wenn du früher etwas mit ihm hattest, will ich nichts davon wissen.«

Cassandra lacht. »Ich muss zugeben, dass du mich faszinierst. Für mich hätte er sich nie so verändert.«

»Ich finde nicht, dass so eine Unterhaltung angebracht ist«, sage ich mit zitternder Stimme.

»Filme sind schon etwas Seltsames«, sinniert Cassandra. »Hier bin ich nun und spiele deine Mutter, und dabei habe ich im echten Leben deinen Mann gevögelt.«

O Gott.

Ich starre sie an. Mein Magen rebelliert immer stärker.

»Was ist los?«, fragt Cassandra und mustert mich aus ihren dunklen Augen.

»Ich …« Mein Mund ist trocken. Ich will schlucken, aber es geht nicht. »Entschuldige mich kurz.«

Ich wende mich erst nach links, dann nach rechts und stolpere fast über meine eigenen Füße. Schließlich entscheide ich mich für eine Richtung und laufe davon.

Vorbei am Pool, vorbei an den Bungalows, über den Rasen, Richtung Strand. Sie hat gewonnen. Marc ist weg, und sie hat gewonnen.

60

Ich starre auf die Wellen, die unter einer orangeroten Sonne an den Strand schwappen.

In der Ferne schaukeln ein paar Jachten im Meer.

Ich lege die Hände vors Gesicht, sinke in den Sand und lasse meinen Tränen freien Lauf. Heiß, wie sie sind, verwandelt die Sonne sie sofort zu Salz.

Als ich nicht mehr weinen kann, ziehe ich Socken und Sneakers aus und wandere am Strand entlang. Meine Zehen versinken im weichen, feuchten Sand, und schreckliche Gedanken und Gefühle wüten in mir.

Das ist schrecklich erniedrigend. Wie kann ich bei einem Mann mit einer solchen Vergangenheit bleiben?

Warum ist er mir nicht gefolgt, als ich in die Villa gegangen bin?

Ich muss schon etliche Meilen gelaufen sein, als mir klar wird, dass Wegrennen keine Lösung ist. Schließlich muss ich den Film machen und habe ein Baby, um das ich mich kümmern muss.

Als ich mich auf den Rückweg machen will, entdecke ich weit draußen im Meer einen Schwimmer.

Ich lege mir die Hand über die Augen und sehe, wie starke Arme durch das Wasser pflügen, den Wellen zum Strand folgend.

Es ist …

Es ist Marc.

Wie angewurzelt bleibe ich stehen und beobachte, wie er näher kommt. Sein schlanker Oberkörper glitzert nass in der Sonne.

Ich will weg, aber meine Beine gehorchen mir nicht.

Als Marc nur noch wenige Meter von mir entfernt ist, richtet er sich auf und kommt mit großen Schritten auf mich zu. Er schüttelt den Kopf, Wassertropfen fliegen durch die Luft. Sein Körper ist einfach unglaublich. Muskulös, lange Glieder, starke Arme, ein stahlhartes Kinn, durchdringende blaue Augen.

»Sophia«, knurrt er, »was machst du so weit entfernt von der Villa? Hier könnten dir Fotografen auflauern und …«

»Fotografen sind mir scheißegal!«, schreie ich. »Wo warst du? Wie konntest du mich einfach verlassen?«

Seine Füße berühren den Sandstrand. »Ich bin nicht weggegangen. Das warst du.«

Ich stemme aufgebracht die Hände in die Hüften. »Du hättest mir folgen können.«

Er marschiert auf mich zu. »Ich dachte, du brauchst ein wenig Zeit für dich selbst.«

»Falsch. *Dich* habe ich gebraucht.« Wütend wische ich mir Tränen von den Wangen.

Er greift nach dem Klamottenhaufen, der nicht weit entfernt von mir liegt. »Das stimmt nicht. Mich hättest du am allerwenigsten gebraucht.«

»Was ist zwischen dir und Cassandra passiert?« Meine Augen finden seine.

»Sophia …«

»Sag es mir«, verlange ich. »Erzähl mir jedes hässliche, schmutzige, widerliche Detail.«

Marc angelt ein faltiges graues T-Shirt vom Sand und zieht es sich über den Kopf. »Das ist keine gute Idee.«

»Findest du nicht, dass ich es verdient habe, über meinen Ehemann Bescheid zu wissen?«

»Es ist sinnlos, darüber zu reden.« Marc streicht das Shirt über seiner Brust glatt. »Meine Vergangenheit ist … meine Vergangenheit. Das habe ich schon zahllose Male versucht, dir zu erklären. Ich bin nicht stolz darauf, wie ich damals war, aber ich kann es nicht ändern.« Er geht den Strand in Richtung Villa zurück.

»Ich will es trotzdem wissen«, sage ich und muss mich anstrengen, um mit ihm Schritt zu halten. »Sag es mir. Selbst Benjamin weiß mehr als ich. Er hat erzählt, dass Cassandra eine Freundin namens Jessica hatte, und … und …« Ich kann den Satz nicht beenden.

Marc bleibt stehen. »Als ich Cassandra kennenlernte, war ich sehr jung. Jung und dumm.« Er dreht sich zu mir. »Sie hat ein Bedürfnis befriedigt, das ich hatte. Aber das Bedürfnis ist immer größer geworden. Es wurde nie richtig gestillt. Ich war nie erfüllt, bis ich dich kennenlernte. Soll ich völlig ehrlich sein? Das, was ich mit ihr hatte, kam wohl dem, was man landläufig als Beziehung bezeichnet, am nächsten – bis ich dir begegnet bin.«

»Hast du sie geliebt?«

Marc stößt ein freudloses Lachen aus. »Nein, ich habe sie nicht geliebt. Meistens mochte ich sie nicht mal besonders gern.«

»Aber warum hast du dann …?«

»Mit ihr geschlafen?« Er schaut auf das Meer hinaus. »Ich habe mit vielen Frauen geschlafen, an denen mir nichts lag.«

»Nein. Ich will wissen, warum du dann eine Beziehung mit ihr gehabt hast.« Mein Magen beginnt wieder zu rumoren.

»Sie hat etwas in mir gesehen.« Er schüttelt sein nasses Haar. »Sie hat mir gezeigt … Vermutlich hat sie mir gezeigt, wie ich so sein kann, wie ich bin.«

»Sie hat dich dazu gebracht …«

»Richtig. Sie hat mich dazu gebracht, sie zu dominieren.« Er dreht sich wieder zu mir. »Und es ist auch richtig, dass manchmal eine andere Frau dabei war. Bei Cassandra war alles möglich. Nichts war verboten. Willst du das wirklich hören? Ich habe Dinge mit ihr getan, die ich niemals mit dir tun würde oder könnte. Dinge, für die ich mich schäme, wenn ich an sie denke.«

Mich fröstelt. »Sie begehrt dich immer noch.«

»Das glaube ich nicht. Ich war nur ein Spielzeug für sie, eines von vielen. Ein sechzehn Jahre altes Spielzeug, mit dem sie ihren Spaß hatte. Jetzt bin ich ein erwachsener Mann.«

»Wenn du sie nicht getroffen hättest …«

»Dann wäre ich trotzdem so, wie ich bin.« Seine Augen blicken jetzt sanfter, und er legt mir eine Hand auf die Schulter. »Sie hat mich bloß dazu gebracht, dass ich diese Seite an mir akzeptiere. Ohne sie … Mein Gott, ich weiß es nicht. Auf die eine oder andere Weise wäre sie sowieso zum Vorschein gekommen.«

Ich lege meine Hand auf seine. »Ich kann nicht mit ihr drehen, Marc. Ich kann es einfach nicht.«

Er nickt. »Ich werde mit Nadia reden.«

»O Gott.« Ich schließe die Augen. »Wenn du das tust, wird Cassandra wegen mir rausgeworfen. Das ist auch nicht fair.«

»Es liegt einzig und allein an dir, Sophia.« Sein Daumen streichelt meine Schulter. »Ich rede gern mit Nadia, sobald wir zurück sind. Du magst es glauben oder nicht – aber auch ich bin nicht besonders froh darüber, mit Cassandra zusammenarbeiten zu müssen.«

Plötzlich fällt es mir wie Schuppen von den Augen. »Cassandra ist nicht die Einzige, die zu deiner Vergangenheit gehört, stimmt's?«

»Was meinst du damit?«

»Es werden immer wieder Frauen auftauchen. Sigourney und Gott weiß, wer noch.«

»Vielleicht.«

Ich lasse seine Hand los. »Ich bin mir unsicher, ob ich damit umgehen kann.«

»Und ich dachte, du hättest mich verstanden. Ich habe dir gegenüber von Anfang an keinen Hehl daraus gemacht, was für ein Mann ich früher war.«

»Jetzt ist alles anders. Wir haben Ivy.« Ich weiche einen Schritt von ihm zurück, sodass seine Hand von meiner Schulter gleitet. »Ich weiß nicht, Marc. Ich weiß nicht, ob ich damit leben kann, nicht zu wissen, wer wann als Nächste aus deiner Vergangenheit auftaucht. Das ist die reine Folter.«

»Sophia …«

»Ich glaube, ich brauche jetzt wirklich etwas Raum für mich.« Langsam drehe ich mich um.

»Den wollte ich dir doch geben, indem ich dich allein gelassen habe.«

»Nein, ich meine richtigen Raum. Ich … ich möchte, dass du aus unserem Zimmer ausziehst, bis ich mir klarer über die Dinge geworden bin.«

Marcs Kieferpartie verhärtet sich. »Wenn du meinst, dass das der richtige Weg ist …«

61

Am Abend werden Marcs Sachen aus dem Haupthaus in eine kleine, aber luxuriöse Villa nahe dem Strand gebracht.

Ich beobachte aus dem Fenster, wie Angestellte sein Gepäck durch die Anlage tragen. Ich will ihn nicht bestrafen, und es tut mir entsetzlich leid, dass er in nächster Zeit Ivy nicht so häufig sehen wird, aber ich muss über eine Menge nachdenken.

Keine Zwänge. Keine Grenzen. Jessica …

Ich habe Jessica Goldberg jahrelang immer wieder im Fernsehen gesehen. Sie ist hübsch, wirkt kokett, frech. Amerikas Liebling.

Ich dachte immer, es würde nichts mehr aus Marcs Vergangenheit geben, was mich verletzen könnte. Aber es hört einfach nicht auf.

Kann ich damit umgehen? Ein Ehemann, der so viele Leichen im Keller hat? Und wie kann er bei seiner Vergangenheit mit mir zufrieden sein?

Ich wiege Ivy in den Armen. Tränen laufen mir das Gesicht hinunter.

Meine Tochter ist wach und blinzelt mich an. Ein unglaublicher Drang, für ihre Sicherheit zu sorgen und sie vor allen schrecklichen Dingen zu bewahren, überkommt mich.

Heißt das, dass ich ihren Vater verlassen muss?

Der Gedanke schmerzt am meisten – die Erkenntnis, dass ich Marc Ivy zuliebe vielleicht verlassen sollte.

Es klopft leise an der Tür. Ich reagiere nicht, denn ich will jetzt niemanden sehen.

»Hör mir zu, Sophia Rose«, erklingt Toms Stimme gedämpft durch die Tür. »Ich habe mich in einen winzigen Aufzug gezwängt, um hier heraufzukommen und mit dir zu reden. Also sei bitte so freundlich und mach auf.«

Gewöhnlich bringt Tom mich zum Lächeln, aber heute ist seine Mühe vergebens.

»Worüber beschwerst du dich eigentlich, Tom?«, höre ich Tanyas ebenso gedämpfte Stimme. »Ich musste mich genauso in den Aufzug zwängen, und du hattest immerhin einen bequemen Sitzplatz.«

»Manche Leute würden eine Stange Geld dafür bezahlen, mit dem berühmten Tom Davenport kurzzeitig in einem engen Raum gefangen zu sein«, gibt Tom zurück. »Wusstest du eigentlich, dass man meinen Rollstuhl auch als ausgezeichneten Rammbock verwenden kann, Sophia? Lass uns rein, oder ich blase zum Angriff.«

Zögernd öffne ich.

»Endlich!« Tom rollt in den Raum. »Du bist nicht tot. Das ist immerhin etwas.«

»Wie geht es Ivy?«, fragt Tanya besorgt.

»Gut«, sage ich.

»Und dir?«, dröhnt Tom.

»Nicht so gut«, gebe ich zu und berühre Ivys Reisebettchen.

Tom fährt mit seinem Rollstuhl auf mich zu und legt mir eine Hand auf den Arm. »Liebes, was ist los? Tanya denkt, es hätte etwas mit einer von Marcs Exfreundinnen zu tun hat, aber ich bin der Meinung, dass du dich niemals wegen solcher Albernheiten aufregen würdest.«

»Von Albernheiten kann nicht die Rede sein, wenn ich ernsthaft überlege, mich vom Vater meines Kindes scheiden zu lassen.« Traurig sehe ich Ivy an.

»Komm schon, Sophia«, sagt Tom. »Das ist doch nicht dein Ernst. Du und Marc – ihr seid füreinander geschaffen.«

»Ich liebe ihn.« Sanft streichle ich über das Bettchenpolster. »Aber ich habe Angst. Was wird noch auf mich zukommen? Wie viel kann ich verkraften? Und was ist, wenn Ivy älter ist? Ich möchte nicht, dass sie mit diesen Dingen belastet wird.«

»Ich will ja nicht zu neugierig sein«, sagt Tom, »aber irgendwie habe ich den Eindruck, dass ich etwas übersehen habe. Würde mich mal jemand aufklären?«

»Marc hatte etwas mit Cassandra Kilburn«, sagt Tanya und setzt sich auf das Bett.

»Nein! Echt jetzt?« Tom sieht sie überrascht an. »Aber sie ist – na ja, ihr wisst schon – steinalt.«

»So alt nun auch wieder nicht«, erwidert Tanya. »So um die vierzig, denke ich mal. Und das Alter sieht man ihr wahrhaftig nicht an.«

»Danke, dass du mich daran erinnerst«, murmle ich.

»Tut mir leid«, meint Tanya. »Du kennst mich doch, ich rede, wie mir der Schnabel gewachsen ist.«

»Aber das ist doch sicher schon eine Ewigkeit her, oder?«, fragt Tom.

»Es fühlt sich bestimmt nicht so an, wenn man plötzlich damit konfrontiert wird«, meint Tanya.

»Und wenn man mit der Frau zusammen in einem Film spielen soll«, füge ich hinzu.

»Ich will jetzt wirklich nichts Falsches sagen«, Tom nimmt meine Hand, »aber ich vermute mal, dass jeder extrem attraktive, berühmte Mann ein paar Frauen in seinem Leben hatte. Du hast doch nicht etwa gedacht, dass du die erste und einzige warst, oder?«

»Ich wusste natürlich, dass ich das nicht war«, erwidere ich. »Aber in diesem Fall … Ich weiß nicht. Dass die beiden ein Verhältnis hatten, ist nicht alles. Cassandra hat Marcs dunkle Seiten erweckt und ans Tageslicht gebracht.«

»Aha.« Tom lässt schelmisch seine Augenbrauen wackeln. »So wie Tanya das bei mir macht.«

»Das ist ja wohl eher umgekehrt.« Tanya lacht. »Aber trotzdem, Soph: Tom hat recht. Marc war bestimmt mit einer Menge von Frauen zusammen. Ich bin mir sicher, dass er währenddessen alle möglichen Vorlieben kennengelernt hat. Es ist schrecklich, ich weiß, aber die Vergangenheit ist vergangen.«

»Diese Frauen tauchen ständig in meinem Leben auf«, sage ich. »Sogar in den Filmen, bei denen ich mitspiele.«

»Du könntest aufhören, Filme zu machen«, schlägt Tom vor.

»Das kann sie nicht«, entgegnet Tanya. »Sie ist Schauspielerin, Filme gehören zu ihrem Leben.«

»Ivy gehört zu meinem Leben«, verbessere ich sie. »Und gleich danach kommt Marc. Zumindest dachte ich, dass es so ist. Aber ich kann so nicht weitermachen. Ich kann nicht ständig leiden. Es ist schrecklich erniedrigend, immer wieder diese Geschichten zu hören, und ich habe das Gefühl, dass alle über mich reden.«

»Ich habe nichts davon gewusst«, sagt Tom.

»Und ich wusste es nur, weil du es mir erzählt hast«, fügt Tanya hinzu.

»Vorhin war Benjamin da«, sage ich. »Er hat es mir erzählt – die Sache mit Marc und Cassandra und einer weiteren Frau.«

»Das war aber nicht nett von ihm«, meint Tanya. »Er hätte die Klappe halten sollen.«

»Vielleicht«, stimme ich ihr unsicher zu. »Aber ich bin froh, dass ich jetzt Bescheid weiß.«

»Wirklich?«, fragt Tom nach. »Ich finde auch, dass man über manche Dinge besser nicht reden sollte.«

»Du hast ein Baby mit Marc«, sagt Tanya. »Ihr werdet die Sache schon klären, dessen bin ich mir ganz sicher. Gib dir einfach ein bisschen Raum und Zeit. Du hast eine unschöne Überraschung erlebt, aber du wirst darüber hinwegkommen. Wie wär's, wenn du heute Abend mal ausgehst, ein bisschen was trinkst und deine Sorgen vergisst?«

»Ich bin dazu nicht aufgelegt, und außerdem muss ich mich um Ivy kümmern.«

»Ich übernehme das«, sagt Tanya und geht zum Bettchen. »Und du kannst mit Jen und Tom ausgehen. Es macht mir wirklich nichts …«

Ich schüttle den Kopf. »Ich bin einfach zu niedergeschlagen.«

»Aber Tanya hat recht, Soph«, meint Tom. »Es wird dir guttun, mal rauszukommen. Du stehst vor einer schwierigen Entscheidung. Wenn du hier rumsitzt und vor dich hin grübelst, wird sie dir nicht unbedingt leichterfallen.«

Doch ich bleibe standhaft. »Vielleicht ein andermal.«

62

Als Tom und Tanya weg sind, ziehe ich die Vorhänge zu, obwohl es draußen noch hell ist.

Ich lege Ivy in ihr Bettchen und gehe auch selbst ins Bett. Am liebsten würde ich nur noch schlafen, doch ständig schwirren mir Gedanken an Marc und Cassandra durch den Kopf.

Als ich überlege, aufzustehen und mir ein Glas Wasser zu holen, höre ich jemanden im Treppenhaus.

Aber es ist nicht Marc. Ich kenne das Geräusch seiner Schritte genauso wie sein Klopfen.

»Wer ist da?«, rufe ich.

Die Tür geht auf, und Jen steht auf der Schwelle. Eine Hand hat sie in die Hüften gestemmt, über ihrem anderen Arm hängt eine Plastiktüte aus der Reinigung.

»Du liegst im Bett?«

Ich reibe mir die Augen. »Na und?«

»Das geht jetzt noch nicht.« Sie marschiert in den Raum. »Es ist erst kurz nach neun.«

Ich richte mich auf. »Ich hatte einfach auf nichts anderes Lust.«

»Tanya hat mir alles erzählt.« Jen wirft die Tüte aufs Bett. »Du und ich, wir beide gehen jetzt aus und gönnen uns ein paar Cocktails. Ich habe dir ein Kleid mitgebracht. Du kannst es behalten, wenn ich ein Foto von dir darin machen darf. Los geht's, auf in die Stadt!«

»Nein, Jen.« Entschlossen wickle ich mich in die Bettdecke. »Ich will wirklich nicht.«

»Natürlich.« Sie setzt sich neben mich auf das Bett. »Dir geht es nicht gut. Aber das werden wir ändern. Herrgott noch mal, du bist in Saint-Tropez! Zusammen mit deiner guten Freundin Jen, die dir jetzt zeigen wird, wie man ein bisschen Spaß haben kann.«

»Jen …«

Sie legt einen Arm um meine Schulter.

»Ich weiß, dass es dir bescheiden geht. Aber Ivy braucht keine niedergeschlagene Mutter. Komm mit, nur auf ein paar Drinks. Und nebenher überlegen wir uns, was zu tun ist, okay? Tanya wartet schon darauf, Ivy zu übernehmen.«

»Ich weiß nicht.« Ich reibe meine vom Weinen geröteten Augen.

»Ich akzeptiere kein Nein. Spar dir die Zeit, sag einfach Ja.«

In einem weich fließenden, schulterfreien grauen Seidenkleid steige ich aus der Limousine auf das noch immer sonnenwarme Pflaster von Saint-Tropez.

Jen sieht in einem maßgeschneiderten cremefarbenen Hemdkleid wie immer perfekt aus.

»Ich kann es kaum fassen, dass du es geschafft hast, mich dazu zu überreden«, sage ich, als wir uns in die Menge aus jungen, reichen und elegant gekleideten Menschen stürzen.

»Und ich kann es kaum fassen, wie schön du in diesem Kleid aussiehst«, sagt Jen. »Der Designer wird über die Fotos sehr, sehr glücklich sein.«

In der abendlichen Hitze schwirren laute Stimmen durcheinander, Champagner und Cocktails fließen in Strömen.

Jen richtet mir schnell die Haare. »Sieh dich an – die perfekte Saint-Tropez-Prinzessin. Ich wette, die Leute werden dich mit einem Model für Chloé oder so verwechseln. Bestimmt wird eine französische Agentur dich unter Vertrag nehmen wollen.«

Ich zupfe befangen an meinen Haaren herum. »Wohl kaum.«

»Komm mit.« Jen packt mich am Arm und führt mich durch die belebten Straßen. »Die beste Party steigt heute Abend bei einem meiner Klienten, mit dem ich auch befreundet bin. Hier geht's lang.«

63

Am Hafen ist sofort klar, wo die Party stattfindet.

Eine riesige Luxusjacht ist hell erleuchtet. Laute Musik dröhnt zu uns herüber.

Schöne Mädchen schwimmen im Wasser nahe dem Schiff und lachen und kreischen, wenn sie von Männern auf dem Deck mit Champagner begossen werden.

Jen hakt sich bei mir ein und geht selbstbewusst über den Steg. Den Angestellten einer Sicherheitsfirma winkt sie einfach weg.

»Wenn diese Party dich nicht aufheitert, bin ich mit meiner Vernunft am Ende«, sagt sie und nimmt zwei Gläser roséfarbenen Champagner vom Tablett einer Bedienung, die nur einen Bikini trägt.

»Ich weiß nicht, Jen.« Lärm und Eindrücke über Eindrücke stürmen auf mich ein. »Ich glaube nicht, dass das jetzt das Richtige für mich ist.«

»Das wird schon, wenn du nur ein bisschen beschwipst bist. Glaub mir.« Sie hält mir ein Glas entgegen.

»Ich kann mich nicht betrinken«, wehre ich ab, nehme aber das Glas. »Ich muss morgen arbeiten.«

»Sei nicht albern«, schnaubt Jen. »Es gibt eine Menge Schauspieler, die vor den Dreharbeiten gern feiern. Entspann dich mal. Du musst lockerer werden. Komm schon, auf ex.« Sie leert ihr Glas in einem Zug. »Und jetzt du«, drängt sie.

Zögernd betrachte ich mein Glas. »Ich habe ein Baby, ich kann kein Glas mehr auf ex trinken.«

»Doch, das kannst du«, herrscht Jen mich an. »Nur heute Abend. Du musst dich unbedingt ein bisschen ablenken. Es geht um deine psychische Gesundheit.«

»Na gut.« Meine hedonistische Seite gewinnt die Oberhand, und ich leere das Glas tatsächlich in einem Zug.

»So ist's gut«, lobt Jen. »Und nun tanzen wir.«

»O mein Gott.« Ich sehe eine Cocktailbar, einen Whirlpool und einen Swimmingpool. »Und das alles auf einer Jacht!«

Sonnengebräunte Männer und Frauen sitzen auf weißen Ledersofas, nippen an ihren Drinks und tanzen auf der auf Hochglanz polierten hölzernen Tanzfläche.

»Tja«, meint Jen lakonisch. »Wer kann, der kann …«

Eine halbe Stunde später hüpfen Jen und ich Rücken an Rücken, füllen uns gegenseitig mit Champagner ab und grölen die Hits mit.

»Du hast recht«, schreie ich gegen die stampfende Musik an. »Ich musste wirklich mal loslassen.«

»Hab ich dir doch gesagt«, erwidert Jen. »Geht es dir besser?«

»Ein bisschen«, beschließe ich. »Ich sehe Licht am Ende des Tunnels.«

»Die Zeit heilt alle Wunden«, meint Jen.

»Vielleicht.« Ich nehme ein weiteres Glas Champagner, das mir ein Mann in einem T-Shirt mit V-Ausschnitt von Ralph Lauren anbietet.

»Verzeihen Sie«, sagt er hoffnungsvoll lächelnd zu mir, »aber sind Sie Model?«

Sein braunes Haar ist von der Sonne gebleicht. Er ist tiefdunkel gebräunt und klingt nach Westlondoner Oberschicht – jemand, der bestens auf diese Jacht passt.

Ich lache. »Nein.«

»Aber sie könnte es sein«, bringt sich Jen ein. »Ich kenne Sie doch. Sie sind Sebastian Blatch, oder?«

Der Mann schüttelt den Kopf. »Sebastian ist mein Bruder.«

»Dann sind Sie Tobias.« Jen lächelt ihn strahlend an. »Ich bin Jen. Ihnen gehört die Wahu-Kette, stimmt's? Laufen die Geschäfte gut?«

»Ja, wir nähern uns allmählich dem Punkt.« Er schaut mich wieder an. »Jen, wären Sie so nett, mich Ihrer Freundin vorzustellen?«

»Na klar.« Jen strahlt. »Tobias, das hier ist Sophia, meine allerbeste Freundin.«

»Und die allerschönste Frau auf diesem Schiff«, sagt Tobias und starrt mich unentwegt an.

Verlegen spiele ich mit meinen Haaren.

»Darf ich euch beide zu uns in die Kabine einladen?«, fragt Tobias.

»O nein, vielen Dank«, erwidere ich und wende mich wieder der Tanzfläche zu. Aber dann sehe ich an der Bar eine Person, bei deren Anblick meine wiedererlangte Balance ins Wanken gerät.

Cassandra.

64

Cassandra Kilburn steht an der Bar, nippt an einem Martini und pafft elegant eine Zigarette mit goldfarbenem Filter.

Jen folgt meinem Blick. »O nein, die Schlampe.«

»Ich will gehen«, sage ich.

»Du gehst jetzt nirgendwo hin«, bestimmt Jen. »Komm bloß nicht auf die Idee, die Party wegen dieser alten Kuh zu verlassen. Warum willst du wegrennen? Warum dich nicht deinen Ängsten stellen? Morgen wirst du mit ihr drehen müssen.«

»Morgen ist erst morgen.«

»Sophia Rose«, Jen stemmt eine Hand in ihre wohlgeformte Taille, »du wirst diese Wahnsinnsparty nicht wegen einer aufgetakelten Alten verlassen, die in grauen Vorzeiten mit deinem Mann geschlafen hat.«

»Jen«, zische ich, »nicht so laut! Und sie hat nicht einfach nur mit ihm geschlafen. Ich wünschte, es wäre so simpel.«

»Du bist diejenige, die jetzt und heute mit ihm verheiratet ist, vergiss das nicht«, meint Jen.

Auf der gegenüberliegenden Seite der Tanzfläche hat mich nun auch Cassandra bemerkt und lächelt ein Schauspielerlächeln.

Ich bin verwirrt und weiß nicht, wohin ich blicken soll.

»Wen oder was sieht sie eigentlich an?«, knurrt Jen.

»Mich«, erkläre ich.

»Hey!«, schreit Jen und macht sich auf den Weg über das Deck.

»O Gott, Jen, tu es nicht!«, rufe ich ihr hinterher und eile ihr nach. »Sag nichts. Bitte!

Doch Jen marschiert geradewegs auf Cassandra zu. »Ich würde gern mal mit Ihnen reden«, platzt sie heraus und knallt ihr Champagnerglas auf den Tresen.

Ich zucke zusammen.

Cassandra blinzelt träge. »Ich habe keine Ahnung, wer Sie sind.«

Jen starrt sie feindselig an. »Mein Name ist Jen. Ich bin Sophias Freundin.«

»Kann Sophia nicht für sich selbst sprechen?«, spottet Cassandra mit einem katzenhaften Lächeln.

»Jen!«, sage ich und packe sie am Arm. »Alles ist gut. Ehrlich!«

»Sie hatten mal was mit Marc Blackwell, stimmt's?«, brüllt Jen jetzt.

O mein Gott. Am liebsten würde ich mir Augen und Ohren zuhalten.

»Stimmt«, erwidert Cassandra kühl.

»In der Anwesenheit seiner Ehefrau«, faucht Jen, »würde es die Höflichkeit gebieten, nicht darüber zu reden.«

Cassandra zuckt mit den Schultern. »Der Begriff Ehefrau bedeutet mir nichts. Niemand wird je das haben, was Marc und ich hatten.«

Autsch. Ihre Worte tun weh.

Die Musik hämmert weiter, doch die Hälfte der Leute auf der Tanzfläche steht reglos da und starrt uns an.

»Komm schon, Jen«, sage ich leise und ziehe sie am Arm. »Gehen wir.«

Doch Jen lässt nicht locker. »Wollen Sie mich verarschen?«, brüllt sie. »Es geht um den Ehemann meiner Freundin. Lassen Sie Ihre Krallen von ihm.«

»Ich brauche gar keine Krallen.« Cassandra stellt ihr Glas ab. »Marc hat von Anfang an mir gehört. Es ist nur eine Frage der Zeit, bis er zu mir zurückkehrt. Und jetzt entschuldigen Sie mich bitte.«

Sie winkt einem Kellner zu, und er eilt mit ihrem weißen Pelzmantel herbei.

Cassandra schlüpft in die Ärmel. »Und richten Sie Marc doch bitte aus, dass er auf mich warten soll. Ich bin gleich da.«

Arrogant lächelnd stolziert sie davon.

Ich presse die Hand auf den Mund. Tränen steigen mir in die Augen.

»Glaub bloß nicht diesen Mist!«, knurrt Jen und starrt Cassandra böse nach. »Er liebt dich. Das ist der wahre Marc. Alles davor waren nur Experimente. Hast du nicht gerade selbst noch gesagt, dass es an der Zeit ist, zu vergessen und zu vergeben?«

Verzweifelt umklammere ich mein Champagnerglas. »Ich fühle mich, als hätte mich soeben ein Bus überfahren.«

»Marc war ein Teenager, als er Cassandra kennenlernte«, sagt Jen. »Er war zu jung, um es besser zu wissen.«

»Bitte lass uns jetzt gehen.« Ich stelle mein Glas auf den Tresen. »Ich muss mit Marc reden.«

65

In der Villa schleiche ich leise ins Obergeschoss, um nach Ivy zu sehen. Jen geht auf die Toilette.

Das Schlafzimmer ist dunkel. Ich rechne damit, dass Tanya auf der Schlafcouch liegt, aber sie ist nirgendwo zu sehen.

O mein Gott. Ivy!

Ich stolpere fast über meine eigenen Füße, als ich zu ihrem Bettchen haste.

Dem Himmel sei Dank. Mit in den Mund gestecktem Daumen schläft mein Baby tief und fest.

Aber wo um alles in der Welt steckt Tanya? Sie würde Ivy doch nie alleine lassen.

»Sophia.« Marcs Stimme dröhnt durch die Dunkelheit. Ich sehe seine schwarze Gestalt starr in einem Sessel sitzen. Der Mond beleuchtet seine markanten Wangenknochen.

»Marc.« Überrascht halte ich mich an Ivys Bettchen fest. »Was machst du hier?«

»Ich warte auf dich.«

»Das hättest du nicht tun müssen. Wo steckt Tanya?«

»Ich habe sie gerade abgelöst.« Marc erhebt sich. »Die bessere Frage lautet aber: Wo hast du gesteckt?«

»Ich war mit Jen aus.«

»Nur mit Jen?« In der Dunkelheit fühle ich seinen prüfenden Blick auf mir.

»Wir waren auf einer Party«, antworte ich. »Es waren noch eine Menge anderer Leute da.«

»Cassandra hat es mir erzählt«, erwidert er.

Mir wird schlecht. »Du hast mit ihr geredet?«

»Sie wollte mich sprechen.«

Ich packe ein Kissen und schleudere es ihm entgegen.

Marc fängt es und legt es auf einen Stuhl. »Ich will wissen, was heute Abend passiert ist.«

»Das war mein erster Ausgehabend seit Ivys Geburt. Es ist kurz nach zwölf. Wenn man bedenkt, in welche Richtung du in letzter Zeit mein Leben beeinflussen wolltest, hätte ich eher vermutet, dass du froh darüber bist, wenn ich mich ein bisschen entspanne. Ich kann es nicht glauben, dass …«

»Auf dieser Party waren eine Menge Drogen im Umlauf«, fällt Marc mir ins Wort und kommt auf mich zu. Seine Kinnpartie ist angespannt. »Du hast dich in Gefahr gebracht. Wenn du nicht alt genug bist, deinen Umgang klug auszuwählen, solltest du besser zu Hause bleiben.«

»Wir haben bloß ein paar Gläser Champagner getrunken«, sage ich trotzig und sehe ihm direkt in die Augen. »Wie kommst du überhaupt dazu, mir zu sagen, ich sollte zu Hause bleiben?«

»Ich bin dein Mann.«

»Wie kannst du es wagen, mir vorzuschreiben, was ich zu tun habe, nachdem du dich mit deiner Exfreundin amüsiert hast?«, rege ich mich auf.

»Wir haben uns nicht amüsiert«, entgegnet Marc. »Sie wollte mir etwas sagen. Wir haben nur kurz geredet, mehr ist nicht passiert.«

Er klingt kühl und gelassen, so als wäre sonst alles in bester Ordnung.

Aber in meiner Brust explodiert ein Feuerwerk. Wütend schüttle ich den Kopf. »Und ich war bereit, dir zu verzeihen.«

»Cassandra hat sich Sorgen gemacht«, knurrt Marc.

»Sorgen? Wohl kaum«, erwidere ich, wobei ich meine Wut nur noch schwer im Zaum halten kann. »Sie will dich wieder an sich binden.«

Marc wendet sich dem Fenster zu, durch das der Mond hereinscheint. »Ich habe ihr klipp und klar erklärt, dass ich keinerlei Absichten habe, die Vergangenheit wiederaufleben zu lassen.«

Ivy bewegt sich in ihrem Reisebettchen.

»Wie seid ihr überhaupt auf dieses Thema gekommen?«, zische ich.

»Es war … notwendig.« Er dreht sich zu mir um. »Aber wir schweifen ab. Im Moment mache ich mir Sorgen über dein Verhalten.«

»Rede nicht mit mir, als wäre ich ein Kind.«

»Dann benimm dich nicht so.« Er geht zum Bett und schlägt die Decke zurück. »Es ist spät, und du hast getrunken. Schlaf dich aus. Vielleicht bist du morgen früh ein bisschen vernünftiger.«

»Sag mir nicht, was ich tun soll«, gebe ich trotzig zurück und setze mich mit verschränkten Armen auf das Samtsofa. »Ich gehe ins Bett, wenn ich müde bin. Und du kannst jetzt verschwinden. Ich will sogar, dass du verschwindest.«

»Wie du meinst. Dann lass ich dich mal mit deinem Wutanfall allein.« Marc geht zum Reisebettchen und legt seine Hand noch kurz sanft auf Ivys Brust, bevor er hinausmarschiert.

Als die Tür zugeht, sinke ich aufs Bett und breche in Tränen aus.

Ein paar Minuten später höre ich Jens Stimme.

»Soph?«, sagt sie leise neben dem Bett. »Ich habe ein paar Bruchstücke eures Gesprächs mitbekommen. Ich wollte nicht lauschen, sondern nur kurz nach dir sehen. Möchtest du, dass ich bei dir bleibe?«

Ich schüttle den Kopf. »Lass mich einfach nur allein.«

66

In dieser Nacht schlafe ich nicht gut. Jedes Mal, wenn Ivy sich bewegt oder etwas murmelt, wache ich auf.

Immer wieder denke ich über das aufgebrachte Gespräch zwischen mir und Marc nach.

Wie konnte er es wagen, mir vorzuhalten, dass ich ausgegangen bin, wenn seine Exfreundin ihn noch spätabends besucht hat?

O Gott. Ich bin so zornig, dass ich kaum einen klaren Gedanken fassen kann. Bilder von Cassandra, wie sie in ihrem Pelzmantel und mit ihren roten Krallen vor der Tür von Marcs Villa steht, schießen mir durch den Kopf.

Wie kommt er dazu, mit ihr zu reden? Weiß er denn nicht, wie sehr mich ihre Anwesenheit belastet?

Ich war bereit, die Sache zu vergessen und ihm zu verzeihen. Aber jetzt bin ich mir nicht mehr sicher, was ich tun soll.

Doch Marc gehen zu lassen – würde ich das je schaffen?

Aber alles ist besser als diese Qualen. Die Eifersucht frisst mich von innen heraus auf.

Ivy schmatzt im Schlaf. Ich lege die Hand auf ihren Rücken und betrachte sie.

Marc ist die Liebe meines Lebens. Es wird nie mehr jemanden

wie ihn geben. Nie wieder. Aber wenn er mit Cassandra zusammen sein will …

Hör auf mit diesem Quatsch. Das ist doch völlig verrückt!

Aber ich kann den Gedanken keinen Einhalt gebieten.

Was ist, wenn Marc und Cassandra noch etwas füreinander empfinden? Was, wenn sie ihm etwas geben kann, was außerhalb meiner Möglichkeiten liegt?

»Sophia, wach auf!«

Eine Hand rüttelt meine Schulter.

Schläfrig schlage ich die Augen auf und blicke in Tanyas besorgtes Gesicht.

»Wie spät ist es?«, frage ich erschrocken und richte mich auf. Mein Blick sucht nach Ivy. Erleichtert stelle ich fest, dass sie noch schläft.

»Noch ziemlich früh.« Tanya hockt auf der Bettkante. »Aber du musst das vor allen anderen sehen.«

»Was denn?« Ich blinzle gegen das Sonnenlicht an.

Tanya wedelt mit einer Zeitung vor meiner Nase herum.

»Was ist das?«, frage ich. Mein Mund ist trocken.

»Ein französisches Boulevardblatt.« Sie lässt die Zeitung in meinen Schoß fallen.

Ich versuche, mich auf die verschwommenen Fotos auf der ersten Seite zu konzentrieren.

O Gott.

»Ist das etwa …?«

67

Cassandra und du«, beantwortet Tanya meine Frage.

Auf der Titelseite sind zwei Bilder.

Das eine ist eine vorteilhafte Aufnahme von Cassandra, in der sie mit strahlendem Lächeln und glänzenden Haaren auf einem roten Teppich posiert. Auf dem anderen bin ich zu sehen, im Gespräch mit Jen und Tobias auf dem Deck der Jacht.

Mein Gesicht ist etwas verschwommen, und Tobias lehnt sich aufmerksam mir entgegen.

Ich überfliege den Artikel und versuche, dessen Inhalt zu begreifen.

»Sprichst du Französisch?«, frage ich Tanya.

»Ein bisschen«, meint sie, »ich hatte es in der Schule bis zum Abitur.«

»Was steht in dem Artikel?«, will ich wissen.

Tanya zögert. »Im Wesentlichen wird behauptet, dass Cassandra Marc in der vergangenen Nacht getröstet hat, während du dich auf einer Party amüsiert hast.«

Ich schließe die Augen. »O Gott.«

Als ich umblättere, prangt auf der zweiten Seite eine körnige Nachtaufnahme von Cassandra an der Tür von Marcs Unterkunft.

Auf dem Foto trägt sie durchsichtige Spitzenunterwäsche – so durchsichtig, dass man ihre Nippel sehen kann. Um ihre Schultern hängt der weiße Pelzmantel, den sie gestern Abend getragen hat.

»Was hat sie mit ihrem Kleid gemacht?«, zische ich.

»Keine Ahnung«, erwidert Tanya.

Ich schlage heftig die Decke zurück. »Ich muss mit Marc reden, sofort. Passt du auf Ivy auf?«

Barfüßig renne ich durch die Anlage zu Marcs Villa.

Als der Rasen in weichen Sand übergeht, muss ich daran denken, dass Cassandra gestern Nacht denselben Weg genommen hat und mit ihren High Heels im Sand versunken sein muss.

Hat sie ihr Kleid ausgezogen, bevor sie zu Marc ging? Oder erst vor seiner Unterkunft?

Als ich vor der gläsernen Schiebetür stehe und lausche, ist es still in der Villa. Doch ich spüre, dass Marc wach ist.

Nachdem ich mehrmals tief durchgeatmet habe, hebe ich die Hand, um zu klopfen. Aber bevor meine Fingerknöchel das Glas berühren, taucht Marc auf. Er trägt nur eine graue Jogginghose. Sein muskulöser Oberkörper schimmert golden.

»Sophia.« Marc schiebt die Tür auf.

Seine Finger sind mit weißem Mull verbunden, das an manchen Stellen aufgerissen ist. Er hat geblutet.

»Du hast geboxt?«, frage ich.

Er nickt. »Aus einem bestimmten Grund habe ich den Drang verspürt, auf etwas einzuschlagen.«

»Hast du die Zeitung gesehen?«, frage ich ihn.

»Komm rein.«

68

Die Strandvilla ist innen mit weiß lackiertem Holz ausgekleidet. In zwei Wände sind große gläserne Schiebetüren eingelassen.

Auf der Veranda steht ein appetitlich angerichtetes Frühstück einschließlich eines Korbs mit Croissants.

»Hast du schon etwas gegessen?«, fragt Marc.

»Noch nicht.« Ich scharre mit einem Fuß auf dem Holzboden. »Ich habe keinen Hunger.«

»Sophia …« Marc verschränkt die Arme.

»Bitte, Marc.« Ich sehe ihn aus tränenverschleierten Augen an. »Es gibt wahrhaftig wichtigere Dinge, über die wir reden müssen. Ich könnte jetzt keinen Bissen hinunterbringen, selbst wenn ich wollte.«

Marc öffnet die Verandatüren und tritt in die Morgensonne. Er schenkt Kaffee ein und hält mir eine Tasse entgegen.

»Dann nimm wenigstens das«, drängt er, als ich zu ihm nach draußen gehe.

»Danke.« Die warme Tasse fühlt sich gut an in meinen Händen.

»Möchtest du dich nicht setzen?«, fragt er.

Ich schüttle den Kopf. »Ich stehe ganz bequem.«

»Grundgütiger, musst du denn immer so stur sein?« Marc zieht einen weißen Holzstuhl heran. »Setz dich hin! Bitte!«

Zögernd lasse ich mich auf den Stuhl nieder.

Marc trinkt einen Schluck Kaffee. »Ich habe dir ja schon gesagt, dass Cassandra gestern vor meiner Tür stand.«

Ich lache verächtlich. »Du hast mir aber nicht gesagt, was sie anhatte – oder vielmehr, was nicht.«

Marc sieht mich intensiv an. »Ich habe keine Ahnung, was sie anhatte.«

»Ach, komm schon. Hast du etwa nicht bemerkt, dass sie nur ihre Unterwäsche trug?«

»Ich sage dir die Wahrheit, Sophia.« Er stellt seine Tasse ab und stützt sich mit beiden Handflächen auf den Tisch. »Das, was sie mir erzählt hat, habe ich weitaus interessanter als ihr Aussehen gefunden. Sie hat mir nämlich etwas von dir erzählt. Ich habe sie nicht einmal hereingebeten. Du hingegen siehst auf dem Foto so aus, als würdest du ein extrem freundliches Gespräch mit Tobias Blatch führen.«

Ich schaue weg. »Es war völlig harmlos.«

»Aha.« Er nimmt mir gegenüber Platz. »Harmlos, meinst du? Seine Miene wirkt aber ganz anders.«

»Was willst du eigentlich? In der Zeitung ist ein Foto von einer halb nackten Frau, die dich besucht.«

»Sie stand vor meiner Villa«, sagt Marc, »hat sie aber nicht betreten. Als sie mir erzählt hatte, was auf dieser Party los war, wäre ich beinahe losgezogen, hätte dich mir über die Schultern geworfen und dich heimgetragen.«

»Und warum hast du es nicht getan?« Meine Stimme ist jetzt sanfter.

»Du warst bereits auf dem Heimweg«, sagt er und greift über den Tisch nach meiner Hand.

Ich spüre den weichen Baumwollverband um Marcs Hand und sehe das Blut von seinen Knöcheln, das durch ihn hindurchsickert.

»Woher willst du das wissen?«, frage ich ihn.

»Spielt das eine Rolle?«

»Durchaus«, erwidere ich.

Er drückt meine Hand. »Ich habe dich von einem Wachmann verfolgen lassen.«

Die Wellen rollen an den Strand. Über uns ballen sich Unheil verkündende Wolken zusammen.

Ich blinzle Marc ungläubig an. Habe ich richtig gehört? Als ich die Information verarbeitet habe, ziehe ich meine Hand zurück.

»Du hast mich beschatten lassen?«, schreie ich ihn an.

»Was hast du denn von mir erwartet, Sophia?« Marc verschränkt die Arme. »Du warst aufgeregt, nicht bei klarem Verstand. Dir hätte alles Mögliche zustoßen können.«

Ich springe auf. »Wann erkennst du endlich, dass ich erwachsen bin?«

»Wenn du aufhörst, dich wie ein Kind zu benehmen.« Marc steht ebenfalls auf.

»Ach so? Also ist es ein Zeichen von Reife, wenn du mich überwachen und verfolgen lässt?«, brülle ich. »Ich dachte, wir lieben einander. Vertrauen einander.«

»Hier geht es nicht um Vertrauen«, knurrt Marc, »sondern um deine Sicherheit.«

»Wirklich?« Ich blicke auf seine blutigen, verbundenen Fäuste. »Wenn ich den Zustand deiner Hände betrachte, würde ich sagen, es geht um Eifersucht.«

»Du bist genauso eifersüchtig wie ich«, kontert Marc düster.

»Jede Frau wäre das, wenn eine halb nackte Exfreundin ihren Mann spät in der Nacht besucht. So etwas gehört sich einfach nicht«, schreie ich zurück.

Marc betrachtet seine Knöchel. »Cassandra kennt nicht sehr viele Grenzen. Es ist sinnlos, diese Sache jetzt so aufzublasen. Ich habe es dir doch schon gesagt – ich habe sie nicht einmal hereingebeten.«

»Das geht aber nicht aus dem Zeitungsartikel hervor«, fauche ich.

»Und seit wann entsprechen Zeitungsartikel der Realität?« Plötzlich sieht er mich mit seinen blauen Augen sanft an. »Ich hatte keine Ahnung, dass Cassandra mir um diese Uhrzeit noch einen Besuch abstatten wollte. Aber ich bin froh, dass sie es getan hat. Du hättest dir eine Menge Ärger einhandeln können.«

Ich spüre einen Kloß im Hals. »Sie hat mir auf die Nase gebunden, dass ich nie das haben werde, was ihr beide gemeinsam hattet. Dass du zu ihr zurückkommen würdest. Hast du das gewusst?«

Marc steht auf und geht auf mich zu. »Ich habe Cassandra gesagt, dass ihr Besuch unpassend ist. Aber ich war froh über das, was sie mir erzählt hat. Die Leute von der Security hatten offenbar keine Ahnung, dass du in diese Art von Schwierigkeiten geraten würdest.«

»Ich bin in keine Schwierigkeiten geraten.« Sein Blick hält mich gefangen.

»Vielleicht hattest du es tatsächlich nicht vor«, fährt Marc fort, »aber Tobias hatte womöglich andere Vorstellungen. Dir hat doch schon mal jemand etwas in deinen Drink gekippt. Unter den Voraussetzungen kannst du wohl kaum erwarten, dass ich mir keine Sorgen mache.« Marc nimmt meine Hände und schwingt sie spielerisch hin und her. »Ob es nun hilfreich ist oder nicht – es tut mir leid.«

»Was tut dir leid?«

»Dass ich dich habe beschatten lassen«, sagt er, und seine Augen blicken immer noch sanft in meine. »Und dass dieser Artikel erschienen ist. Meine Güte, ich hätte wahrhaftig wissen müssen, wozu Cassandra fähig ist.«

»Glaubst du, sie hat diese Fotos extra gestellt?«

Er drückt meine Hand. »Wer sonst hätte es tun sollen?«

»Dafür müsstest du sie eigentlich hassen.«

»Ich vergeude keine Kraft mit solchen Gefühlen.« Er zieht mich an sich und streicht mir über die Haare. »Cassandra hat genügend eigene Dämonen, die sie quälen. Das kannst du mir ruhig glauben.«

»Ich muss heute Vormittag eine Szene mit ihr drehen«, murmle ich an seiner Brust.

»Nein.« Seine Hand streichelt mich weiter. »Ich will, dass sie aus der Besetzungsliste gestrichen wird.«

»Aber wenn das passiert, hat sie gewonnen. Du hattest recht, Marc: Dieser Film ist eine große Herausforderung. Ich muss noch eine Menge lernen und Erfahrungen machen.«

»Aber nicht diese Erfahrung«, knurrt Marc, und ich fühle, wie die Worte in seiner Brust nachhallen.

»Ich habe Nadia versprochen, in dem Film mitzuspielen, und den Vertrag unterzeichnet.«

»Hier geht es nicht ums Gewinnen, Sophia.« Er nimmt meine Hand.

»Nein, natürlich nicht. Hier geht es darum, ein Profi zu sein.« Ich trete einen Schritt zurück und sehe ihn an. »Marc, ich möchte nicht, dass du dabei bist, wenn ich meine erste Szene mit Cassandra drehe. Ich will allein damit fertigwerden.«

Er runzelt die Stirn. »Aber Cassandra ist eine starke Frau.«

»Das bin ich auch.«

69

Wo zum Teufel bleibt sie?« Nadia läuft nervös am Rand des Pools auf und ab, die Hände in die Hüften gestemmt.

Cassandra ist spät dran. Sehr spät. Und niemand weiß, wo sie steckt.

Die Crew hat sich am Pool versammelt, ich trage Make-up, bin zurechtgemacht und in einen Bikini gesteckt worden und bereit, die widerspenstige Tochter zu spielen.

In meinem Magen rumort es, seit ich mit Marc gesprochen habe.

Nadia wirft einen Blick auf ihre Uhr in Roségold und schreit: »Herr im Himmel! Das hat doch hoffentlich nichts mit dem Artikel heute Morgen in der Zeitung zu tun, Sophia?«

»Das kann ich mir nicht vorstellen«, erwidere ich und denke, dass Cassandra schließlich für den Artikel gesorgt hat.

Nadia reicht mir ein Glas frisch gepressten Orangensaft. »Hier, trink den. Du siehst blass aus. Gestern ist es spät geworden, stimmt's?«

»So spät nun auch wieder nicht«, lache ich. »Ich war um Mitternacht zu Hause. Glaub nicht alles, was in der Zeitung steht.«

»Ich weiß, ich weiß, Schätzchen.« Nadia legt mir freundlich einen Arm um die Schulter. »Wir sind uns bewusst, dass das Quatsch ist. Als ob Marc und Cassandra mal was miteinander hatten. Ich meine – Marc war sechzehn, als sie gemeinsam vor der Kamera standen.«

Ich sehe weg. *Erinnere mich bitte nicht daran!*

Nadia dreht sich zur Villa um. »Jetzt reicht es. Offenbar liegt Cassandra noch im Bett. Ich schicke jemanden, der ihr Bescheid gibt.«

»Ich kann nach ihr sehen«, biete ich an.

»Wie bitte?« Nadia lässt ihren Arm von meiner Schulter gleiten.

»Ich werde Cassandra schon irgendwo auftreiben und ihr sagen, dass wir jetzt drehen wollen.«

»Nach dem Artikel heute Morgen?« Nadia schüttelt den Kopf. »Warum willst du das tun?«

Weil es eine ausgezeichnete Chance ist, Cassandra zu zeigen, dass ich keine Angst vor ihr habe.

»Ich denke, ich sollte mit ihr reden«, erwidere ich. »Über den Artikel. Die Wogen glätten.«

»Na gut … Wie du meinst.« Nadia sieht aus, als wolle sie noch etwas sagen, wird dann aber von einem Kameramann abgelenkt, der einen großen Projektionsschirm zum anderen Ende des Swimmingpools schleppt. »So doch nicht, Phil! Herrgott noch mal, fünf Meter nach links! Alles muss man selbst machen.«

Stimmt: Alles muss man selbst machen.

70

Cassandra hat ein Zimmer im Erdgeschoss im hinteren Teil der Villa bezogen. Die Tür wirkt im Vergleich zu Cassandra äußerst unauffällig – dickes, poliertes Holz mit einem schmiedeeisernen

Griff. Trotzdem zittert meine Hand, als ich sie hebe, um zu klopfen.

Vielleicht ist das doch keine so gute Idee …

Dann höre ich ein Geräusch.

Meine Hand zögert.

Es klingt, als ob jemand hustet oder gewürgt wird.

Ich mache einen Schritt zurück.

Dann höre ich es abermals, definitiv ein ersticktes Geräusch. Aber nicht nur das, da ist noch eins, und es hört sich nach Schlägen an.

Jetzt mache ich mir wirklich Sorgen.

Was geht dort drinnen ab?

Ich drücke die Klinke und stoße die Tür auf.

O mein Gott!

Cassandra liegt splitterfasernackt auf dem Bett. Ihre Hand- und Fußgelenke sind gefesselt, ihre Augen mit einem Tuch aus Samt verbunden.

Ihre Fußgelenke liegen auf den Schultern eines Mannes. Er hält sie fest, während er sich zwischen ihren Beinen bewegt. Ich sehe einen langen, muskulösen, bronzefarbenen Männerrücken, der sich hebt und senkt.

»Du willst es, Baby?«, sagt der Mann.

Weder Cassandra noch der Mann bemerken mich.

»Du gehörst mir«, sagt der Mann. »Willst du es fester?«

O Gott. Diese Stimme. Ich zittere, als mir klar wird, dass ich sie kenne. Sehr gut sogar.

Plötzlich fällt es mir wie Schuppen von den Augen. Der lange gebräunte Rücken, das blonde Haar, die muskulösen Arme.

Es ist Leo.

Rhythmisches Klatschen ertönt, während Cassandra stöhnt.

»So ist's gut, Baby«, sagt Leo.

O mein Gott. O mein Gott.

Leo und Cassandra!

Rasch schließe ich die Tür und lehne mich von außen mit pochendem Herzen gegen sie.

Was soll ich jetzt tun?

Ich muss mit Marc reden.

71

Marcs Kopf schnellt in die Höhe, als ich in die Villa stürme. Er sitzt mit unserem Baby auf dem Schoß auf der Veranda.

»Sophia.« Er drückt Ivy an sich und kommt mit drei raumgreifenden Schritten mir entgegen. »Was ist passiert?«

Ich schlucke, um den aufsteigenden Tränen Einhalt zu gebieten. Wie soll ich beschreiben, was ich soeben gesehen habe?

»Alles ist gut.« Marc legt einen Arm um meine Schultern und zieht mich an sich. »Was immer passiert ist, alles ist gut. Ivy ist in Sicherheit, du bist in Sicherheit. Sag mir einfach, warum du so aufgebracht bist.«

Ich atme tief durch und spüre Marcs gestählte Brust und Ivys zarten kleinen Körper. »Cassandra und Leo. Ich habe sie gerade in flagranti ertappt.«

»Großer Gott.«

»Ich muss es Jen erzählen.« Ich wische mir die Tränen aus den Augen.

»Immer mit der Ruhe.« Marc drückt meine Schulter. »Was genau hast du gesehen?«

Ich schlucke. »Genug. Glaub mir.«

»Dieser verdammte Leo. Ich bringe ihn um.« Er presst Ivy an sich. »Der Mann ist ein Idiot, ein Vollidiot.«

»Das wird Jen ihm nie verzeihen.« Meine Brust wird eng. »Damit ist ihre Beziehung gelaufen, aber sie muss es erfahren.«

»Weißt du, wo sie ist?« Marc wendet sich zur Tür.

»Vermutlich in der Stadt. Sie kann nicht in der Villa sein, sonst hätte Leo nie … O Gott! Lass mich sie nehmen.«

Sanft stützt Marc Ivys Kopf mit der Hand und legt mir unsere Tochter in die Arme. »Denk gründlich darüber nach, Sophia.«

»Welche andere Möglichkeit gibt es denn?« Ich wiege Ivy hin und her.

»Leo soll es ihr selbst sagen.« Marc verschränkt die Arme.

Ich blicke aufs Meer. Wellen prallen auf den Strand, Gischt spritzt hoch.

»Ich glaube, Cassandra wollte ertappt werden«, sage ich und küsse Ivys Kopf. »Sie muss gewusst haben, dass jemand kommen und sie ans Set holen würde.«

»Zuzutrauen wäre es ihr«, brummt Marc. »Ihre Spiele werden immer aberwitziger. Sie versucht, dich durch deine Freundin zu verletzen.«

»Dazu gehören immer zwei, Marc«, erwidere ich und halte Ivy ganz fest. »Leo ist kein unschuldiges Opfer.«

»Da bin ich anderer Meinung. Ich denke, er ist ein unschuldiger Idiot. Wie dem auch sei – damit ist sie wahrhaftig zu weit gegangen. Ich will, dass sie von hier verschwindet.«

»Aber sie ist vertraglich gebunden.«

»Verträge kann man auflösen.« Marc wendet sich zum Wasser um. »Meist mit Geld.«

»Du willst sie aus dem Film herauskaufen?«

Er nickt bestimmt. »Wenn es denn sein muss.«

»Die Zeitungen werden sich begeistert daraufstürzen«, sage ich und drehe mich mit Ivy, damit auch sie die blauen Wellen sieht. »Ich kann mir schon vorstellen, was sie schreiben werden.«

»Auch mit so etwas kann man umgehen«, antwortet Marc.

Ich spüre, wie ich nicke. »Okay. Dann sieh zu, was du tun kannst.«

»Geh mit Ivy am Strand spazieren.« Marc schnappt sich ein T-Shirt und streift es sich über. »Ich regele alles.«

Es ist warm, fast schon schwülheiß, als ich versuche, Ivy parallel zur Brandung mit dem Buggy durch den Sand zu schieben. Es ist fast unmöglich. Zum Glück gibt es an dem Privatstrand ein paar alte Eisenbahnschwellen, über die ich schließlich holpere. Ivy schläft sofort ein.

Nach etwa zehn Minuten höre ich die weichen Schritte eines Joggers hinter mir.

Ich drehe mich um. Es muss jemand aus der Villa sein. Zu meiner Überraschung sehe ich Benjamin van Rosen über den Strand rennen. Er trägt eine locker sitzende weiße Shorts und ein blaues Laufhemd.

»Ich habe gar nicht gewusst, dass du joggst!«, rufe ich.

Er stoppt kurz vor mir. »Und ich habe nicht gewusst, dass du spazieren gehst.«

»Das tue ich«, lächle ich, »ständig.«

Trotz der zwischen uns herrschenden Spannung freue ich mich, ihn zu sehen. Im Moment erscheint er mir wie ein Freund.

»Was machst du hier so allein?«, will er wissen, während er neben mir hergeht.

Ich schließe die Hände fester um den Griff des Kinderwagens. »Ich … Marc muss etwas regeln. Ich lasse ihm den Raum dafür.«

Benjamin lacht. »Wollte Daddy dich nicht dabeihaben, wenn er mit Erwachsenendingen beschäftigt ist?«

»Sei nicht so gemein. Was machst du überhaupt hier?«

»Ich renne mir den Schmerz von der Seele.« Er bleibt stehen und winkelt einen Fuß an, um seine Wade zu stretchen.

Auch ich halte inne. »Welchen Schmerz?«

»Ich habe etwas sehr Dummes getan.« Er winkelt den anderen Fuß an und beißt bei der Dehnung die Zähne zusammen. »Ich habe mich verliebt.«

Ich lache. »Du? Dich verliebt? Was werden nur all die verheirateten Frauen um dich herum dazu sagen?«

Er setzt seinen Fuß wieder auf den Boden. »Mach keine Witze darüber. Liebe kann sehr wehtun.«

»Wow, Benjamin«, necke ich ihn, »du hast dich also verliebt. Und weil du das erkennst, nehme ich an, dass du schon einmal verliebt gewesen sein musst. Das hätte ich gar nicht von dir gedacht.«

Er legt den Kopf schief. »Natürlich war ich schon verliebt. Aber noch nie so. Dieses Mal ist es echte, erwachsene Liebe. Hast du schon einmal das Gefühl gehabt, du müsstest sterben, wenn du nicht mit jemandem zusammen sein kannst?« Er sieht mir in die Augen.

Sein Blick ist mir unangenehm, also gehe ich weiter. »Klar«, sage ich betont locker. »Als ich Marc kennenlernte. Das Wetter heute Morgen ist toll, oder? Nadia hatte Angst, dass es regnen würde, aber ... es sieht nicht danach aus.«

Benjamin schließt zu mir auf. »Nadia hat dir also erlaubt, das Set zu verlassen?«

»Eigentlich hätte ich jetzt drehen müssen«, sage ich. »Aber es ist etwas dazwischengekommen.«

»Etwas? Was denn? Lass mich den Kinderwagen schieben.«

»Schon gut.« Ich umfasse den Griff noch fester. »Danke, aber ... Ivy merkt es, wenn jemand anders sie schiebt. Sie wacht dann auf.«

»Also, was ist dazwischengekommen?«, bohrt Benjamin weiter nach.

Ich beiße mir auf die Lippe. Früher oder später werden es sowieso alle erfahren, also kann ich es ihm genauso gut gleich sagen.

»Wenn du es unbedingt wissen willst – Marc redet gerade mit Nadia über Cassandra.«

»Ach ja?«

»Cassandra hat Vertrauen missbraucht«, stammle ich, »und … es ist besser, wenn sie in dem Film nicht mehr mitspielt.«

Benjamin lacht. »Könntest du bitte Klartext reden?«

»Ich habe Cassandra und Leo gesehen, wie … Na ja, du bist erwachsen, den Rest kannst du dir denken.«

»Wie bitte? Die beiden?« Er hält den Kinderwagen fest und zwingt mich so zum Stehenbleiben.

Ich nicke.

»Du meine Güte.« Er stößt einen Pfiff aus. »Und ich dachte, Falkirk würde demnächst deine Freundin heiraten – übrigens ein sehr nettes Mädchen. Warum sollte er das vermasseln?«

»Keine Ahnung«, erwidere ich und spüre, wie mir erneut Tränen in die Augen treten. »Aber Jen wird am Boden zerstört sein.«

Benjamin betrachtet mich einen Moment lang nachdenklich, dann dreht er sich abrupt um und joggt zur Villa zurück.

»Benjamin?«, rufe ich ihm nach. »Was hast du vor?«

»Ich werde Leo Falkirk vermöbeln!«, ruft er über die Schulter, ohne anzuhalten.

Ich wende den Buggy und renne los, um ihn einzuholen. »Warum?«, schreie ich ihm hinterher. Die Räder des Kinderwagens rattern über die Eisenbahnschwellen. »Warte bitte! Warum willst du das tun?«

Benjamin wird langsamer, macht aber keine Anstalten, stehen zu bleiben. »Weil er deine Freundin verletzt hat.« Der Seewind trägt seine Worte zu mir.

»Und was hat das mit dir zu tun?«, rufe ich ihm im Laufen zu.

Als ich ihn endlich eingeholt habe, dreht Benjamin sich zu mir. »Sehr viel. Ich habe mich in dich verliebt, Sophia. Ich liebe dich.«

72

O Gott.

»Benjamin …« Schockiert schüttle ich den Kopf.

In seinen hellblauen Augen liegt Schmerz. »Ich und meine große Klappe«, murmelt er und schafft es zu lachen.

»Du liebst mich? Du kennst mich doch kaum. Machst du etwa Witze?«

Aber der Schmerz in seinen Augen ist unverändert da. »Noch nie war mir etwas so ernst.«

Ich drücke das Polster des Kinderwagengriffs zusammen. »Hör mal, wenn das einer deiner Anmachsprüche ist …«

Er steckt die Hände in die Hosentaschen. »Ist es nicht. Ich weiß, dass es hoffnungslos ist.«

Ich atme hörbar aus. »Hat das vielleicht etwas damit zu tun, dass ich verheiratet bin? Dass du eine weitere Ehefrau als Eroberung bezeichnen könntest, wenn …?«

Benjamin lacht bitter. »Mit nichts davon. Ich … ich denke ständig an dich. Ich träume von dir. Ich kann es kaum ertragen, dass ich dich nicht haben kann. Du bist die Frau, mit der ich Kinder bekommen möchte. Ich möchte nicht mal, dass du deinen Mann verlässt. Jedenfalls nicht, wenn es dich unglücklich machen würde. Was sagst du dazu? Andererseits … Vielleicht wärst du glücklicher mit mir. Ich würde dich nicht so kontrollieren. Ich ertrage die Vorstellung nicht, dass er dir wehtun könnte. Dass du vielleicht nicht weißt, was es wirklich bedeutet, sich körperlich zu lieben.«

»Ich liebe Marc.«

»Eine ziemlich kranke Liebe, wenn du mich fragst«, sagt Benjamin. »Ich meine – Herrgott noch mal, ist er dein Mann oder dein Vater? Aber wenn du mit ihm glücklich bist …«

»Benjamin, du … du bist ein netter Kerl, aber …« Zögerlich lege ich eine Hand auf seinen Arm.

»Wahrscheinlich ist es mein schlechtes Karma.« Er legt seine Hand auf meine und drückt sie fest gegen seinen Arm. »Ich hatte mit ziemlich vielen Frauen etwas, und manche haben sogar meinetwegen ihren Ehemann verlassen. Und dann kommst du daher und liebst einen anderen.« Er senkt den Blick und betrachtet traurig unsere Hände. »Ich wollte es dir nicht sagen, es ist mir einfach so herausgerutscht.«

Ich entziehe ihm meine Finger. »Danke. Ich fühle mich geschmeichelt. Aber bestimmt gibt es auch für dich die Richtige.«

»Ich weiß nicht. Ich habe schon ziemlich viele Frauen kennengelernt, glaub mir.«

Ich nicke. »Das tu ich gern. Können wir trotzdem Freunde sein?«

»Gute Freunde?« Er zieht anzüglich eine Braue hoch.

»Einfach nur Freunde.«

»Trotzdem will ich Leo Falkirk die Zähne ausschlagen.«

»Das ist nett von dir, aber ich habe das Gefühl, dass Jen das selbst erledigen möchte.«

»Okay, dann sehen wir uns eben später am Set.« Benjamin dreht sich um und läuft weg.

Ich sehe ihm nach. Heute scheint wirklich der Tag der gebrochenen Herzen zu sein.

Nahe der Villa herrscht eine seltsame Stimmung. Ich spüre die angespannte Atmosphäre schon, während ich Ivy im Kinderwagen über den Rasen schiebe, und als ich den Pool erreiche, ist die Luft zum Schneiden dick.

Die Mitglieder des Filmteams verstummen, als ich näher komme.

»Wo ist Nadia?«, frage ich einen Kameramann.

»Sie ist reingegangen.« Er sieht mich nicht an.

»Und Cassandra?«

Noch immer blickt der Kameramann nicht auf. »Das musst du Nadia fragen.«

73

Ich finde Nadia in der Villa. Aufgeregt läuft sie in dem hellen, luftigen Salon auf und ab.

Hinter ihr schwimmen bunte tropische Fische in einem kristallklaren Aquarium. Pfeilschnell schießen sie kreuz und quer, als sie schreit: »Herrgott noch mal, man spuckt doch nicht auf den Teller, von dem man isst!« Sie nimmt einen Schluck aus einer knallblauen Espressotasse und verdreht die Augen.

Marc steht im schwarzen Anzug am Fenster und runzelt nachdenklich die Stirn.

»Hi«, sage ich vorsichtig und stelle die Bremse des Kinderwagens fest. »Äh … sagt mir mal jemand, was hier gerade abgeht?«

Nadia lächelt mich müde an. »Gerne doch. Willst du dich setzen?«

Ich lasse mich auf den Sofarand nieder und beobachte Marc.

Mit einem forschenden Blick will er von mir wissen, ob bei mir alles in Ordnung ist.

Ich nicke, obwohl das eigentlich nicht stimmt – es wird erst wieder alles in Ordnung sein, wenn ich weiß, was los ist. »Also, was ist passiert?«, frage ich.

»Eine Meuterei.« Nadia wirft den Kopf zurück. »Filme wären so viel einfacher ohne Schauspieler. Manchmal geht es am Set zu wie in einer Seifenoper. Man versucht, es einer Person recht zu machen, und dann kommt eine andere daher und …«

»Wo ist Cassandra?«, erkundige ich mich.

»Weg«, sagt Nadia nur.

Ich sollte erleichtert sein, aber das bin ich nicht.

»Hat sie es mit Fassung getragen, dass sie gehen musste?«

Marc lacht bitter auf.

»Nein«, gibt Nadia zu. »Das hat sie nicht. Aber sie ist selbst schuld. Ich konnte sie nicht hierbehalten. Ich bin ein Familienmensch. Das Team ist meine Familie. Wir arbeiten zusammen. So etwas tut man seiner Schwester nicht an.«

»Und was ist mit Leo?«, frage ich weiter.

»Er ist noch da.« Nadia setzt sich neben mich.

Ich wende mich ihr zu. »Aber er hat sich doch genauso schuldig gemacht wie Cassandra.«

Sie lächelt. »Ich bewundere deine Fairness, aber wirklich boshaft war sein Verhalten nicht; nur sehr töricht. Cassandra hingegen … Ich glaube nicht, dass das eine spontane Aktion von ihr war.«

»Aber Leo ist derjenige, der eine feste Beziehung hat«, gebe ich zu bedenken.

»Er ist ein dummer junger Mann«, erwidert Nadia und schlägt sich mit der Hand aufs Knie, »aber ich habe beschlossen, dass er bleiben kann. Jedenfalls vorläufig.« Sie steht auf und geht zum Aquarium. Gelbe Fischchen stieben auseinander. »Jetzt stehen wir allerdings vor der Entscheidung, ob wir Leos Freundin alles erzählen oder hoffen, dass er Manns genug ist und genügend genug Mumm in den Knochen hat, es selbst zu tun.«

»Leo wird kein Wort sagen«, knurrt Marc und geht zum Sofa. »Darauf wette ich. Jedenfalls so lange nicht, bis ihn jemand dazu zwingt.«

»Ich werde es tun«, verkünde ich und erhebe mich. »Ich werde mit Jen sprechen.«

»Bist du dir sicher?«, fragt Nadia.

Ich gehe zum Kinderwagen. »Ich kann vor ihr kein Geheimnis haben. Selbst wenn ich es wollte, würde sie es bald aus mir herauskitzeln. Außerdem wird diese Geschichte bestimmt rasch an die Öffentlichkeit dringen. Cassandra unterhält schließlich beste Verbindungen zu Klatschreportern. Jemand muss es Jen sagen, bevor sie es morgen in der Zeitung liest.«

»Sophia hat recht«, sagt Marc. »Es wird so oder so herauskommen.«

»Dann nehmt ihr beide euch den Nachmittag frei«, meint Nadia. »Lasst euch etwas einfallen, wie es mit deiner Freundin weitergehen soll. Heute finden keine Dreharbeiten mehr statt.«

Ich blinzle sie skeptisch an. »Aber wir hinken doch jetzt schon dem Zeitplan hinterher.«

»Das ist in Ordnung«, winkt Nadia ab. »Bei jedem Film kommt es zu Verzögerungen. Wir werden die Zeit schon wieder reinholen.«

»Dann mache ich mich jetzt auf die Suche nach Jen«, beschließe ich.

»Im Moment ist Leo bei ihr«, sagt Nadia. »Sie sind beide in der Stadt. Ich habe sie weggeschickt, bevor ich mit Cassandra sprechen wollte. Leo hat keine Ahnung, was los ist.«

Marc verzieht das Gesicht. »Noch nicht.«

74

Auf dem Anwesen stehen ein paar Sportwagen für die Gäste bereit. Marc wählt einen roten Venturi, um mich in die Stadt zu fahren.

Ivy ist bei Tanya und schläft im Kinderwagen.

»Jen ist shoppen«, teile ich Marc mit, als wir an Weinstöcken mit prallen violetten Reben vorbeifahren. Dann passieren wir ein weiß getünchtes Weingut.

Es fällt mir schwer, die Nachricht auf meinem Handy zu lesen, weil wir so schnell fahren. »Ohne Leo«, ergänze ich. »Er wollte noch ein paar Surfersachen besorgen. Sie ist bei Saint Eves oder so ähnlich. Kennst du das Geschäft?«

»Meinst du Yves Saint Laurent? Den bekannten französischen Designer?«, fragt Marc und reißt das Lenkrad scharf herum.

Ich lache. »Du bist derjenige, der sich mit Designern auskennt.«

Er lenkt den Wagen geschmeidig um eine Kurve. »Stimmt. Mir wird eine Menge Kleidung gratis angeboten.«

Die Straßen werden breiter. Schöne, sonnengebräunte Männer und Frauen schwenken große Einkaufstüten. Während ich die gut aussehenden Leute betrachte, entdecke ich unter ihnen ein bekanntes Gesicht.

Leo.

Sein brauner, muskulöser Körper steckt in einem ausgebleichten Surfer-T-Shirt und Cargo-Shorts.

In London würden seine Fans ihn bestürmen, doch in Saint-Tropez gibt es so viele reiche Promis, dass er unbehelligt durch die Straßen bummeln kann.

»Warte!« Ich deute auf den Bürgersteig. »Da ist Leo.«

Marc tritt auf die Bremse und parkt. »Du bleibst hier.« Er springt aus dem Wagen.

Bevor ich reagieren kann, marschiert er auf Leo zu. Sein Kiefer ist angespannt, seine Augen funkeln zornig.

»O Gott.« Ich kämpfe mit dem Sitzgurt, komme aber zu spät. Als ich aus dem Wagen springe, hat Marc Leo schon einen Schlag versetzt.

Leo liegt auf dem Asphalt und reibt sich das Kinn.

»Steh auf!«, befiehlt Marc barsch.

»Mann!« Leos Augen sind glasig. Er versucht, sich aufzurichten, schafft es aber nur, sich auf den Ellbogen aufzustützen.

»Verdammt, Blackwell! Was ist in dich gefahren?«

Eine Menschenmenge versammelt sich um die beiden, Kameras werden gezückt.

»Marc!« Ich laufe zu ihm. »Das reicht.«

Marc massiert seine Faust. »Nein, das reicht noch lange nicht.«

Mühsam rappelt Leo sich auf und spuckt Blut. »Ich habe Sophia nicht angerührt, das schwöre ich dir!«

»Wir sollten weiterfahren«, flüstere ich, denn die Menschenmenge um uns herum wird immer dichter. »Ich muss Jen finden.«

Marc starrt Leo noch immer wütend an. »Ich habe dich für einen guten Menschen gehalten, Leo Falkirk, für einen ehrlichen Mann. Aber ich habe mich geirrt, von Grund auf geirrt.«

»Was habe ich denn getan?«, schreit Leo, als ich Marc zum Auto zurückzerre.

»Denk mal darüber nach!«, ruft Marc, ohne sich umzudrehen. »Es fällt dir bestimmt wieder ein.«

»Er ist vollkommen durchgedreht«, höre ich Leo den Leuten erklären.

Marc bleibt stehen. »Soll ich deine Geschichte hier in aller Öffentlichkeit erzählen, Leo? Hast du deine Verlobte nicht schon genug gedemütigt?«

Leo wird unter seiner Sonnenbräune bleich. »Mist. Wie hast du …?«

»Du warst nicht besonders diskret.« Marc wendet sich nun doch wieder ihm zu. »Und nächstes Mal schließ wenigstens die Tür ab.«

Leo legt sich die Hand an die Stirn. »Scheiße! Weiß Jen Bescheid?«

»Noch nicht«, knurrt Marc mit zusammengebissenen Zähnen.

»Aber bald, oder?«, fragt Leo zerknirscht. »Du weißt doch, dass es immer zwei Seiten einer Geschichte gibt …«

»Vergiss es. Nichts entschuldigt dein Verhalten«, fällt Marc ihm ins Wort. »Absolut nichts.«

75

Marc umklammert das Lenkrad des Venturi so fest, dass seine Knöchel weiß werden.

»Vielleicht hätten wir ihn ausreden lassen sollen«, sage ich. »Manchmal ist eine Sache wirklich nicht so, wie sie auf den ersten Blick scheint.«

»Du hast ihn gesehen, wie er eine andere Frau vögelt!«, bellt Marc. »Das ist abscheulich.«

»Trotzdem. Er hat ein Recht darauf, seine Sicht der Dinge darzustellen.«

Marc lenkt den Wagen auf die Straße. »Du bist dem Kerl gegenüber plötzlich überraschend nachsichtig, Sophia. Gibt es etwas, was ich wissen sollte?«

»Werd jetzt bloß nicht wieder eifersüchtig«, warne ich ihn.

Er beschleunigt das Auto. »Wir sollten zusehen, dass wir Jen finden.«

Ich ziehe mein Handy hervor. »Sie ist jetzt bei Francesca Donà, einem Juwelier. Das Geschäft befindet sich …«

»Ich weiß, wo es ist.«

Marc wartet im Auto, während ich mich bei Francesca Donà auf die Suche nach Jen mache. Ich möchte ihr die Neuigkeit lieber unter vier Augen erzählen.

Wie vorauszusehen war, schmachtet Jen edelste Schmuckstücke an – dicke goldene Halsketten, breite Armreifen, Diamanten groß wie Golfbälle.

Sie trägt das perfekte Saint-Tropez-Outfit: ein tailliertes Sommerkleid im Stil der sechziger Jahre mit einem tiefen Ausschnitt, Plateauschuhe mit Korkabsatz und eine riesige Sonnenbrille à la Audrey Hepburn. An ihren Armen baumeln diverse Designer-Einkaufstüten.

»Soph!« Ihre pinkfarbenen Lippen verziehen sich zu einem breiten Grinsen, doch ich kann sehen, dass sie müde ist. »Wie kommt es, dass du freihast?«

»Heute wird nicht gedreht«, sage ich. Eine junge Verkäuferin kommt mit einem Tablett voller hoher Gläser mit sprudelndem Inhalt auf uns zu.

»Wie wäre es mit einem Kir Royal, die Damen?«, fragt sie und blickt erst Jen, dann mich an.

»Danke«, sage ich und greife nach einem Glas. Ein bisschen Alkohol kann ich jetzt wirklich gut gebrauchen.

»Ein Schluck gegen den Kater«, meint Jen und nimmt sich ebenfalls ein Glas. »Wenn du dafür zu haben bist, kann ich wahrhaftig nichts dagegen haben. Meine Güte, heute Morgen ging's mir wirklich schlecht, und dann haben Leo und ich uns auch noch über absolut alles gestritten. Jetzt bin ich völlig erledigt.«

»Ihr habt euch gestritten?« Meine Hand um das Glas verkrampft sich.

»Du weißt ja, dass das in letzter Zeit ziemlich häufig vorkommt.« Jen kippt die Hälfte ihres Drinks hinunter.

»Du hast den ganzen Vormittag eingekauft«, sage ich und nehme einen Schluck des sprudelnden pinkfarbenen Cocktails, den ich jetzt wahrhaftig nötig habe. »Wie wär's, wenn wir uns irgendwo hinsetzen? Vielleicht auf einen Kaffee?«

»Super Idee!« Jen gibt ihr halb leeres Glas der Verkäuferin zurück. »Ich kenne auch schon die passende Location dafür. Gleich um die Ecke gibt es eine trendige kleine Patisserie. Unglaublich französisch. Dort bekommst du das fantastischste Gebäck weit und breit.«

»Dann nichts wie hin.«

76

Die Patisserie heißt *Crème Anglais* und hat sich auf Blätterteigtörtchen mit Cremefüllung spezialisiert.

Bei einem köstlichen Stück davon und Kaffee beichtet mir Jen, dass sie die Nase von Leo gestrichen voll hat.

»Er hat dir Klamotten gekauft, oder?«, frage ich.

»Ich weiß. Komisch, oder? Er hat sich mit Nadia unterhalten und dann diesen Shoppingtrip vorgeschlagen. Einen Moment lang dachte ich, wir würden zur Abwechslung mal ein Interesse teilen. Aber er hat nicht einmal eine Stunde lang durchgehalten, dann ist ihm langweilig geworden.«

»Wie geht es ihm?«, frage ich möglichst unschuldig.

»Gut.« Jen zerteilt ein Törtchen. »Warum willst du das wissen?«

»Nur so.« Nervös trommle ich mit den Fingern gegen meine Tasse.

»Komm schon, Soph.« Jen steckt sich ein Stückchen des Gebäcks in den Mund.

Ich drehe meine Espressotasse auf dem hübschen rosafarbenen Teller hin und her. »Ich muss dir etwas erzählen.«

»Raus mit der Sprache«, fordert sie mich auf und wischt sich ein paar Krümel aus den Mundwinkeln.

»Es … es geht um Leo.«

Jens Blick wird besorgt. »Was ist mit ihm?«

Mein Magen dreht sich um. Kann ich das tun? Kann ich ihre Welt wirklich aus den Angeln heben?

Aber ich habe keine Wahl. Früher oder später wird sie es unweigerlich erfahren. Und wenn ich es ihr sage, wird es vielleicht nicht ganz so demütigend sein.

»Nadia hat Cassandra heute rausgeworfen«, fange ich an.

Jen lehnt sich vor. »Das sind ja mal Neuigkeiten. Was ist passiert?«

»Du weißt, dass Nadia alle am Filmset als große Familie betrachtet, oder?«, antworte ich.

»Nein, das habe ich nicht gewusst. Aber red ruhig weiter.« Sie schneidet wieder an ihrem Törtchen herum.

»Cassandra hat etwas getan, was die Familie sehr verletzt hat«, erzähle ich, den Blick auf meine Espressotasse gerichtet.

Jens Augen weiten sich. »Wow. Was hat sie denn gemacht?«

»Etwas Schlimmes. Jen … Es hat etwas mit Leo zu tun.«

77

Was meinst du damit?« Jen legt ihre Gabel auf den Teller.

»Cassandra und Leo – o Gott.« Ich schüttle den Kopf. Es will mir einfach nicht über die Lippen kommen.

»Soph?«

»Ich habe die beiden heute Morgen gesehen.«

Jen sieht mich verständnislos an. »Aber Leo war heute Morgen bei mir.«

»Davor. Er war in Cassandras Zimmer. In ihrem Bett.«

Jen sieht mich erstaunt an. »In ihrem Bett? Aber warum?«

O Gott.

»Sie«, ich seufze tief, »sie waren zusammen.«

»Du meinst …?« Jen schüttelt den Kopf. »Sie haben Sex gehabt?«

Ich nicke.

»Er hat sie gevögelt? Diese alte Kuh mit den falschen Titten?« Jen presst sich eine Hand auf den Bauch. »So etwas würde er nie tun. Nicht Leo. Ich meine, wir zwei kommen im Moment nicht besonders gut miteinander aus, aber er würde doch niemals … Nein, so etwas würde er nie tun.«

»Ich weiß«, erwidere ich. »Leo ist im Grund ein sehr anständiger Kerl. Darum kann ich es immer noch kaum fassen. Aber ich habe die beiden mit eigenen Augen gesehen.«

»Sag mir, was genau du gesehen hast.« Sie lehnt sich über den Tisch, ihr Blick schweift unkontrolliert umher.

»Jen, tu dir das nicht an. Es ist doch so schon schlimm genug.«

»Es ist mein Ernst, Soph. Vielleicht haben sie eine Szene geprobt. Oder er hat sie einfach nur kurz besucht …«

Ich atme tief durch. »Sie waren beide nackt, Jen. Den Rest kannst du dir sicher denken.«

»Dieser Scheißkerl!«, brüllt sie so laut, dass das halbe Café sich zu uns umdreht.

»Jen …«

»Scheißkerl! Mieses Schwein! Arschloch!« Sie schlägt mit der Faust auf den Tisch.

Wer von den anderen Gästen uns bisher noch nicht angestarrt hat, tut es jetzt.

»Es tut mir schrecklich leid, Jen …«

»Ich werde seinen ganzen Mist verbrennen und ihm die Eier abschneiden.« Sie springt auf. »O Gott, Soph. Was soll ich bloß tun? Wir wollten demnächst heiraten. Dieser miese Scheißer! Mich zu betrügen. Ich kann es einfach nicht fassen, dass er das getan hat. Leo – ich dachte immer, er gehört zu den Guten.«

»Er ist ein Guter.« Nun erhebe auch ich mich. »Umso seltsamer ist diese Sache ja.«

»Wo ist meine Tasche?« Jen sieht sich um und rammt ihren Stuhl dabei gegen den des hinter ihr sitzenden Gastes. »Er ist ein Drecksack. O mein Gott. Ich wusste, dass etwas nicht stimmte, aber ich hatte ja keine Ahnung, dass er zu so etwas fähig ist. Ich werde ihn finden und umbringen.«

»Äh … Marc hat ihn bereits gefunden«, gestehe ich ihr.

»Ach ja?« Jen schnappt sich ihre Handtasche vom Boden und wirft sie sich über die Schulter.

»Er hat ihm eine verpasst, sodass er gestürzt ist.«

»Das ist wenigstens ein Anfang.« Jen rafft ihre Einkaufstüten an sich. »Trotzdem wird er von mir noch den einen oder anderen Schlag einstecken müssen. Kommst du mit?«

»Vielleicht ist das im Moment keine so gute Idee«, versuche ich, sie zu bremsen, und folge ihr. »Du bist vollkommen von der Rolle. Wir sollten erst mal in die Villa zurückkehren, damit du dich etwas beruhigen kannst.«

»Beruhigen? Das werde ich erst, wenn ich diesem elenden Scheißer wehgetan habe.«

Ich eile hinter ihr her auf die Straße. »Ich kenne dich, Jen. Wenn du so wütend bist, fällst du keine guten Entscheidungen.«

Doch sie hört nicht auf mich. »Ist Cassandra, diese widerliche Schlampe, noch in der Villa?« Unwirsch setzt sie ihre Sonnenbrille auf.

»Nein, sie ist schon weg.« Ich blinzle gegen die grelle Sonne an. »Vielleicht solltest du mit Leo …«

»Vergiss es, Soph. Auf gar keinen Fall.« Entschlossen marschiert sie den Gehweg entlang.

»Du weißt doch gar nicht, was ich sagen wollte«, sage ich atemlos, als ich sie einhole.

»Du wolltest sagen, dass Leo und ich die Sache vielleicht klären können. Aber das wird nicht passieren. Da führt kein Weg hin. Nie im Leben.«

78

In der nächsten halben Stunde verfolge ich Jen durch Saint-Tropez. Sie stürmt in Geschäfte, in denen sie Leo vermutet, und versucht mehrmals, ihn auf seinem Handy zu erreichen.

Doch vergeblich. Wir finden ihn nicht.

»Bestimmt wartet er in der Villa auf dich«, sage ich.

»Wahrscheinlicher ist, dass er sich versteckt!«, brüllt Jen. »Dieses feige Arschloch geht ja nicht mal an sein Handy.«

»Beruhige dich endlich.«

»Nein, das werde ich nicht tun.«

In der Villa stürmt Jen direkt in die Suite, die sie mit Leo teilt.

»Wenn er nicht dort ist«, schreit sie, zwei Stufen auf einmal nehmend, »werde ich seine verlotterten, schäbigen, stinkenden Surferklamotten nehmen und sie in den Pool werfen!«

Ich haste ihr nach.

Als sie die Tür aufreißt, kauert Leo auf der Bettkante. Seine Stirn zieren tiefe Sorgenfalten.

Er bemerkt Jen und erhebt sich. »Ich habe auf dich gewartet. Bitte, Baby, hör mir zu. Ich wünschte, du hättest es nie auf diese Weise erfahren.«

»Du mieses Schwein!« Jen bewirft ihn mit ihren Einkaufstüten. »Verschwinde! Auf der Stelle!«

»Du musst mir zuhören«, setzt Leo an.

»Nein, das muss ich nicht!«, schreit sie.

»Es war ein großer Fehler. Alles war so schwierig. Es wurde mir zu viel, ich konnte einfach nicht mehr damit umgehen. Ich … ich habe wirklich Bockmist gebaut.«

»Na gut. Wenn du nicht verschwindest, werde eben ich abreisen.« Jen marschiert zum Schrank und beginnt, Kleidung herauszuziehen und in ihren riesigen Armani-Koffer zu werfen.

Leo folgt ihr. »Wir müssen reden.«

»Wegen der Hochzeitsvorbereitungen wird mein Anwalt dich kontaktieren«, zischt sie ihn an.

»Jen, hör bitte auf damit.« Leo legt die Hand auf die Schranktür. »Ich bin wirklich ein Arschloch, und das weiß ich auch. Aber ich … Du hast mich immer wie ein Kind behandelt, ist dir das klar? Ich wollte mich wieder mal wie ein Mann fühlen.«

»Und was für ein fantastischer Mann du bist«, knurrt Jen und fährt damit fort, Kleidung in ihren Koffer zu werfen. »Deine Verlobte zu betrügen.«

»Ich liebe diese Frau nicht, Baby.« Leo legt ihr die Hand auf den Arm. »Ich liebe dich. Bitte! Es war blöd von mir.«

Jen wirbelt herum. »Wie oft ist es passiert?«

»Zwei Mal«, gibt er mit einem verschämten Blick auf den Boden zu. »Beim zweiten war mir klar, dass das ein Ende haben muss. Es ging einfach nur um Sex. Sie hat mich für einen tollen Kerl gehalten, mir das Gefühl gegeben, dass ich nicht einfach nur eine Zeitverschwendung bin.«

»Das bist du auch nicht, Leo«, erwidert Jen und zieht heftig den Reißverschluss des Koffers zu. »Aber zum Teufel noch mal: Du musst endlich erwachsen werden.«

Leo lässt ihren Arm los. »Komm schon, du hältst mich für wertlos. Das ist das Problem.«

»Das stimmt nicht.« Sie hievt den schweren Koffer zur Tür.

»Ach nein?« Leo folgt ihr. »Wann hast du mich zum letzten

Mal bestimmen lassen, wohin ich dich ausführen darf? Oder etwas für unsere Wohnung aussuchen lassen? Oder mich an dich herangelassen?«

Das nehme ich als Stichwort, um mich zu verdrücken.

»Soph?« Jen kommt mir hinterher. »Du bleibst.«

»Vielleicht solltet ihr euch beide doch noch einmal etwas Zeit füreinander nehmen.«

»Das brauchen wir nicht«, entgegnet Jen und stellt ihren Koffer gerade auf seine Rollen.

»O doch«, widerspricht Leo. »Wir müssen reden und ein paar Dinge klären.«

Jen wirbelt herum. »Und worüber sollen wir reden? Da gibt es nichts mehr zu bereden. Du hast mein Vertrauen missbraucht, und ich mache mich jetzt auf den Weg zum Flughafen.«

»Bitte, Jen, tu das nicht«, fleht Leo sie an.

Jen zerrt den Koffer über die Schwelle. »Komm, Soph. Wir gehen.«

»Jen, bitte!« Leo eilt zur Tür und versucht, sich ihr in den Weg zu stellen.

Aber Jen setzt sich die Sonnenbrille auf und schiebt sich an Leo vorbei, wobei sie den Koffer über seinen nackten Fuß rollen lässt. »Wenn du diesen Schmerz vertausendfachst«, knurrt sie, »dann weißt du in etwa, wie ich mich fühle. Du hast soeben mein Leben zerstört.«

79

Ich versuche erst gar nicht, Jen davon abzubringen, zum Flughafen zu fahren. Und ich diskutiere auch nicht mit ihr, als sie sagt, dass ich nicht mitkommen soll. Ich weiß, dass sie in dieser Stimmung nicht der Vernunft folgen wird. Vielleicht ja morgen, aber heute nicht.

Als ich sehe, wie sie in die Limousine steigt, kann ich nur daran denken, dass sie zu überstürzt gehandelt hat.

Ich weiß, dass sie sich miserabel fühlt. Wahrscheinlich würde ich an ihrer Stelle ebenfalls wegrennen wollen. Aber sie liebt Leo, da bin ich mir sicher.

Als die Tore sich hinter dem Wagen schließen, kommt Benjamin über den Rasen auf mich zu.

Nach dem Laufen hat er geduscht und sich umgezogen. Nun duftet er nach Seife und Aftershave. Aus einer lose sitzenden karierten Shorts ragen seine braun gebrannten Beine hervor, ein Strohhut beschattet sein Gesicht.

»Wohin fährt deine Freundin?«, fragt er und sieht dem Auto nach.

»Zum Flughafen.«

Ein ungläubiger Ausdruck breitet sich auf seinem Gesicht aus. »Hat sie ihn verlassen?«

Ich zucke mit den Schultern. »Jen ist immer für klare Fronten. Ein Fehltritt, und du bist raus bei ihr.«

»Geht es dir gut?« Er berührt meine Schulter.

»Eigentlich nicht«, sage ich leise. »Die beiden waren füreinander geschaffen. Sie haben es nur nicht gemerkt.«

»Soll ich ihr nachfahren?«, bietet er an.

Ich lächle ihm müde zu. »Das wäre zwecklos. Sie will im Moment allein sein. Nicht einmal mich wollte sie in ihrer Nähe haben.«

Nahe der Auffahrt parken mehrere Limousinen. Sie warten auf Gäste, die in die Stadt wollen. Benjamin winkt eine davon zu uns.

»Manchmal wissen die Leute nicht, was gut für sie ist.« Er öffnet die Wagentür. »Lass es mich einfach versuchen.«

Ich sehe ihn zweifelnd an. »Du kennst sie doch kaum.«

»Ja, aber …« Er lässt meine Schulter los. »Ich möchte das gern für dich tun. Ich kann sehr überzeugend sein.«

»Wirklich, Benjamin. Sie wollte nicht einmal von mir begleitet werden. Sie will allein sein. Ich verstehe nicht, warum …«

»Aber sie macht einen Fehler, oder?«, unterbricht er mich.

»Wahrscheinlich«, gebe ich zu.

»Dann lass es mich versuchen.« Benjamin steigt ein, und die Limousine rollt vom Anwesen.

Marcs langer Schatten fällt auf mich. »Wohin will er?«

»Er fährt Jen nach«, antworte ich, während ich zusehe, wie das Tor der Villa sich öffnet und wieder schließt.

»Und dabei habe ich gerade gedacht, dass das Leben momentan nicht interessanter werden könnte. Warum hat er dich angefasst?«

»Nur so. Um etwas zu verdeutlichen, was er gesagt hat.«

»Hm.« Marc legt den Arm um meine Schulter. »Und warum folgt er Jen?«

»Er hat einfach Mitgefühl und will ihr helfen.«

Marc schnaubt verächtlich. »Das ist ja mal ein ganz neuer Zug an ihm.« Er lacht höhnisch auf.

»Nein, im Ernst.« Ich lehne mich an ihn. »Er wollte nicht, dass Jen allein ist.«

Marc drückt mich an sich. »Aha, jetzt verstehe ich es. Jen ist verletzlich, und van Rosen hofft auf eine weitere leichte Eroberung.«

»Nein, so ist es diesmal nicht.«

Er tut es für mich, denke ich im Stillen, aber das kann ich Marc natürlich nicht sagen.

»Na gut.« Marc drückt mir einen Kuss auf den Scheitel. »Vielleicht gelingt es ihm ja, sie zu überreden, und sie kommt wirklich zurück.«

»Ich weiß nicht ... Du kennst Jen ja.«

»Ja, das tue ich.« Marc schenkt mir ein halbes Lächeln. »Aber man kann nie wissen. So verwundbar, wie sie momentan ist, gibt sie van Rosens Argumenten vielleicht nach. Bekanntermaßen sind Frauen so; sehr nachgiebig.«

»Ist das bei uns beiden auch passiert? Habe ich dir nachgegeben?«

»Ganz genau«, antwortet Marc. »Und davor hatte ich in deinem Fall nur die Wahl, hartnäckig zu bleiben.«

Ich lache. »Ach ja? Wenn ich mich recht entsinne, warst du an einem gewissen Punkt fast so weit, mich aufzugeben.«

»Niemals.« Marc küsst mich noch einmal auf den Kopf. »Ich hätte dich nie aufgegeben. Aber ich hatte fest damit gerechnet, dass du mir den Laufpass geben würdest.«

»Na ja, man hat es wirklich nicht immer leicht mit dir«, necke ich ihn.

Marc drückt mich. »Mrs Blackwell, seien Sie vorsichtig. Vergessen sie nicht, dass ich ein Seil und mehrere Handschellenpaare in meinem Koffer habe.«

»Mehrere gleich? Mir war nicht klar, dass du so gut ausgestattet bist.«

»Ich bin davon ausgegangen, dass du ungehorsam sein würdest, und habe vorgesorgt. Und ich hatte recht.«

»Meinst du damit gestern Abend, als ich ausgegangen bin?«

»Unter anderem.« Marc streicht mir über das Haar. »Ab sofort sind solche Ausflüge verboten, es sei denn, du unternimmst sie in Begleitung deines Mannes.«

»Ich hoffe, das ist nicht dein Ernst«, sage ich streng.

»O doch, mein voller Ernst«, erwidert Marc genauso streng.

»Ich gehe aus, wann ich will.« Ich sehe zu ihm auf. »Solange es Ivy gut geht und jemand auf sie aufpasst.«

»Wie du meinst.« Er sieht mich mit autoritärem Blick von oben an. »Ich werde meinen Spaß daran haben, dich danach wieder auf die richtige Bahn zu bringen.«

80

Den Nachmittag halten wir uns mit Ivy am Swimmingpool auf. Nadia streift über das Gelände, macht sich Notizen und brüllt in ihr Handy.

Nach einem besonders langen und mit vielen Kraftausdrücken gespickten Telefonat lässt sie sich auf eine Sonnenliege neben uns fallen.

»Gottverdammte Scheiße«, flucht sie vor sich hin. »Den gesamten Tag habe ich jetzt am Handy verbracht und keinen Ersatz für Cassandra auftreiben können. Mein Gott, ich hoffe, dass wir nicht zu viel Geld durch diese Sache verlieren, sonst wird der Film ernsthaft darunter leiden.«

Marc, der eine vor Freude glucksende Ivy durchs Wasser geschwungen hat, tritt an den Poolrand. »Ich hätte da einen Vorschlag. Die Dame, an die ich denke, wäre sofort verfügbar.«

»Ach ja?« Nadias Miene hellt sich auf. »Und wer soll das sein?«

»Denise Crompton«, antwortet Marc.

»Denise Crompton?« Nadia schüttelt den Kopf. »Marc, hast du das Drehbuch gelesen? Diese Mutter ist nicht der freundliche, kuschelige Typ. Denise wäre eine völlige Fehlbesetzung.«

»Sie kann alles spielen, was von ihr gefordert wird«, erwidert Marc, während er mit Ivy im Wasser sanft auf und ab hüpft.

»Aber sie passt nicht zu der Rolle. Allein vom Aussehen her.« Nadia hockt sich an den Pool.

»Dann schreib die Rolle doch einfach um«, schlägt Marc vor

und lässt Ivy wieder durchs Wasser gleiten. »Die Mutter kann ihrer Tochter doch auch den Rücken stärken.«

Nadia starrt ihn nachdenklich an. »Vermutlich könnte das funktionieren«, meint sie schließlich zögernd. »Trotzdem muss ich mir das noch gut überlegen.«

»Ich könnte dafür sorgen, dass Denise noch heute Abend eingeflogen wird.«

»Heute Abend?« Nadia bekommt große Augen. »Und wie soll das gehen?«

»Kein Problem.« Marc übergibt mir Ivy und steigt aus dem Pool. »Ich kann einen Privatjet organisieren, dann wäre sie bei Sonnenuntergang hier.«

»Ach, was soll's«, willigt Nadia ein. »Ändern wir eben das Drehbuch. Meine Güte, jetzt habe ich den ganzen Tag herumtelefoniert, und du löst mein Problem in fünf Sekunden.«

»Warum hast du mich nicht gleich gefragt?« Marc nimmt sich sein Handy von der Sonnenliege.

»Sophia«, Nadia kniet sich neben mich, »dein Mann ist wirklich ein Schatz.«

»Hat sich Cassandra sehr aufgeregt?«, frage ich. »Wann ist sie abgefahren?«

Nadia wirft einen Blick auf Marc. »Das ist mir im Moment egal. Es war ihre Schuld, was passiert ist. Wenn sie sich aufgeregt hat, dann wird sie schon darüber hinwegkommen.«

»Also war sie verärgert?«, hake ich nach.

»Sie war fuchsteufelswild!«, ruft ein Kameramann, der ein paar Meter von uns entfernt ein Stativ zur Probe aufbaut. »Es gibt nichts Schlimmeres als die Rache einer verschmähten Frau, so heißt es doch irgendwo. Zum Abschied hat sie nur noch gefaucht: ›Wir sehen uns dann beim Riviera-Filmfestival …‹«

Ein eiskalter Schauer läuft mir über den Rücken.

»Sie wird sich schon wieder einkriegen«, meint Nadia und wedelt abwiegelnd mit ihren Nägeln im Zebra-Look durch die Luft. »Es wird keine Woche dauern, bis sie für den nächsten Film gebucht wird.«

Marc runzelt die Stirn. »Trotzdem habe ich die Zahl der Sicherheitskräfte am Set verdoppeln lassen. Ich hatte in meinem Leben bereits mit genügend rachsüchtigen Frauen zu tun.«

»Darauf möchte ich wetten.« Nadia lacht. »Manche Frauen stehen auf Zuckerbrot und Peitsche – das alte Spiel von Liebe und Hiebe. Aber das hast du ja nur so lange gespielt, bis Sophia auftauchte.«

»Ach, ich kann auch bei Sophia manchmal recht böse werden«, bemerkt Marc vielsagend grinsend.

»Das will ich gar nicht so genau wissen. Themawechsel«, fährt sie fort. »Wie wär's, wenn wir Denises Ankunft mit einem Champagnerdinner feiern? Und nebenher können wir gemeinsam an der neuen Rolle basteln.«

»Super Idee«, meint Marc. »Was hältst du vom *Caveau Vin* als Restaurant?«

»Dem *Caveau Vin*?«, fragt Nadia. »Da kommen wir nicht rein. Auf gar keinen Fall.«

Marc macht eine gönnerhafte Handbewegung. »Ich besorge uns einen Tisch.«

»Du?« Sie sieht ihn zweifelnd an. »Für uns alle?«

Marc nickt.

Nadia klatscht in die Hände. »Perfekt! Du hast doch sicher ein Abendkleid eingepackt, Sophia?«

»Hm, mehr oder weniger. Wie nobel soll es denn sein?«, frage ich.

»Sagen wir mal so«, erwidert Nadia, »in Frankreich gibt es die besten Restaurants auf der ganzen Welt. Und das ist das beste

Restaurant von Frankreich, also extrem nobel. Es gehört einem schwedischen Prinzen. Ich würde mich nicht wundern, wenn uns dort ein paar Mitglieder der königlichen Familie über den Weg liefen. Und das Essen – o mein Gott! Die reinsten Kunstwerke. Man will es gar nicht antasten, weil es so schön aussieht.«

Marc mustert mich. »Mach dir keine Sorgen deshalb.«

»Ich mache mir keine Sorgen wegen des Restaurants«, erwidere ich, »sondern wegen Cassandras Abschiedsworten. ›Wir sehen uns dann beim Riviera-Filmfestival.‹ Was hat das zu bedeuten?«

»Cassandra ist jedes Jahr dort«, erklärt Nadia. »Mehr wollte sie damit vermutlich nicht sagen. Denk nicht länger darüber nach. Die Sicherheitsvorkehrungen beim Festival sind ausgezeichnet. Es ist völlig ausgeschlossen, dass sie dort irgendeinen Unsinn inszeniert.«

81

Am Spätnachmittag gehe ich mit Ivy im Park spazieren. Überall leuchten blaulilafarbene Lavendelbüsche, Ligusterhecken bilden herrliche Labyrinthe, Nadelbäume sind perfekt konisch gestutzt.

Auf dem Rückweg zum Haupthaus sehe ich, wie sich eine Limousine der Villa nähert.

Als sie stehen bleibt, steigt Benjamin aus und hält seinen Strohhut fest.

»Keine Jen?«, frage ich, als er mir entgegenläuft.

»Ich war zu spät«, sagt er. »Sie saß schon im Flugzeug.«

»Trotzdem danke für den Versuch.« Anerkennend berühre ich sein Handgelenk.

Er zuckt mit den Schultern und gibt mir einen Handkuss. »Ich habe es nur für dich getan.«

Ich ziehe meine Finger sofort zurück. »Benjamin, was du heute Vormittag am Strand gesagt hast …«

»Ach, das.« Er schiebt sich den Hut zurück, und ich sehe den Schmerz in seinen blauen Augen. »Vergiss es einfach. Ich werde nichts Dummes anstellen und auch kein weiteres peinliches Geständnis ablegen. Aber nur, damit du es weißt: Ich würde alles für dich tun.«

»Danke. Ich … ich habe keine Ahnung, was ich dazu sagen soll.«

Gequält sieht er mich an. »Tja, das Schicksal kann einem manchmal übel mitspielen. Du hast nicht vielleicht noch ein paar Schwestern?«

Ich lache. »Nein, leider nicht.«

»Zu schade.« Er legt eine Hand auf meine Schulter. »Weißt du, was? Dieses Gefühl war gut für mich. Es hat mir eine Menge klargemacht. Das werde ich mir für die Zukunft merken.«

Ich nicke. »Na schön.«

»Und dieser Film wird bestimmt fantastisch.« Er drückt mir einen raschen Kuss auf die Wange. »Bleib so, wie du bist – perfekt eben. Und wenn Marc dir mal Schwierigkeiten macht, weißt du, an wen du dich wenden kannst.« Er lächelt mich noch einmal kurz an, dann dreht er sich abrupt um und geht ins Haus.

»Wir treffen uns heute Abend alle zum Essen!«, rufe ich ihm nach. »Um Cassandras Ersatz kennenzulernen und am Drehbuch zu arbeiten. Kommst du auch?«

Er dreht sich noch einmal kurz um. »Ist Marc dabei?«

»Ja.«

»Danke!«, ruft er über die Schulter. »Aber ich glaube, in diesem Fall verzichte ich darauf.«

»Das soll ein Restaurant sein?«, frage ich Marc ungläubig, während unsere Limousine über eine lange, von hohen, dünnen Bäumen gesäumte Kieszufahrt rollt.

Um uns herum erstreckt sich ein richtiger Schlosspark mit riesigen, perfekt gepflegten Rasenflächen und üppig blühenden Lavendelsträuchern.

»Früher hat die königliche Familie hier Urlaub gemacht«, meint Marc.

Der Wagen hält vor einem kleinen Palast mit mehreren Seitenflügeln. Ein livrierter Diener eilt herbei, um uns die Türen zu öffnen.

»Willkommen, Mr und Mrs Blackwell«, begrüßt er uns und verbeugt sich. »Bitte folgen Sie mir.«

»Hast du die königliche Familie schon mal getroffen?«, flüstere ich Marc zu.

»Ein oder zwei Mal.« Er hilft mir galant, als ich aus dem Wagen steige.

»Wie oft denn nun? Ein Mal oder zwei?« Meine Schuhe knirschen auf dem Weg aus Kieseln.

»Eigentlich waren es mehrere Male. In Ascot und in Wimbledon. Die Mitglieder der königlichen Familie sind allesamt reizend und ausgesprochen höflich.«

»Ich war noch nie an einem solchen Ort wie diesem.« Beeindruckt lasse ich den Blick über das Anwesen schweifen. »Was ist, wenn ich etwas Falsches sage? Oder die falsche Gabel benutze?«

»Du kannst nichts falsch machen«, beruhigt mich Marc und nimmt meine Hand.

»Aber wenn hier doch Mitglieder einer königlichen Familie verkehren?«, entgegne ich nervös.

Er drückt meine Hand. »Ganz ruhig. Das kriegst du schon hin.«

82

Marc und ich werden in einen Ballsaal geführt. An den Wänden hängen Ölgemälde in goldenen Rahmen. Jemand reicht uns auf Trockeneis angerichtete Kanapees, der Champagner wird aus Magnumflaschen eingeschenkt.

»Wo sind denn die Tische?«, frage ich Marc und nehme mir ein Glas mit perligem Champagner.

Er deutet auf die goldenen Doppeltüren vor uns. »Dahinter. Entspann dich.«

Ich nicke und bemühe mich zu lächeln, als ein Kellner mir Kaviarhäppchen anbietet.

»Äh … danke schön.« Ich nehme ein Weißbrotschnittchen, aber meine Hand zittert so stark, dass es mir entgleitet und auf den Marmorboden fällt.

»O mein Gott. Das tut mir so leid.« Nervös nippe ich an meinem Glas.

»Keine Sorge, Madame.« Der Kellner stellt sein Tablett ab. »Ich kümmere mich gleich darum.«

»Sophia, beruhige dich. Alles ist gut.« Marc drückt meinen Arm.

Ich trinke noch einen großen Schluck Champagner. »Nein, das ist es nicht. Ich sterbe vor Verlegenheit.«

»Das ist nicht weiter schlimm. Die Kellner haben bestimmt schon andere Katastrophen erlebt.« Marc nimmt mir das Glas aus der Hand. »Trink nicht so viel auf einmal, sonst bist du gleich angeheitert.«

»Das war mein Plan«, scherze ich, meine es aber irgendwie auch ernst.

Marc zieht eine Grimasse.

»Wo ist Nadia?«, frage ich.

»Sie verspätet sich«, antwortet er und reicht mein halb leeres Glas einem vorbeikommenden Kellner. »Sie verspätet sich ständig.«

Ich sehe mich um. »Und was ist mit Denise? Sie sollte doch auch schon hier sein.«

»Sie kommt bestimmt bald.«

Hinter uns stimmt ein Orchester ein langsames klassisches Musikstück an.

»Mrs Blackwell, darf ich bitten?« Marc nimmt meine Hand.

»Hier?«

»Natürlich hier. Wo denn sonst?« Er bringt mich in die korrekte Tanzposition.

»Wann hast du so tanzen gelernt?«, frage ich, als er mich gekonnt durch den Saal schiebt.

»Für einen Film.« Er dreht mich geschickt und fängt mich elegant auf, bevor ich hinfalle.

»Für *Divine Act*? Aber die Tanzszene hat nicht länger als dreißig Sekunden gedauert«, sage ich etwas abgelenkt, weil ich versuche, seinen Schritten zu folgen.

»Für meinen Beruf tue ich alles.«

»Ich tanze gern mit dir«, flüstere ich.

Marc drückt seine Wange an meine. »Soll ich dir ein Geheimnis verraten? Ich tanze auch gern mit dir.«

»Ist das ein Geheimnis?«, wispere ich erneut.

»Ja. Die Situation könnten wir doch gut für eine neue Lektion nutzen, findest du nicht auch?«

»Hier?«

»Warum nicht?« Marc wirbelt mich wieder herum, und dieses Mal schaffe ich es, mich etwas graziler zu drehen.

»Na ja, zum einen sind wir hier nicht allein«, sage ich, während ich den Griff seiner starken Arme genieße.

»Vielleicht ist dir das noch nicht klar, Sophia, aber wenn Filme in die Kinos kommen, werden sie von Millionen von Menschen gesehen.«

»Ich finde die Gelegenheit jetzt wirklich nicht besonders passend, Marc.«

»Sie ist perfekt. Sieh dich doch mal um.« Er tanzt mit mir quer durch den Saal. »Erinnerst du dich an deinen Text in der Szene im Tanzsaal?«

»Na klar.« Ich versuche, die Balance zu halten, als er mich wieder dreht. »Ich habe das Drehbuch bestimmt hundertmal gelesen.«

»Gut.« Marc fällt in seine Rolle. »Ich wusste, dass du schlecht sein würdest, aber ich hatte keine Ahnung, dass du so abgrundtief miserabel bist.«

Ich kann mir ein Lächeln nicht verkneifen. Er erstaunt mich immer wieder. Von einer Sekunde auf die andere kann er sich verwandeln. Die Schauspielerin in mir lässt sich nicht bremsen. Sie spielt mit. »Ich gebe mir Mühe, okay?« Ich tue so, als würde ich stolpern. »Ich tanze diese Schrittfolge zum ersten Mal.«

Marc schüttelt den Kopf. »Zum ersten Mal? Dann musst du dir mehr Mühe geben, Prinzessin.«

»Gib du mir eine Chance.«

Unsere Füße bewegen sich zum Takt der Musik.

»Besser«, lobt Marc und lässt mich erneut eine Drehung vollführen.

Mittlerweile haben wir unseren Rhythmus gefunden, und er wirbelt mich durch den Saal.

»Nicht schlecht.« Er hebt mich hoch und lässt mich sanft wieder herunter. »Was ist passiert? Hast du endlich die Musik gehört?«

»Und du weißt alles über Musik, nicht wahr?«, erwidere ich. Mein Haar schwingt hin und her, als er mich in den Stand zieht.

»Was soll das heißen?« Sein Gesicht ist ganz nah an meinem.

Ich sehe ihn böse an. »Ach, komm. Jeder auf diesem Schiff kennt die Gerüchte über deine Familie.«

Ich wappne mich für den nächsten Schritt. Das Drehbuch sieht vor, dass er mich nun schüttelt und anbrüllt. Aber das tut er nicht.

»Marc?«, sage ich fragend, während wir weitertanzen.

»Ich werde dich nicht so hart anfassen.«

»Weil wir nicht allein sind?«

»Nein.« Noch eine Drehung. »Weil ich es nicht tun werde.«

»Aber so steht es im Drehbuch«, widerspreche ich. Mittlerweile ist mir ein wenig schwindelig.

»Das ist mir egal.« Er verstärkt seinen Griff und führt mich.

»Die Rolle schreibt es vor.«

»Dann bezeichne ich es eben als Vorrecht des Schauspielers, mich dem zu widersetzen. Ein Mann sollte eine Frau niemals vor Wut schütteln.«

Ich lache. »Ist das nicht ein bisschen scheinheilig? Neulich hast du mich noch mit Handschellen ans Bett gefesselt.«

»Das ist etwas völlig anderes.« Er zieht mich schwungvoll zu sich, bevor er mich wieder von sich schiebt. »Das geschah in beidseitigem Einvernehmen.«

Ich recke den Hals. »Dort kommen Denise und Nadia.«

Denise bleibt in der Tür stehen und betrachtet den schönen Raum leise lächelnd. Ihre weichen blonden, mit grauen Strähnen durchzogenen Haare sind kürzer geschnitten und leicht gewellt. Ihre Augenwinkel zieren Lachfältchen.

Nadia hat den Arm um ihre Schulter gelegt und plaudert munter mit ihr. Sie trägt ein mit Pailletten besticktes schwarzes Abendkleid mit Schwalbenschwanz und gestikuliert mit der freien Hand wie üblich wild, wobei ihre Fingernägel im Zebra-Look durch die Luft zischen.

»Sophia! Marc!« Nadia winkt uns zu und nimmt einem vorbeikommenden Kellner ein Glas Champagner ab. »Hey, seid ihr bereit zu speisen?«

83

Bei pochiertem Seeteufel, Champagner und zartestem Buttergemüse überarbeiten Nadia, Marc, Denise und ich das Drehbuch und markieren Denises Szenen mit einem schwarzen Stift an der Seite.

»Wisst ihr, was?«, verkündet Nadia beim Dessert. »Ich denke, wir haben es geschafft. Jetzt müssen wir den Film nur noch drehen.«

»Aus deinem Mund klingt das alles sehr einfach«, stellt Denise lachend fest.

»Es wird einfach sein.« Nadia nimmt einen Schluck vom kühlen Weißwein. »Ihr werdet schon sehen. Das Riviera-Filmfestival bereitet mir mehr Kopfzerbrechen. Ich bin schon so aufgeregt deshalb.«

»Du und aufgeregt?« Marc zieht eine Braue hoch.

»Aber ja doch. Mein Gott, wie wahnsinnig. Beste Regie? Mein Leben lang habe ich mich nach dieser Auszeichnung gesehnt. Ich arbeite dafür.«

»Und deine Chancen stehen gut«, meint Marc. »Das weißt du doch.«

»Eine gute Chance heißt noch lange nicht, dass ich gewinne«, wiegelt Nadia ab.

»Man weiß nie, was die Jury letztendlich zu ihrer Wahl bewegt«, sagt Marc. »Es ist wie eine Lotterie. Steigere dich bloß nicht zu sehr rein.«

»Du hast leicht reden«, schnaubt Nadia. »Du hast die Silberne Lotosblume schon mal als bester Schauspieler gewonnen.«

»Und es bedeutet mir nichts. Wichtig ist nur, was das Publikum denkt«, winkt Marc ab.

»Erinnere mich nicht daran«, stöhnt Nadia. »Dem Publikum müssen wir es mit diesem Film ja auch noch recht machen.«

Die Dreharbeiten verlaufen tatsächlich reibungslos, nachdem Cassandra nicht mehr dabei ist. Die Szenen in der Villa sind innerhalb weniger Wochen im Kasten. Danach ziehen wir auf das Kreuzfahrtschiff um, um dort den Rest zu filmen.

Wir fahren oft aufs Meer hinaus. Ich liebe es, wenn man nichts als Wasser und Himmel sehen kann.

Benjamin verhält sich höflich und professionell, was Nadia stutzig macht.

»Ich weiß nicht, was mit ihm los ist«, gesteht sie mir. »Das ist nicht der Benjamin, den ich kenne. Er ist fügsam wie ein Lamm. Kippst du ihm etwas in seine Drinks?«

»Vielleicht ist er einfach nur ein bisschen erwachsener geworden«, entgegne ich.

Die Szenen mit Benjamin machen mir großen Spaß. Wir sind Freunde. Gute Freunde. Ich bin mir sicher, dass er sein Wort halten und mich nicht in Verlegenheit bringen wird.

Leo ist nur noch ein Schatten seiner selbst. Er zieht sich oft zurück und lehnt alle Angebote zu einem geselligen Zusammensein ab.

Ich weiß, dass er hundertmal versucht hat, Jen anzurufen. Und ich weiß auch, dass sie sich nach wie vor weigert, mit ihm zu reden.

Eines Tages stoße ich an der Cocktailbar auf dem dritten Deck auf Leo. Er starrt gedankenverloren aufs Meer.

Auf dem Tisch stehen vier leere Bierflaschen. Die fünfte ist bereits halb leer.

»Hattest du keine Lust, dich zum Lunch zu uns zu setzen?«, will ich wissen.

Leo lacht freudlos. »Ich war nicht in der Stimmung.«

»Es geht dir immer noch nicht gut, oder?«, frage ich behutsam.

»Wahrscheinlich wird es mir nie mehr gut gehen«, brummt er und kratzt mit dem Daumen am Etikett einer Bierflasche herum. »Warum nur habe ich mich derartig bescheuert verhalten?«

»Keine Ahnung. Sag du es mir.« Ich setze mich ihm gegenüber.

»Wo steckt Rocky?«, fragt er.

»In unserer Suite. Er arbeitet.«

»Marcs rechter Haken ist wirklich nicht schlecht.« Leo blickt wieder aufs Meer. »Ich will jetzt nicht nach irgendwelchen Entschuldigungen suchen, aber … Jen ist eine wunderbare Frau, aber sie kann einen echt plattmachen. Ich wollte mich einfach mal wieder als Mann fühlen.«

»Jen weiß, was sie will.«

Leo nimmt einen großen Schluck Bier. »Cassandra stand auf sonderbare Dinge. Es war ziemlich bizarr, aber es hat mir gefallen, zur Abwechslung mal das Kommando zu übernehmen. Sag es bitte nicht Jen, aber ich habe das wirklich gebraucht. Bei ihr habe ich ständig alles falsch gemacht.«

»Warum hast du nicht mit ihr darüber geredet?«

»Hast du je versucht, mit Jen zu reden?«

Ich lehne mich leicht nach vorn. »So schrecklich ist sie nun auch wieder nicht, und das weißt du auch.«

»Wird sie mich zurücknehmen?«, fragt er mich mit traurigem Blick.

Ich atme tief aus. »Hm …«

Nein.

Leo trinkt einen weiteren Schluck. »Themawechsel: Seid ihr bereit für Cannes?«

»Überhaupt noch nicht. Ich habe nicht einmal ein passendes Kleid. Marc wird mit mir shoppen gehen, bevor wir zum Festival aufbrechen.«

»Ich habe immer gedacht, dass du auf tolle Kleider keinen besonderen Wert legst.« Leo gibt einem Kellner ein Zeichen und deutet auf seine Bierflasche.

»Das tue ich auch nicht. Aber wir reden hier vom Riviera-Filmfestival, das ist etwas Besonderes.«

»Dann hoffe ich, dass Marc dir ein schönes Kleid aussucht. Du wirst bestimmt toll aussehen.«

»Ich wähle selbst meine Kleider aus, Leo.«

»Ach so?« Er nimmt von dem Kellner eine volle, gekühlte Flasche Bier entgegen. »Und ich dachte, Marc will immer, dass alles nach seinem Kopf geht.«

»Das stimmt, aber trotzdem habe ich noch meinen eigenen.«

»Cassandra wird auch auf dem Festival sein.« Leo nimmt einen Schluck aus der Flasche. »Das wird ziemlich peinlich werden. Ich werde dafür sorgen, dass ich eine Million Meilen von ihr entfernt sitze. Wenn die Kameras uns zusammen einfangen, wird Jen mich auf gar keinen Fall mehr anschauen, geschweige denn zurücknehmen.«

84

Entspann dich.« Marc drückt mir aufmunternd die Hand.

Wir schlendern die Rue Francois Sibilli entlang, eine der Haupteinkaufsmeilen in Saint-Tropez. Die Häuser sind pfirsich- und altrosafarben gestrichen, ihre funkelnden Schaufenster zieren weiße Fensterläden. Marken wie Valentino, Miu Miu und Gucci prangen an den Ladenfronten.

»Ich kann mir nicht helfen«, im Vorbeigehen betrachte ich mein Spiegelbild in einem der Schaufenster, »aber ich weiß nie, was ich in Designer-Läden soll.«

Eine tadellos gestylte Französin in weißem Leinenkostüm überholt uns, die blonden Haare perfekt frisiert. Unter ihrem Arm klemmt eine Tasche aus Schlangenleder, neben ihr trabt ein schneeweißer Pudel.

»Alles ist gut.« Marc drückt mir einen Kuss auf den Scheitel. »Du siehst wie ein Model aus. Jeder Designer würde dich mit dem allergrößten Vergnügen einkleiden.«

Die Sonne wärmt den breiten, sauberen Bürgersteig.

»Ich fühle mich aber nicht so.«

In meinem locker sitzenden weißen Sommerkleid bin ich im Vergleich zu den anderen Leuten in dieser Einkaufsgegend viel zu schlicht gekleidet. Alle tragen perfekte Outfits.

»Das solltest du aber«, beharrt Marc.

»Ich bin teure Kleider nicht gewöhnt«, erkläre ich ihm, als wir an Valentino vorbeikommen. »O mein Gott, Marc. Hast du gesehen, wer in diesem Laden war?«

»Wer denn?« Er dreht sich um.

»Mick Jagger.«

»Also ist Mick auch hier.« Marc zieht eine Augenbraue hoch. »Das wundert mich nicht besonders, er ist gern in Saint-Tropez. Möchtest du ihn kennenlernen? Er ist ein guter Freund von mir.«

»Ich wäre viel zu schüchtern.«

»Mick gegenüber?«, fragt Marc überrascht. »Das brauchst du nicht. Er wird ganz vernarrt in dich sein.«

»Wie soll ich mich bei all diesen Promis in den Läden nur entspannen?«, flüstere ich verzweifelt.

»Was glaubst du denn, wer du bist?«

»Ich ... ich bin ein ganz normaler Mensch.« Wieder betrachte ich mich in einem blank geputzten Schaufenster – und sehe eine durchschnittliche junge Frau mit braunem Haar und braunen Augen. Nichts Außergewöhnliches.

»Nein, das bist du nicht, glaub mir.« Marc zieht mich weiter. »Ah ... da ist der Laden, in den ich mit dir wollte.«

Er hält mir die Tür auf, und sofort fallen mir sehr elegante Hosenanzüge und prachtvolle Kleider auf.

»*Enchanté!*« Eine kleine blasse Dame eilt auf uns zu. Ihr geometrisch geschnittener weißer Bob sitzt perfekt, die Augen sind mit schwarzem Eyeliner betont. »Marc Blackwell! Wir haben uns viel zu lange nicht mehr gesehen.«

»Claudette.« Marc lässt sich von ihr auf die Wangen küssen. »Ich habe Ihnen jemanden mitgebracht, den Sie einkleiden dürfen.« Er nimmt meine Hand und streckt sie vor. »Meine perfekte Gemahlin Sophia.«

»Aber nein, perfekt bin ich wahrhaftig nicht«, murmle ich verlegen.

Claudette ergreift meine Hand und wirbelt mich herum. »Wie wunderschön! Diese Proportionen! Ich liebe sie, Marc. Für französische Mode genau die richtige Figur. Kommen Sie, Sophia, setzen Sie sich.«

Sie lässt mich los und klopft auf eine pinkfarbene Chaiselounge aus Samt. »Dann sehen wir mal, was ich für Sie tun kann. Warten Sie hier, bis ich ein paar schöne Kleider für Sie herausgesucht habe. Sie brauchen etwas für das Riviera-Filmfestival, habe ich recht? Warum wären Sie sonst hier?«

»Ja.« Ich erhasche ein Bild von mir in einem Ganzkörperspiegel – langes, welliges braunes Haar umspielt meine Schultern, mein Blick ist leicht verwundert. Ich muss zugeben, dass die französische Sonne meiner Haut einen warmen Schimmer verliehen hat, und trotzdem finde ich mich ganz gewöhnlich. Mit den Frauen hier kann ich nicht mithalten.

»Ah, das hier wäre doch schon mal sehr schön.« Claudette nimmt ein pinkfarbenes Kleid mit einem Tellerrock von einem Ständer und drapiert es um meinen Körper. »Sieht sehr nach rotem Teppich aus, finde ich. Kühn und wunderschön.«

Ich betrachte den kostbaren Stoff und frage mich, wie man sich in all diesen Stoffbahnen bewegen soll.

»Hm …« Ich weiß nicht, wie ich ihr zu verstehen geben kann, dass ich dieses Kleid abscheulich finde.

»Nein?« Claudette tritt einen Schritt zurück. »Nicht Ihr Geschmack?«

»Es ist … äh … Ich mag eigentlich eher schlichte Kleider.«

»Schlicht? Sie können nichts Schlichtes tragen«, empört sich Claudette. »Marc wird meiner Meinung sein. Nicht beim Riviera-Filmfestival. Wie sagt man gleich noch mal? Ganz oder gar nicht.«

Ein paar hübsche junge Mädchen pressen sich die Nasen an der Fensterscheibe platt und kichern.

Marc verzieht das Gesicht. »Sie haben doch auch einen privaten Umkleidebereich, oder?«

»*Certainement.*«

85

Claudette führt uns durch den Laden in einen hübschen, von hohen Mauern umgebenen Garten mit üppig blühendem Geißblatt und Lavendel. Es gibt sogar einen schmiedeeisernen Tisch, Stühle sowie ein Rattansofa.

»Sie können sich hier draußen umziehen.« Claudette rollt einen

Kleiderständer in den Patio und lehnt einen hohen Spiegel an die Wand. »Niemand wird Sie stören.«

An dem Ständer hängen Kleider, die sie für mich ausgesucht hat, und ein paar, die ich selbst ausgewählt habe.

»Ich war noch nie in einer Freiluftumkleide«, sage ich und lächle erfreut über die Sonne, die in den Garten fällt.

»Heute ist perfektes Wetter, nicht wahr?«, meint Claudette.

»Ja, es ist wirklich sehr schön«, stimme ich ihr zu.

»Wissen Sie, ich war mir sicher, dass Marc nie heiraten würde«, fährt Claudette munter plaudernd fort und schüttelt ein Kleid aus. »Sie müssen mir unbedingt erzählen, wie Sie ihn rumgekriegt haben, Sophia.«

»Es war eher umgekehrt«, brummt Marc.

»Das ist dann schon mal der erste Teil der Geschichte«, meint Claudette. »Und wo haben Sie sich kennengelernt?«

»Ich war Sophias Lehrer am Ivy College«, erklärt Marc, »und habe mich sofort in sie verliebt. Natürlich unpassenderweise, muss ich leider hinzufügen.«

»Ihr Lehrer? Skandalös!« Claudette lacht. »Welch wunderbare Geschichte. Wie wär's mit einem kühlen Glas Wein bei dieser Hitze?«

»Claudette hat also gedacht, du würdest nie heiraten«, necke ich Marc, als sie weg ist. »Warum kennt sie dich eigentlich so gut?«

»Ich hätte keine andere Frau geheiratet als dich«, versichert mir Marc.

»Aber woher kennst du Claudette?«

Marcs Lippen kräuseln sich amüsiert. »Ich habe in der Gegend vor vielen Jahren einen Film gedreht.«

»Ich glaube, ich weiß auch, welchen: *Drug Money*, stimmt's?«

Marc hebt amüsiert eine Braue. »Du bist ja ein richtiger Marc-Blackwell-Fan.«

»Ich habe alle deine Filme gesehen. Selbst den mit Cassandra«, füge ich zögernd hinzu.

Alles in mir verkrampft sich, als ich an eine bestimmte Szene zwischen Marc und Cassandra denke, eine leidenschaftliche, ja fast schon animalische Szene. Die beiden haben Sex im Umkleideraum einer Schule, wovon der Zuschauer aber nur wilde Küsse sieht.

Natürlich ist das nicht der einzige Film, in dem Marc eine Frau küsst. Aber er ist meinem Wissen nach der einzige mit einer Kollegin, mit der er auch eine Affäre hatte.

Ich wende den Blick von Marc ab.

»Sophia«, sagt er sanft, »das ist schon eine Ewigkeit her. Ich war ein völlig anderer Mensch.«

Ich nicke und blinzle die Tränen weg. »Ich weiß. Ich wünschte nur, es wäre nie passiert.«

»Das wünschte ich mir auch.« Marc legt einen Arm um meine Schulter.

»Hier bin ich wieder.« Claudette kehrt mit zwei Gläsern gekühlten Weißwein und einem raffinierten Kleid über dem Arm zurück. »Ich habe noch etwas gefunden, das Sie unbedingt anprobieren müssen, Sophia.«

Das Kleid ist mit riesigen Seidenrosen verziert und hat eine Schleppe, die hinter Claudette auf dem Boden schleift.

»Ich weiß, ich weiß«, sagt Claudette, während sie die Weingläser auf den Tisch stellt. »Sie sagten, etwas Schlichtes wäre Ihnen lieber. Aber probieren Sie das hier wenigstens an, okay?« Sie hängt das Kleid an den Ständer und fährt mit den Fingerspitzen über die Rosen. »Die Farbe wäre einfach perfekt für Sie.«

»Ich glaube wirklich, etwas Schlichtes würde mir besser stehen«, beharre ich.

»Beim Riviera-Filmfestival kann man nicht schlicht gekleidet auftauchen«, wiederholt Claudette. »Probieren Sie es an. Marc, Sie sind ihr Mann. Können Sie sie nicht überzeugen? Der Mann hat immer das letzte Wort, oder?« Sie lacht. »Schließlich haben die Männer auch das Geld.«

»Sophia kann sich aussuchen, was ihr gefällt«, sagt Marc. »Ich schreibe ihr nicht vor, was sie zu tragen hat.«

»Wirklich nicht?« Claudette wirkt überrascht.

»Sophia ist nicht mein Eigentum«, stellt Marc klar, »sie ist meine Frau.«

»Die meisten Männer hier sind anderer Meinung«, sagt Claudette nachdenklich. »Sie behängen ihre Frauen mit goldenen Rolex-Uhren und Diamanten, damit jeder sieht, wie viel Geld sie haben. Nun denn, ich werde mich jetzt zurückziehen, damit Sie sich in Ruhe umkleiden können. Rufen Sie mich, wenn Sie etwas brauchen.«

Claudette verschwindet im Laden und zieht einen schwarzen Vorhang vor die gläserne Tür.

»Sophia …«

Ich bemühe mich um ein heiteres Lächeln. »Schon gut, Marc. Du hast ja recht. Was vorbei ist, ist vorbei. Es tut zwar weh, aber damit muss ich leben. Du bist mein Mann, und wir haben ein gemeinsames Kind. Ich habe keinen Grund, eifersüchtig zu sein.«

»Und trotzdem bist du es, oder?« Seine Augen bohren sich in meine.

»Ich kann einfach nicht aufhören, an dich zusammen mit dieser Frau zu denken«, gebe ich zu.

»Hilft es dir, wenn ich dir sage, dass ich den Gedanken auch nicht ausstehen kann?«

»Ein wenig.«

»Du bist die Frau, die mich verändert und die mir eine wunderhübsche Tochter geschenkt hat. Die Frau, die es geschafft hat, dass ich mich in sie verliebe. Keine andere wird dir je das Wasser reichen können.«

Er streichelt meinen Rücken und blickt mir immer noch tief in die Augen. »Also, Mrs Blackwell, wählen Sie Ihr Kleid aus.«

»Es ist nicht so einfach. Ich muss elegant aussehen, aber ich hasse es, zu etwas gemacht zu werden, was ich nicht bin.«

»Hm … interessant.« Marc zieht eine Augenbraue nach oben. »Aber du siehst immer elegant aus, selbst wenn du ans Bett gefesselt bist. Du solltest Claudette vertrauen. Sie ist schon sehr lange in diesem Geschäft.«

»Aber so etwas wie das hier ist einfach nicht mein Ding.« Ich halte das Kleid mit den Rosen vor mich. »Kannst du dir vorstellen, wie ich darin aussehe?«

»Ich glaube, du würdest unglaublich schön darin aussehen«, sagt Marc. »Vielleicht ist es Zeit, dass du deine Grenzen etwas verschiebst.«

»Glaubst du denn nicht, dass du sie schon weit genug verschoben hast?«

»Noch lange nicht. Lass mich dir beim Ausziehen helfen.«

»Hältst du das für eine gute Idee?«

»Für eine meiner besseren.« Sein Blick lässt erahnen, woran er denkt.

»Wie die, mich zu heiraten, meinst du?« Ich hänge das Kleid zurück an den Ständer.

»Ganz genau.« Marc tritt hinter mich. Er zieht mir mein Kleid über den Kopf, schleudert es auf den Ständer und fährt dann mit einem Fingerknöchel meinen Nacken und meine Wirbelsäule hinunter. Nur mit meiner schlichten cremefarbenen Unterwäsche bekleidet erschauere ich lustvoll unter seiner Berührung.

»Halte dich an der Kleiderstange fest«, befiehlt er, führt meine Hände an das kalte Metall und zieht mir mein Höschen aus.

Seine Finger schieben sich zwischen meine Oberschenkel, fahren auf und ab und lassen mich lustvoll erbeben.

»O Gott, Marc«, flüstere ich und stütze mich an dem Kleiderständer ab. »Wir sollten das hier nicht tun.«

Ich spüre seine Hände plötzlich nicht mehr und höre, wie er seine Hose öffnet.

»Marc?«

Starke Hände umfassen mein Hinterteil.

Ich schlucke, schließe die Augen und warte.

Marc drückt und lässt so lange immer wieder los, bis ich ein kleines Stöhnen unterdrücken muss. Dann zieht er meine Pobacken auseinander.

Ich keuche auf und klammere mich an die Stange, als er tief in mich eindringt.

»Oooh!« Zuerst tut es weh, weil ich so eng bin.

Marc hält in der Bewegung inne. »Bist du okay?«, flüstert er an meinem Ohr.

Ich nicke nur, weil ich kein Wort herausbringe.

Marc lässt sich langsam immer tiefer in mich gleiten.

»O Marc.«

Er hält mir den Mund zu und streichelt mich mit seiner anderen Hand an der sensibelsten und heißesten Stelle zwischen meinen Beinen.

Mittlerweile habe ich die Augen geschlossen und stöhne gegen seine Hand, als er das Tempo seines Rhythmus allmählich steigert.

Die erst langsamen, sanften Bewegungen werden schneller und härter, seine Hüften klatschen auf meinen Hintern.

Ich bin so erregt, dass mich mein Orgasmus völlig überraschend überwältigt. Mein Körper fängt an zu knistern und zu brennen, zwischen meinen Beinen wird eine heiße Flamme entfacht, die sich in sanfte Hitze verwandelt.

Marc packt mich noch einmal an den Hüften und kommt mit einem letzten tiefen Stoß, nach dem sein Körper erstarrt.

Er umklammert mich so fest, dass sich seine Finger in meine Haut graben. Ich spüre, wie er in mir zuckt.

»Sophia«, haucht er mit stoßweise gehendem Atem.

Ich halte mich immer noch an der Kleiderstange fest und habe das Gefühl, dass mein Hintern glühend rot ist.

Marcs weiche Finger spreizen mein Hinterteil ein wenig, und er gleitet aus mir heraus.

»Nun, Mrs Blackwell«, knurrt er liebevoll, »haben Sie in der Zwischenzeit beschlossen, welches Kleid Ihnen am besten gefällt?«

86

Marc zieht mir mein Höschen wieder an.

»Mein Gott, Marc, du hast es wirklich raus, dir die passenden Gelegenheiten für so etwas auszusuchen.«

Er grinst. »Ab und zu erinnere ich dich gern daran, wer bei uns beiden das Sagen hat.«

»Ach so? Du also?« Lächelnd wende ich mich ihm zu.

»Gerade eben schon. Hättest du aufhören können?«

»Nein«, gebe ich zu.

Er zieht mich an sich. »Gut.«

Aus den Augenwinkeln erhasche ich einen Blick auf mein Spiegelbild, eng umschlungen mit seinem.

»Wie sehe ich aus?«

»Willst du meine Meinung hören?«

»Ich will immer deine Meinung hören.«

Marc betrachtet uns. »Ich finde, du siehst in allem wunderschön aus. Aber du fährst zum Riviera-Filmfestival. Warum also suchst du dir nicht das prachtvollste Kleid aus? Du wirst bestimmt nicht deplatziert wirken.«

»Vielleicht probiere ich doch mal das mit den Rosen an.« Ich nehme es von der Kleiderstange. »Obwohl ich keine Rose mehr bin.«

»Eine Rose mit anderem Namen.« Marc schenkt mir sein betörendes halbes Lächeln.

Das Kleid ist übersät mit Blüten in unterschiedlichen Größen und Farben, selbst auf den dünnen Trägern. Die Farbpalette des Stoffes reicht von weichem Grau, Prinzessinnen-Pink bis hin zu strahlendem Weiß.

Ich streichle über eine der riesigen Seidenrosen. »Romeo, Romeo, willst du mir damit helfen?«

»Mit Freuden.«

Marc nimmt das Kleid und hält es so, dass ich es leichter anziehen kann.

»Du stellst dich ziemlich geschickt an«, erkläre ich. »Hast du schon vielen Frauen beim Ankleiden geholfen?«

Ich bedauere die Frage, sobald ich sie gestellt habe. Sie ist nicht witzig. Nicht wenn Cassandras Geist immer noch über uns schwebt.

»Ich erinnere mich an keine andere Frau, seit ich mit dir zusammen bin«, sagt er und zieht den Reißverschluss an meinem Rücken nach oben.

»Gute Antwort.«

»Sie stimmt.« Marc beobachtet mich im Spiegel und streift mir die Haare über meine Schulter, sodass sie auf meinen Rücken fallen.

Als ich mein Spiegelbild sehe, traue ich meinen Augen kaum. Das Kleid ist wirklich umwerfend schön.

Ich dachte, es wäre weiter geschnitten, doch der Stoff schmiegt sich eng an jede Kurve meines Körpers. Es sieht aus wie ein Kunstwerk.

Aus dem Spiegel blickt mich eine Frau an, die auch in der *Vogue* zu sehen sein könnte, gehüllt in feinste Knitterseide, von den Schultern bis zu den Füßen in Weichheit und Schönheit gewandet.

»Was meinst du?«, frage ich Marc.

»Du weißt, was ich meine. Du siehst umwerfend aus.« Er drückt mir einen Kuss in die Halsbeuge. »Absolut umwerfend. Auch wenn ich dich nackt bevorzuge.«

Am liebsten würde ich das Kleid gar nicht mehr ausziehen. Aber natürlich tue ich es dann doch, und Claudette schlägt es sorgfältig in Seidenpapier ein und faltet es so, dass es in eine mattrosafarbene Schachtel passt.

Zuletzt streut sie noch ein paar Rosenblätter darauf, um dem Kleid einen dezenten Duft zu verleihen, verschließt die Schachtel und umwickelt sie mit einem schwarzen Seidenband, das sie zu einer Schleife bindet.

»*Voilà!*«, verkündet sie. »Ich habe übrigens auch noch die perfekt dazu passenden Schuhe.« Sie nimmt einen rosa-schwarz gestreiften Schuhkarton aus einem Regal, öffnet ihn und entfaltet das Seidenpapier. Zum Vorschein kommen Seidenstilettos mit einer Stoffrose auf jedem Zehenband.

»Sie sind sehr schön«, gebe ich zu.

»Sie gehören Ihnen. Ein Geschenk des Hauses – ich bestehe darauf.«

Ich werfe Marc einen fragenden Blick zu.

»Claudette«, sagt er, »ich bin noch nie ein großer Freund von Kundengeschenken gewesen. Schreiben Sie die Schuhe auf die Rechnung.«

Claudette wedelt abwehrend mit der Hand. »Nichts zu machen. Am Wochenende wird Sophia darin jedes europäische Modemagazin zieren. Das ist wahrhaftig Bezahlung genug.«

87

Am Nachmittag segeln wir von Saint-Tropez zum Riviera-Filmfestival, und die letzte Szene von Marc und mir wird auf dem Schiff gedreht.

Ich weiß, dass sich der Kreuzfahrtliner für jeden, der unser Eintreffen beobachtet, wunderbar im Sonnenuntergang machen wird, aber das bedeutet auch, dass wir einen gewissen Zeitdruck haben. Denn wenn wir einlaufen, werden die Lichter und Geräusche des Festivals nahe dem Ufer unsere Dreharbeiten unmöglich machen.

»Entspann dich«, rät Marc mir, als ich einen weiteren Take vermassle. »Du denkst zu viel.«

Der Sonnenuntergang ist wunderschön, wirklich perfekt, und ich kenne meinen Text. Marc und ich haben diese Szene dutzendmal geprobt. Aber er hat mal wieder recht – ich denke zu viel und setze mich damit zu stark unter Druck.

Marc nimmt meine Arme und schüttelt sie, damit sie sich lockern, wie beim ersten Mal, als wir gemeinsam auf einer Bühne standen.

Er wendet sich an Nadia. »Wir können wieder.«

Wir spielen die Szene, und als Marc und ich uns vor der Kamera leidenschaftlich küssen, weiß ich, dass wir es geschafft haben. Wir sind in unsere Rollen geschlüpft, und die Chemie zwischen uns stimmte auch. Wie könnte es auch anders sein?

»Fantastisch!«, ruft Nadia begeistert. »Wirklich super. Wir haben es geschafft. Jetzt ist alles unter Dach und Fach. Riviera, wir kommen!«

Als wir mit dem Beiboot zum *Village International Riviera* fahren, begleitet uns ohrenbetäubender Beifall.

»Wow!« Ich nehme Marcs Hand und betrachte lächelnd das neonpink und grün angestrahlte Palais des Festivals.

Ein roter Teppich führt an der gesamten Länge des Gebäudes entlang.

»Das ist doch verrückt.« Ich starre auf die kreischende Fangemeinde, die sich vor dem Gebäude versammelt hat.

Marc verzieht das Gesicht. »Zum Glück ist Ivy auf dem Kreuzfahrtschiff geblieben.«

»Es tut mir nur leid, dass Tanya das hier verpasst«, sage ich und trommle betrübt mit den Fingern auf die Glasfaseroberfläche des Boots.

»Hier kommt man nur mit einer Einladung rein«, erklärt Nadia, die neben uns steht. »Mir tut es auch leid, dass ich ein paar von uns zurücklassen muss. Aber jetzt geht es ausschließlich um *Rapunzel*. So lässt es sich reisen, findet ihr nicht auch?« Sie nippt genüsslich an einem Whiskey auf Eis, dann reicht sie das Glas einem Kellner, der sich redlich bemüht, die Balance auf dem wackligen Boot zu halten. »Letztes Jahr habe ich vorher stundenlang im Verkehr festgesteckt.«

Als das Boot anlegt, glättet Nadia ihr extravagantes, mit Federn besetztes schwarzes Kleid, bevor sie mich von oben bis unten mit einem prüfenden Blick ansieht. »Du meine Güte, Sophia – brauchst du vielleicht Hilfe bei deiner Robe? Mit den Unmengen von Stoff und der Schleppe?«

»Nein, eigentlich ist es gar nicht so schlimm«, erwidere ich und raffe die vielen Schichten.

»Jedenfalls ist es umwerfend schön.« Nadia beugt sich vor und befühlt eine Seidenrose. »Du kannst dich schon mal darauf einstellen, Schätzchen: Sobald du einen Fuß aufs Festland setzt, wird das Blitzlichtgewitter anfangen und lange nicht mehr aufhören.«

Marc legt beschützend einen Arm um meine Schulter. »Bleib in meiner Nähe.«

»*Bonsoir*, Mr und Mrs Blackwell.« Ein junges Mädchen mit einem Klemmbrett in der Hand und gegeltem blondem Haar empfängt uns am *Palais de Festival.*

Als wir auf den roten Teppich geführt werden, kreischen neben uns die Fans.

Ich bin überwältigt und würde am liebsten laut lachen, weil die Leute meinen Namen schreien. Ich bin doch nur eine ganz normale junge Frau, möchte ich ihnen zurufen.

»Sie sitzen bei der Malbeck-Gruppe«, sagt das junge Mädchen. »Ihr Tisch ist schon hergerichtet.«

Nadia schließt zu uns auf und legt die Arme um unsere Schultern. »Okay, Leute, dann lassen wir mal die Party steigen!«

Das Mädchen mit dem Klemmbrett blinzelt Nadia an. »Darf ich fragen, wer Sie sind?«

»Nadia Malbeck.«

»Oh, Verzeihung, Madame Malbeck. Bitte folgen Sie mir.«

88

Lass bloß nicht meine Hand los«, bitte ich Marc leise, als wir den riesigen Festsaal betreten.

Überall stehen Filmkameras, deren Kabel unter dem roten Teppich verlaufen.

Ein livrierter Kellner führt uns durch ein Meer von Tischen.

»O mein Gott.« Ich klammere mich an Marc. »Hier sind so viele berühmte Leute.«

Marc drückt meine Hand. In seinem schwarz-weißen Smoking sieht er aus wie der Star, der ganz in seinem Element ist.

Ich hingegen bin extrem eingeschüchtert. Wie ist jemand wie ich nur hier gelandet?

Einen Moment lang bin ich völlig benommen von den vielen Stars um mich herum. All die berühmten Schauspieler, die ich aus tiefstem Herzen bewundere – Meryl Streep, Leonardo DiCaprio, Scarlett Johansson –, haben sich versammelt.

Unser Tisch befindet sich nah bei der Bühne.

Als ich sehe, wer bereits dort sitzt, lächle ich breit. »Baz!« Ich winke. »Sigourney!«

Baz trägt ebenfalls einen Smoking, der ihm allerdings wesentlich weniger gut steht als Marc. Sein vom Leben gezeichnetes, vernarbtes Gesicht will einfach nicht recht zu dem gestärkten weißen Kragen passen.

Sigourney wirkt abgemagert und scheint sich in ihrem engen goldfarbenen Kleid nicht recht wohlzufühlen.

Es kommt mir vor, als hätten wir alle vor einer Ewigkeit *Rapunzel* gedreht, und ich kann es kaum glauben, dass die beiden noch immer zusammen sind. Doch offenbar hat Baz endlich eine Frau gefunden, die ebenso durchgeknallt ist wie er.

»Verdammt schön, euch wiederzusehen!«, ruft Baz erfreut und schüttelt uns herzlich die Hand. »Diese steifen Veranstaltungen sind mir ein Graus. Ich kann es kaum erwarten, mich in eine Kneipe zu verdrücken.«

»Hallo zusammen«, sagt Sigourney. Im Gegensatz zu Baz erhebt sie sich nicht, aber sie schenkt uns ein überraschend echtes Lächeln. »Du siehst hübsch aus, Sophia. Äh … ich habe mich nie bei dir dafür bedankt, dass du so freundlich zu mir warst, als wir gedreht haben. Also … vielen Dank.«

»Schon okay«, antworte ich verunsichert, weil ich nicht weiß, wie ich ihre Worte deuten soll.

»Siehst du?«, sagt Baz und legt einen Arm um Sigourneys Schulter. »Ich hab dir doch gesagt, dass es ganz leicht ist. Du kannst auch nett sein. Solange du die Finger vom Alk lässt …«

Sigourneys Lächeln ist süß und verletzlich.

»Wo steckt Leo?«, frage ich. »Er ist mit dem Wagen vorgefahren. Warum sitzt er nicht schon an unserem Tisch?«

Nadia deutet auf die andere Seite des Saales. »Er steht dort drüben und lässt sich feiern.«

Leo scheint sich pudelwohl zu fühlen. Lachend klopft er Leuten auf den Rücken.

»Offenbar geht es ihm besser«, bemerke ich und lasse mich auf meinem Stuhl nieder.

»Sieht ganz danach aus.« Marc setzt sich neben mich.

An meiner anderen Seite nimmt Nadia Platz, und wir sehen alle, wie Leo eine hübsche Blondine angrinst und seinen Arm um ihre Schultern legt.

»Und ich dachte, er sitzt bei uns«, sage ich.

»Das sollte er auch.« Nadia steht so abrupt auf, dass die Federn ihres Kleides durcheinanderfliegen. »Hey, Falkirk! Schaff deinen Arsch hier rüber.«

»Bin gleich da!«, ruft Leo. »Ich muss noch etwas Dringendes erledigen.« Er setzt sich neben die Blondine.

Nadia schüttelt den Kopf und beginnt, ihre Federn zu ordnen, als sie sich wieder hinsetzt. »Er wird nie erwachsen werden. So bekommt er seine Verlobte garantiert nicht zurück.« Sie betrachtet den Tisch vor sich. »Irgendetwas stimmt hier nicht. Es wurde ein Platz zu viel eingedeckt.«

»Was macht Leo denn da?«, frage ich Nadia. »Er will doch Jen zurück. Warum flirtet er dann mit einer anderen?«

»Vielleicht will er sich selbst beweisen, was sie versäumt«, meint Baz. »Aber so funktioniert das nicht. So blöd sind Frauen auch wieder nicht.«

»Womit du vollkommen recht hast.« Nadia schnappt sich einen vorbeieilenden Kellner. »Entschuldigung, aber hier ist aus Versehen für sieben statt für sechs Personen gedeckt worden. Bitte informieren Sie die Zuständigen davon.«

Der Kellner wirkt verwirrt. »Aber so steht es auf unserem Plan, Madame.«

»Bestimmt nicht«, beharrt Nadia. »Wir sind wirklich nur zu sechst und mit Leo Falkirk auch schon alle da.«

»Ein Gast fehlt«, beharrt er. »Cassandra Kilburn.«

Mein Körper verkrampft sich. Als ich mich wieder gefangen habe, drehe ich mich zu Marc, der zur Salzsäule erstarrt ist.

Nadia macht große Augen. »Cassandra Kilburn? O nein, das ist ein großer Fehler. Sie hat ja nicht einmal in *Rapunzel* mitgespielt.«

Der Ober dreht sich um. »Wie ich sehe, ist Mademoiselle Kilburn soeben eingetroffen.«

89

Zwischen den Tischen der anderen Celebrities schwebt Cassandra in einem engen roten Seidenkleid auf uns zu. Ihre glänzenden schwarzen Haare fallen lose auf ihren Rücken.

Als sie unseren Tisch erreicht, legt sie einen mit Diamanten besetzten Seidenhandschuh auf Nadias Schulter. »Schön, dich wiederzusehen, *chica*. Ich hoffe, wir können uns wie Erwachsene benehmen und alles, was geschehen ist, hinter uns lassen.«

»Hier ist offenbar ein Fehler unterlaufen.« Nadia schüttelt vehement den Kopf. »Du kannst nicht an diesem Tisch sitzen, Schätzchen«, wendet sie sich an Cassandra. »Es tut mir leid, aber gleich kommt Leo, und ich muss an die Familie denken, du verstehst?«

»Ein Fehler?« Gespielte Kränkung blitzt in Cassandras Augen auf. »Du willst mir doch nicht etwa sagen, dass ich nicht bei euch sitzen darf?«

»Aber du hast ja nicht einmal in *Rapunzel* mitgespielt«, beharrt Nadia. »Es findet sich bestimmt noch ein anderer Platz für dich.«

Der Kellner beugt sich vor. »Uns wurde gesagt, dass Mademoiselle Kilburn momentan einen Film mit Ihnen dreht. Dieser Tisch war ihr persönlicher Wunsch.«

»Ach ja?«, murrt Nadia. »Hören Sie«, sie klatscht in die Hände, »das kann doch bestimmt gelöst werden, nicht wahr? Sorgen Sie bitte dafür, dass Ms Kilburn ein anderer Sitzplatz zugewiesen wird.«

»Es tut mir sehr leid, aber alle anderen Plätze sind besetzt«, wiederholt der Ober verlegen.

»Du willst mich doch nicht etwa wegschicken?« Cassandra klimpert mit ihren langen schwarzen Wimpern.

Nadia sieht zwischen Cassandra und dem Kellner hin und her. Offensichtlich überlegt sie, wie sie sich verhalten soll. »Können Sie nicht jemanden umsetzen oder an einem anderen Tisch Platz schaffen?«, wendet sie sich an den Ober.

»Leider ausgeschlossen, Madame.« Er nickt bestimmt. »Die Sitzordnung darf nicht verändert werden.«

Geschlagen lässt Nadia sich auf ihrem Stuhl zurückfallen. »O mein Gott. Hör zu, Cassandra, dann setz dich aber nicht neben Leo. Das ist das Einzige, worum ich dich bitte.«

»Das geht doch nicht.« Marc blickt den Ober wütend an. »Cassandra muss irgendwo anders platziert werden.«

»Was soll er machen?« Nadia spreizt die Hände. »Er kann nicht zaubern und hat doch gesagt, dass alle Plätze vergeben sind.«

Cassandra sinkt auf den Stuhl mir gegenüber und schenkt sich Wein ein.

»Auf die Riviera-Filmfestspiele!«, sagt sie und hebt ihr Glas.

Verlegene Blicke werden gewechselt.

»Sehr verehrte Damen und Herren«, erklingt eine Durchsage, »in wenigen Minuten beginnt die Preisverleihung. Bitte begeben Sie sich nun auf Ihre Plätze.«

90

Wo bleibt Leo?« Nadia reckt den Hals. »Er soll sich zum Teufel noch mal beeilen. Hey, Leo!«

Endlich nähert er sich unserem Tisch. Als er Cassandra erblickt, verlangsamen sich seine Schritte.

»Wisst ihr«, meint Cassandra, die Ellbogen auf den Tisch gestützt, »wir sollten noch einmal unsere Gläser erheben und auf Leo anstoßen, um seinen neuen Status zu feiern. Wie ich höre, ist er mittlerweile Single.« Sie lächelt Marc breit an und prostet ihm zu.

»Was zum Teufel soll das?«, faucht Leo Nadia an. »Warum sitzt sie an unserem Tisch?«

»Hey, warum hacken jetzt alle eigentlich auf mir herum?«, knurrt Nadia. »Ich bin nicht für die Sitzordnung verantwortlich. Sie ist einfach hier aufgekreuzt.«

»Nichts für ungut, Cassandra«, sagt Leo und setzt sich, »aber ich habe einen dummen Fehler gemacht und möchte meine Verlobte zurückgewinnen. Ich will nichts mehr mit dir zu tun haben, also halte dich von mir fern, okay?«

Wenn du Jen zurückwillst, warum hast du dann gerade mit dieser Frau geflirtet?, wundere ich mich in Gedanken.

»Aber wir hatten doch so viel Spaß zusammen.« Cassandra lächelt.

»Ruhe bitte«, dröhnt es aus den Lautsprechern. »Die Verleihung beginnt.«

Auf der Bühne wird eine riesige Leinwand angestrahlt, und eine schlanke Blondine tritt zu einem Podium, dessen Front unverkennbar das Logo der Filmfestspiele trägt – silberne Lotosblumen. Aber es ist nicht irgendeine Blondine, es ist die Frau, mit der Leo vor wenigen Minuten noch geflirtet hat. Jetzt erkenne ich sie auch, es ist Aurelie Reynard, eine bekannte französische Schauspielerin. Ich bin verwirrt, denn Aurelie ist glücklich mit Pierre Reynard, einem Regisseur, verheiratet.

»Hallo zusammen und willkommen bei den Riviera-Filmfestspielen!«, sagt Aurelie. Ihre zarte Gestalt verschwindet fast hinter dem Rednerpult.

Der Zuschauersaal ist in Dunkelheit getaucht, aber ich spüre, dass Cassandra mich anstarrt.

»Bevor wir anfangen, muss ich noch etwas verkünden«, sagt Aurelie. »Ein guter Freund von mir, Leo Falkirk, hat mich gebeten, eine Botschaft zu überbringen.«

Scheinwerfer und Kameras schwenken auf unseren Tisch.

»Leo möchte seiner Verlobten Jen sagen, dass er sie liebt und ständig an sie denkt. Und dass es ihm leidtut.«

Ein kollektives Seufzen brandet auf.

Darum ging es also bei dem vertraulichen Plausch zwischen Leo und Aurelie. Er hat sie mit seinem Charme überredet, die Nachricht öffentlich zu verkünden. Mit verkniffenem Gesicht nimmt Cassandra einen großen Schluck Wein.

»Süß, findet ihr nicht auch?« Aurelie klatscht in die Hände. »Okay, dann fangen wir mal an.«

91

Ich umklammere Marcs Hand und konzentriere mich auf die Bühne. Als Filmclips gezeigt und Auszeichnungen überreicht werden, bemerke ich, dass Leo den Blick nicht von seinem Handy wendet.

Cassandra starrt mich wütend an. »Glaub ja nicht, dass es damit vorbei ist«, zischt sie. »Ich muss nur den Kameramann dazu bewegen, eine Aufnahme von Leo und mir zu machen, dann verpufft seine Botschaft wie eine Seifenblase.«

»Warum tust du das?«, zische ich zurück. »Warum zerstörst du die Beziehung zwischen Jen und Leo? Sie bedeuten dir doch überhaupt nichts.«

Cassandra grinst verschlagen und nimmt einen Schluck Wein. »Um dir eins auszuwischen, weil du mir meinen Mann weggenommen hast.«

»Um mir eins auszuwischen?«, zische ich.

»Indem ich deine Freunde verletze«, erwidert sie kühl. »Wenn man so lange in Hollywood gelebt hat wie ich, beherrscht man solche Spielchen im Schlaf.«

Ich nehme mein Weinglas in die Hand.

»Das würde ich an deiner Stelle nicht werfen«, sagt Cassandra wie beiläufig. »Wenn du das tust, werden die Klatschreporter eine verrückte, bipolare, eifersüchtige Ehefrau aus dir machen. Dafür werde ich sorgen, das verspreche ich dir. Verstehst du endlich, wie solche Sachen funktionieren?«

»Jen ist nicht dumm«, beharre ich. »Sie wird dich durchschauen.«

»Eifersüchtige Frauen sind oft nicht in der Lage, vernünftig zu denken«, erwidert Cassandra. »Höchstwahrscheinlich wird sie zu dem Schluss kommen, dass ihr Freund die Finger nicht von mir lassen kann. Und weißt du, was das Beste daran ist? Leo kann kein Wort zu seiner Verteidigung vorbringen, denn wenn er das tut, ist es mit seiner Karriere aus und vorbei.«

Leos Kiefer verhärten sich. Offenbar hat er mitbekommen, was Cassandra gesagt hat. Der Griff um sein Handy ist so fest, dass sich seine Fingerknöchel weiß färben.

92

Die Gala zieht sich hin. Es fällt mir schwer, mich auf die Filmausschnitte zu konzentrieren. Ständig muss ich an das Spiel denken, das Cassandra treibt. Das Schlimmste daran ist die Vorstellung, dass sie es gewinnen könnte.

Leos Handy bleibt ruhig – kein Anruf, keine SMS.

Endlich ist es so weit, dass die Silberne Lotosblume für die beste Regie verliehen wird.

»Jetzt geht es um alles oder nichts«, sagt Nadia. »Wenn ich dieses Jahr nicht gewinne, ist es mir egal, okay?« Sie zwinkert mir zu.

»Darauf stoßen wir an«, verkündet Cassandra und schenkt uns Wein nach, angefangen bei Leo.

Als ich an der Reihe bin, lehne ich ab. »Nein danke, das mache ich lieber selbst.«

Ich sehe, wie eine Kamera sich unserem Tisch zudreht.

O Gott.

Cassandra zuckt die Schultern und fährt fort, die anderen Gläser zu füllen. »Wie du meinst. Wenn du nicht auf deine Regisseurin anstoßen willst …«

Mit flauem Magen wird mir klar, dass es nun eine Aufnahme davon gibt, wie ich Cassandra mein Glas entreiße. Sie versteht sich wirklich sehr gut auf das Spiel mit den Medien.

An den Tischen in unserer Nähe wird gemurmelt, jemand flüstert: »Pst!«

»Und nun«, Aurelie klopft mit einem silbernen Umschlag auf das Rednerpult, »die Silberne Lotosblume für die beste Regie.«

Plötzlich taucht mein nackter Körper auf der riesigen Leinwand auf – die Szene in *Rapunzel*, in der Leo und ich miteinander schlafen.

Mein Rücken hebt und senkt sich über Leo. Die Kamera filmt mein Gesicht, während ich so tue, als wäre ich in Ekstase.

»Na toll.« Ich verdecke mit einer Hand meine Augen und spüre, wie Marc sich neben mir verkrampft.

Die Szene scheint endlos zu sein, doch endlich weicht sie einer eines anderen Films.

Im Publikum wird es mucksmäuschenstill, als Aurelie endlich den silbernen Umschlag öffnet.

»Und die Silberne Lotosblume für die beste Regie geht an«, Aurelie hält kurz inne, »Nadia Malbeck.«

Das Publikum bricht in Begeisterungsstürme aus.

»O mein Gott!«, kreischt Nadia. »O mein Gott!« Sie springt auf und wirft dabei beinahe ein Weinglas um. »Gott im Himmel!«

Leo, der das Glas gerade noch gesichert hat, steht auf und nimmt ihren Arm. »Komm, beste Regisseurin, lass dich von mir auf die Bühne begleiten.«

93

Auf dem Podium wird Nadia ein Mikrofon vor die Nase gehalten, doch sie macht nur den Mund immer wieder auf und zu und bekommt nur ein »Äh … mm« zustande.

Leo legt ihr einen Arm um die Schultern und greift sich das Mikrofon. »Ich glaube, unsere beste Regisseurin ringt noch um Worte. So etwas passiert ihr normalerweise nie.«

Er macht eine kurze Pause in der Erwartung, ein paar Lacher für seinen Witz zu kassieren, und wird nicht enttäuscht.

»Ich muss es euch einfach sagen – ich liebe diese Frau«, fährt er fort. »Sie ist wirklich die Beste. Gut gemacht, Nadia.« Er küsst sie auf die Wange.

»O mein Gott«, stammelt Nadia. »Ich kann es einfach nicht glauben. Ganz ehrlich, ich glaube es nicht. Es gibt so viele Menschen, denen ich danken muss. Meinem Mann, natürlich …« Sie beginnt mit einer langen Aufzählung und erwähnt dabei auch Marc und mich, Baz, Sigourney und mehr oder weniger jeden, mit dem sie je zusammengearbeitet hat.

Das Publikum applaudiert gutmütig bei jedem neuen Namen, der Nadia einfällt. Als sie endlich zum Ende gekommen ist, übernimmt Leo wieder das Mikrofon. »Bist du jetzt fertig damit, allen zu erzählen, wie toll sie sind?«

Nadia lacht. »Fix und fertig, Leo.«

»Gut.« Er wendet sich der ihm am nächsten stehenden Kamera zu. »Denn ich muss noch etwas sagen.«

Es wird wieder sehr still im Saal.

Leos Lächeln weicht einem ernsten Ausdruck. »Ich habe eine Verlobte«, sagt er. »Die tollste Frau, die ich je getroffen habe. Aber ich habe es vermasselt. Ich … ich habe sie betrogen.«

Das Publikum hält den Atem an.

Nadia tritt währenddessen wieder an unseren Tisch, die Auszeichnung unter dem Arm. Sie setzt sich auf den Stuhl neben mir. »Was zum Teufel tut er da?«, flüstert sie.

»Keine Ahnung«, flüstere ich zurück.

Leo blickt in die Kamera. »Jen, mir hat nie etwas an Cassandra Kilburn gelegen.«

»O nein!« Nadia vergräbt den Kopf in beiden Händen. »Jetzt hat er der Presse auch noch den Namen geliefert.«

»Ich war schwach und dumm«, fährt Leo fort. »Cassandra hat meine Situation ausgenutzt, als ich weder ein noch aus wusste. Aber jetzt sehe ich wieder völlig klar. Jen ... ich liebe dich über alles.«

Große Tränen kullern über Leos Wangen. »Ich kann mir ein Leben ohne dich nicht vorstellen. Bitte, Jen, nimm mich wieder zurück. Wir lassen uns beraten. Wir holen uns Hilfe. Und ich werde dir den Rest meines Lebens beweisen, wie sehr ich dich liebe. Mehr habe ich nicht zu sagen.«

Er reicht das Mikrofon an Aurelie zurück und verlässt die Bühne.

»Äh ... danke, Leo«, stottert Aurelie. Sie wirft einen verwirrten Blick in Kamera eins, bevor sie durch die Unterlagen auf dem Pult blättert. Offenbar ist sie wie das Publikum fassungslos.

Kameras schwenken zu unserem Tisch. Vermutlich, um Cassandras Reaktion in Nahaufnahme einzufangen. Sie wollen ihre überraschte Miene und ihre weit aufgerissenen Augen, und wahrscheinlich werden sie beides bekommen.

Die übliche coole, ruhige Cassandra ist verschwunden, an ihre Stelle ist ein Tier getreten, das in die Falle gegangen ist, die roten Lippen sind panisch verzerrt.

Während ein Kameramann quer durch den Saal rennt, um sich

eine weitere gute Nahaufnahme zu sichern, tritt Leo an unseren Tisch.

»Cassandra«, sagt er, greift zur Champagnerflasche, die uns, während er mit Nadia auf der Bühne stand, an den Tisch gebracht wurde, und nimmt aus ihr einen großen Schluck. »Unterschätze nie, was ein Mann für die wahre Liebe zu tun imstande ist.«

94

Kurz denke ich, dass Cassandra Leo ohrfeigen wird. Ihre Augen glitzern hasserfüllt. Doch stattdessen springt sie auf und bahnt sich einen Weg durch den Saal zum Ausgang, gefolgt von einer Horde Kameramänner und Fotografen.

»O mein Gott«, ächze ich und sehe ihr nach.

»Gut gemacht, Leo«, sagt Marc und klopft ihm auf den Rücken. »Wirklich bewundernswert.«

»Ich habe es für Jen getan.« Leo prostet dem Kameramann neben sich zu. »Herrgott noch mal, ich hoffe, sie verzeiht mir.«

»Und ich hoffe, dass du weißt, was du da tust, Leo«, sagt Nadia und streichelt ihren Preis. »Die Öffentlichkeit vergisst es nicht so schnell, wenn jemand seine Verlobte betrügt. Ausgerechnet du, der Goldjunge. Ich fürchte, dir wird in nächster Zeit keine Rolle angeboten werden. Kinogänger mögen keine Männer, die fremdgehen.«

Halb unbewusst nehme ich wahr, dass sich weitere Filmkameras uns zuwenden. Vermutlich wollen sie noch eine Großaufnahme von Leo nach seiner überraschenden Rede.

»Das Risiko habe ich bewusst in Kauf genommen«, sagt Leo und leert sein Champagnerglas.

Sigourney legt eine Hand auf meine Schulter. »Äh … Sophia?«

Ich wende mich ihr zu. »Was ist?«

»Du solltest jetzt besser zur Bühne sehen.« Sigourney deutet in die Richtung.

»Und warum?«, frage ich und blicke mich verwirrt um.

Sigourney lächelt. »Weil Aurelie gerade deinen Namen genannt hat.«

Auf der Bühne hält Aurelie einen aufgerissenen silbernen Umschlag hoch. »Sophia Blackwell?«

Ich blinzle sie an. Weitere Kameras werden auf uns gerichtet, und ich bin zunehmend irritiert.

Aurelie lächelt mich an. »Soll ich es noch einmal sagen? Da, da, da, daaa.« Sie tut so, als würde sie auf das Rednerpult trommeln. »Der Preis für die beste Schauspielerin geht an – Sophia Blackwell. In *Rapunzel*.«

Ich drehe mich zu Marc. »Ich … Soll das ein Witz sein?« Mein Magen schlägt Purzelbäume.

Marc steht auf. »Kommen Sie mit mir, Mrs Blackwell. Sie sind auf die Bühne gebeten worden.«

»Ich? Beste Schauspielerin?« Zitternd erhebe ich mich.

»Du schaffst das!« Baz klatscht in die Hände.

»Aber ich war doch gar nicht nominiert. Oder etwa doch?« Ungläubig sehe ich in die lächelnden Gesichter um unseren Tisch herum.

»Offensichtlich warst du es.« Marc nimmt meinen Arm. »Und jetzt komm. Holen wir uns deinen Preis.«

Zum Glück kann ich mich an Marcs Arm festklammern, sonst wäre ich mit Sicherheit gestolpert.

Alle klatschen und jubeln.

Ich habe keine Ahnung, wie ich auf die Bühne gekommen bin, doch irgendwie habe ich es geschafft und starre in die hellen Scheinwerfer und die berühmten Gesichter vor mir.

»Wie fühlen Sie sich, Sophia?«, fragt Aurelie und hält mir ein Mikrofon hin.

Ich starre auf das silberne Drahtgeflecht.

»Wow«, tönt meine Stimme laut in den Saal. »Äh … ich habe wirklich nicht damit gerechnet.«

Auf der Leinwand erscheinen die Gesichter der weiteren Nominierten.

»Im Ernst.« Ich starre auf den Preis, der auf dem Pult steht. »Das ist … das ist einfach unglaublich. Nadia ist unglaublich. Das ganze Team … Leo, du warst wirklich super. Und Marc«, ich wende mich ihm zu, »du bist der fantastischste Ehemann, Vater und Lehrer, den ich mir vorstellen kann. Und du hattest ja so recht – ich muss noch eine Menge lernen.«

Nachdem mir die Silberne Lotosblume überreicht worden ist, bahne ich mir den Weg durch ein Meer von Leuten, die mir auf den Rücken klopfen und die Hand schütteln, zurück zu unserem Tisch.

Ich lasse mich auf meinen Stuhl fallen, starre den Preis an und versuche zu begreifen, was gerade passiert ist.

»Keine Sorge, das ist kein Traum«, sagt Marc und nimmt meine Hand. »Das verspreche ich dir.«

»Ich bin mir da nicht so sicher«, flüstere ich und lächle meine jubelnden, klatschenden Tischgenossen an. »Es fühlt sich jedenfalls sehr stark nach einem Traum an. Wo ist Leo?«

»Weg, Schätzchen«, erklärt Nadia und schenkt mir Champagner ein. »Leo hat Mut, das muss ich schon sagen. Aber, mein Gott, hätte er sich nicht etwas Besseres als diese Rede einfallen lassen können? Seine Karriere einfach so zu ruinieren …«

»Der Mann hat aus Liebe gehandelt«, sagt Baz und legt einen Arm um Sigourney. »Für die Liebe begeht man alle möglichen Dummheiten.«

»Um anschließend sein ganzes Leben umkrempeln zu müssen?«, fragt Nadia und schenkt auch den anderen Champagner nach. »Er hat jahrelang an seiner Karriere gearbeitet. Welche Frau wird ihm jetzt noch die Rolle des netten Kerls auf der Leinwand abkaufen, wenn alle wissen, dass er im wahren Leben gar nicht so nett ist?«

»Ich bin da anderer Meinung«, meint Baz. »Die Masse der Kinogänger hat kein gutes Gedächtnis. Ich dachte auch, meine Karriere wäre vorbei, als ich wegen Drogenbesitzes angeklagt wurde. Aber die Zuschauer haben mir noch eine Chance gegeben. Dafür liebe ich sie.«

»Und wo ist Leo jetzt hin?«, frage ich und sehe mich suchend in der Menge um.

»Keine Ahnung. Er hat den Saal verlassen«, antwortet Sigourney. »Mit den Paparazzi auf den Fersen.«

Ich krame nach meinem Handy. »Ich werde jetzt versuchen, Jen anzurufen.«

95

Jen geht den ganzen Abend nicht an ihr Handy und antwortet auch nicht auf meine SMS. Als die Gala sich dem Ende zuneigt, fange ich an, mir Sorgen zu machen.

»Sie hat mir bisher immer geantwortet«, erkläre ich Marc, während wir von Mitarbeitern des Festivals nach draußen begleitet werden.

»Vielleicht braucht sie etwas Zeit«, erwidert Marc und lenkt mich an den Kameraleuten vorbei. Jeden, der so dumm ist zu versuchen, eine Aufnahme von uns zu machen, funkelt er böse an.

»Aber doch nicht, wenn ich mich melde«, beharre ich und nicke zum Dank, als mir eine aus Silberfäden gewebte Geschenktüte überreicht wird. Ich bleibe stehen und werfe einen Blick hinein. »Wow! Ich glaube, darin befindet sich eine Rolex.«

Sigourney beugt sich zu mir und flüstert: »Das ist noch nicht alles. Die Frauen bekommen auch Love-Armreifen von Cartier und einen Luxusurlaub in der Karibik. Geschenktüten bei Preisverleihungen sind mit ein Grund, warum ich gerne mit Schauspielern ausgehe«, fügt sie grinsend hinzu.

Baz gibt ihr einen Klaps auf den Hintern. »Aha.«

Sigourney zwinkert ihm zu. »Das war nur ein Witz, Liebe meines Lebens. Du weißt, dass ich mit dir wegen dem Sex zusammen bin.«

»Wie recht du hast«, erwidert Baz und umarmt sie etwas ungestüm.

Die Nachtluft ist warm und duftet nach teurem Catering und Lavendel. Marc und ich wünschen allen eine gute Nacht und steuern auf unsere Limousine zu.

Marc öffnet die Wagentür für mich. »Ich bin froh, dass die Jury der Filmfestspiele dasselbe in dir gesehen hat wie ich«, sagt er.

»Und das wäre?«, frage ich.

»Außergewöhnliches Talent, Wahrheit, Reinheit und Licht.«

»Und wie war das damals, als du den Preis gewonnen hast?«, frage ich. »Was haben sie in dir gesehen?«

Marcs Lippen kräuseln sich zu seinem gefährlichen Lächeln. »Ich glaube, sie haben meine dunkle Seite gesehen, und die hat ihnen gefallen. Genauso, wie sie dir gefällt.«

Wir fahren mit der Limousine direkt zum Flughafen, wo Ivy und Tanya schon auf uns warten. Gemeinsam gehen wir an Bord des Privatjets und heben erst weit nach Mitternacht in Richtung London ab.

Ich kann auf dem kurzen Flug kaum die Augen offen halten

und schlafe rasch an Marcs Schulter gelehnt ein, froh, dass Tanya da ist, um sich um Ivy zu kümmern.

»Mach dir keine Gedanken«, beharrt Tanya, als ich wieder aufwache und wir uns im Landeanflug auf London befinden. »Ich habe noch eine Menge Kraftreserven und außerdem eine Dose Red Bull getrunken. Ich bin wirklich noch sehr fit.«

Gleich nach der Landung ziehe ich mein Handy heraus. Vergeblich. Keine Nachricht von Jen

»Ich mache mir ernsthafte Sorgen um sie«, sage ich zu Marc.

»Jen kann auf sich selbst aufpassen«, erwidert er. »Sie ist eine starke Frau.«

»Nicht so stark, wie viele Leute glauben«, sage ich. »Und sie ist immer rangegangen, wenn ich angerufen habe. Das ist eine unserer Regeln. Ich muss sie unbedingt sehen. Was ist, wenn ihr etwas zugestoßen ist?«

Marc streicht mir über meine Haare. »Ich schicke einen von meinen Leuten bei ihr vorbei. Er soll sichergehen, dass sie in ihrer Wohnung und alles in Ordnung ist. Bist du dann beruhigter?«

»Ein bisschen«, sage ich. »Aber ich muss sie trotzdem sehen.«

»Das kann bis später warten«, meint Marc. »Du bist völlig erschöpft, und Jen wird zu dieser Zeit schlafen, wenn sie auch nur einen Funken Verstand im Leib hat. Geduld, Mrs Blackwell. Keith fährt dich morgen früh nach London.«

Vor Jens neuem Büro am Piccadilly Circus herrscht dichter Verkehr, viele schwarze Taxis und rote Busse sind unterwegs.

Nach so vielen Tagen auf dem Meer wissen meine Beine kaum noch, wie sie mit dem festen Boden unter den Füßen klarkommen sollen.

»Hallo, kann ich bitte mit Jen reden?«, rufe ich in die Sprechanlage.

»Soph?«, erklingt Jens Stimme knisternd durch den Lautsprecher.

»Hallo, Fremde!«, erwidere ich zutiefst erleichtert. Ich wusste zwar bereits, dass Jen wohlauf ist, weil der Mann von Marcs Sicherheitsdienst uns in den frühen Morgenstunden Bescheid gegeben hatte, aber trotzdem bin ich unendlich froh, sie endlich zu hören.

»Kann ich reinkommen?«, frage ich.

Summend öffnet sich die gläserne Eingangstür, und ich betrete Jens durchgestyltes Foyer. Zwischen den hohen Bambuspflanzen und Orchideen könnte man sich fast verlaufen. An einer Wand befindet sich eine gläserne Bar mit silbernen Barhockern, in einem Sitzbereich liegen *Vogue*-Zeitschriften auf einem Couchtisch aus Metall.

»Jen?«, rufe ich.

Klappernde Schritte ertönen, und ich sehe meine Freundin auf mich zukommen. In einem zartpinken Kostüm mit Bleistiftrock und einem Schal von Chanel sieht sie wie immer fantastisch aus.

»Soph!« Erfreut küsst sie mich auf beide Wangen. »O mein Gott, beste Schauspielerin! Ich bin so stolz auf dich. Du schwebst bestimmt im siebten Himmel.«

»Mich interessiert eigentlich gerade nur, wie es dir geht«, erwidere ich. »Warum bist du nicht ans Handy gegangen, als ich versucht habe, dich zu erreichen?«

Jen zögert. »Möchtest du vielleicht einen Espresso? Wir haben eine supertolle neue Kaffeemaschine.«

»Jen!«

Sie stöckelt zu der gläsernen Bar und macht sich an der Maschine zu schaffen. »Ich war … Gestern war viel los. Sehr viel.«

»Ich habe mir Sorgen um dich gemacht«, sage ich und fühle mich dabei wie die Mutter eines launischen Teenagers.

»Tut mir leid«, sagt Jen. »Gestern ging alles ein bisschen drunter und drüber.« Ihr entschlüpft ein kleines Gähnen, das sie rasch hinter einer Hand verbirgt.

»Aber wir gehen doch immer ans Telefon, wenn die eine die andere anruft«, beharre ich.

»Ich weiß, ich weiß.« Jen reibt sich die Augen, unter denen ich erst jetzt die dunklen Ringe bemerke. »Es tut mir leid, das war die große Ausnahme. Ich werde es nie wieder tun. Aber das ist doch jetzt Geschichte, blicken wir lieber in die Zukunft.«

»Du siehst müde aus«, bemerke ich. »Ist Leo schon wieder in London? Hast du mit ihm geredet?«

Jen legt eine Kapsel in die Kaffeemaschine. »Bei mir bekommt normalerweise niemand eine zweite Chance.«

»Das weiß ich.«

Auf Jens Gesicht liegt ein verschmitztes Lächeln.

»Jen?«, hake ich nach.

»Aber natürlich gibt es für alles ein erstes Mal.«

Ich reiße erstaunt die Augen auf. »Wirklich?«

Sie drückt einen Knopf, und das Gerät beginnt zu summen. »O Soph – was ist nur aus mir geworden? Früher war ich immer so vernünftig.«

»Du gibst Leo also eine zweite Chance?«, frage ich und fange an zu lächeln.

Jens Miene verzieht sich zu einem breiten Grinsen. »Das tue ich. Und … wir werden heiraten.« Sie streckt mir die Hand hin, und ein blauer Diamant funkelt mir entgegen. »Er hat mir einen neuen Ring gekauft, du weißt schon, als Symbol für unseren Neubeginn.«

»O mein Gott!«, kreische ich. »O Jen! Das ist ja fantastisch. Aber wann ist das alles passiert?«

»Leo ist gestern Nacht zurückgeflogen. Den Ring hatte er schon besorgt, und dann haben wir die Nacht damit verbracht, uns zu versöhnen.«

Ich lache.

»Und weißt du, was?«, fährt Jen fort. »Wir werden nach Las Vegas fliegen, nur wir zwei. Keine Presse, kein großer Rummel. Wie Leo gesagt hat – wir werden all dieses Brimborium ausblenden, es wird nur um unsere Liebe gehen. Natürlich wissen wir, dass uns eine Menge Arbeit bevorsteht. Leo kennt einen sehr guten Eheberater, und … Aber Moment mal, du bist jetzt nicht gekränkt, dass du keine Brautjungfer sein wirst, oder? Weil wir jetzt natürlich völlig anders feiern werden …«

»Überhaupt nicht«, lache ich. »O Jen, das sind fantastische Neuigkeiten.«

»Ich liebe ihn nämlich wirklich«, erklärt sie, und in ihre Augen tritt ein verträumter, sanfter Blick. »Glaubst du, dass wir eine kleine Chance haben, zusammen glücklich zu werden?«

Ich nicke nachdrücklich. »Unbedingt.«

96

Die Silberne Lotosblume funkelt auf dem Kaminsims in ihrem gläsernen Würfel.

Immer wieder muss ich die Gravur im Glas betrachten.

Sophia Rose – beste Schauspielerin.

Marc legt den Arm um meine Schulter. »Das moderne Kunstwerk fasziniert dich ziemlich, stimmt's?«

»Modernes Kunstwerk?« Ich wende mich gespielt wütend von ihm ab. »Dieser Preis, Mr Blackwell, ist der Höhepunkt meiner Schauspielkarriere.«

Er lächelt. »Bislang.«

»Bislang.«

Im Geschoss über uns wird es laut. Ich blicke nach oben. »Oh, oh, was stellt Michael nur wieder mit Ivy an? Hüpft er mit ihr im Schlafzimmer herum?«

»Er bringt ihr bei, wie man ein echter Satansbraten wird«, erwidert Marc und sieht liebevoll an die Decke hinauf. »Ich hätte mich nie auf seine Besuche einlassen sollen.«

Ich umarme ihn. »Ich bin sehr froh, dass du deine Meinung geändert hast.«

»Du warst überaus überzeugend.« Seine strengen blauen Augen richten sich auf mich. »Das scheint das Jahr der zweiten Chancen zu sein.«

»Sieht ganz danach aus.« Ich lächle ihn an. »Und das Jahr, um aus seinen Fehlern zu lernen.«

»Ach, wenn wir gerade beim Lernen sind … wird es nicht langsam Zeit für unsere nächste Lektion?« Marc legt die Hände um meine Hüften. »Oder brauchst du jetzt keinen Unterricht mehr, nachdem du eine Silberne Lotosblume gewonnen hast?«

»Nicht doch.«

Marc fixiert mich mit seinem gefährlichen Blick. »Wie gefällt dir dein neuer Vorlesungssaal?«

Ich sehe aus dem Fenster auf das kleine Theater, das Marc neben meiner Lieblingseiche errichten hat lassen. Dort ist man völlig ungestört mit Blick auf Felder und Äcker. Niemand kann sehen, was wir dort tun. Wir beide wissen das sehr zu schätzen.

»Er ist fantastisch«, erwidere ich. »Aber das weißt du doch schon.«

»Natürlich kannst du jederzeit ans Ivy College zurückkehren«, sagt Marc, und seine Augen färben sich dunkler. »Falls du je den Wunsch nach etwas mehr Abenteuer verspüren solltest …«

»Ich finde, wir waren bereits ziemlich abenteuerlich«, erwidere ich und denke an die opulente Auswahl bestimmter Requisiten, die wir in unserem kleinen Theater aufbewahren.

Stricke, Handschellen, Stöcke.

Marc nimmt seine Rolle als Lehrer sehr ernst.

»Nun denn, Mrs Blackwell«, sagt er. »Folgen Sie mir. Es ist Zeit für Ihre nächste Unterrichtsstunde. Sie müssen noch eine Menge lernen.«

S. Quinn

hat als Journalistin, Ghostwriterin, Buchgestalterin, Clubtänzerin und Partymasseuse gearbeitet, bevor sie sich ganz dem Schreiben von Romanen widmete. Mit ihren erotischen Romanen »Devoted« und »Passion« gelangen ihr auf Anhieb internationale Bestseller. »Blackwell Lessons« ist die Fortsetzung der »Devoted«-Trilogie. S. Quinn lebt mit ihrem Mann und ihrer kleinen Tochter in Brighton.

Die *Devoted*-Reihe von S. Quinn und die Fortsetzung *Blackwell Lessons*:

Devoted. Geheime Begierde. Band 1. Roman
Devoted. Verbotene Leidenschaft. Band 2. Roman
Devoted. Gefährliches Verlangen. Band 3. Roman
Blackwell Lessons. Leidenschaftliches Versprechen. Band 1. Erotischer Roman
Blackwell Lessons. Entfesselte Lust. Von Marc Blackwell erzählt. Band 2. Erotischer Roman
Blackwell Lessons. Endlose Liebe. Band 3. Erotischer Roman

(Alle auch als E-Book erhältlich)

Außerdem lieferbar:

Passion. Leidenschaftlich begehrt. Band 1. Erotischer Roman
Passion. Leidenschaftlich verführt. Band 2. Erotischer Roman
Passion. Leidenschaftlich verliebt. Band 3. Erotischer Roman

(Alle auch als E-Book erhältlich)

GOLDMANN
Lesen erleben